Julia, détective de charme

Julia, détective de charme

1
Enquêtes sous tension

Martine Durand

ISBN : 978-2-9567912-9-4

Livre 1
Une croisière en tension

1

LA RENCONTRE

Gladys, en dépit de sa réussite professionnelle en tant que greffière en chef dans la justice, sentait qu'il manquait à sa vie l'indispensable dimension de l'aventure. Ses collègues appréciaient sa personnalité dans un milieu où les gens étaient trop souvent matérialistes, ternes et ennuyeux. La Justice, ministère avançant comme un gros escargot baveux, avait mis du temps à se moderniser, en s'adaptant difficilement à l'informatique, à la communication...

À l'heure actuelle, les rangs se rajeunissant, la justice commençait à se dépoussiérer. Gladys avait donc continué à étudier pour mieux s'instruire, organisant sa propre vie et attendant qu'il se passât quelque chose, en espérant peut-être qu'elle deviendrait véritablement elle-même.

Elle voulait redonner à sa vie des bases équilibrées afin d'éprouver un épanouissement fructueux.

Malgré tout, le visage que le miroir lui renvoyait lui semblait toujours étranger. Était-ce parce qu'elle reléguait sa personnalité d'artiste dans l'ombre des salles d'audiences ? Trente ans, elle n'était pas vieille, mais pas toute jeune non plus. Elle avait conscience que toutes ces années de jeunesse à vivre dans des tribunaux lugubres et insalubres, ne lui étaient pas propices pour rencontrer son âme sœur. Physiquement, elle avait adopté le style « nude », de larges lunettes bordeaux agrandissaient encore ses yeux marron, au regard pénétrant.

À la suite d'un lendemain de réveillon solitaire et triste devant son ordinateur, à manger du pain grillé beurré avec des sardines, elle prit un billet sur Internet pour faire une croisière à prix cassé. Allait-elle rencontrer l'aventure pendant cette croisière en promo en méditerranée, comme le prétendait le dépliant publicitaire ? La publicité avait de quoi faire rêver un esprit créatif et imaginatif comme celui de Gladys !

Également, peut-être, entre autres, une battante comme Julia ?

Julia n'est pas une jolie femme ordinaire comme Gladys. De rêveuse, elle n'en a que l'apparence éthérée, longiligne. Plutôt une sorte de Cléopâtre déchue et lubrique.

Julia était, au premier abord, l'image type de la blonde écervelée.

Mais voilà, Julia, charmante et fragile jeune femme, était pourtant, s'il faut l'en croire, une fonceuse, toute de premier mouvement et volontiers séduite par une certaine démesure.

Elle venait de perdre ses parents dans un accident de voiture et avait dû vaquer, pendant de longues semaines, à des contraintes d'ordre administratif. Étant fille unique, toutes les responsabilités lui incombaient. Elle voulait décompresser par un moment d'évasion calme et décontracté. Ces deuils avaient troublé sa paix intérieure...

À 35 ans, elle occupait une petite agence de détectives, enquêtes qu'elle menait avec un gars assez malingre, d'origine asiatique. Il passait le plus clair de son temps à raser les murs, passant ainsi inaperçu. Parfois, il était si triste que son ombre oubliait de le suivre. Son nom de code était « capitaine flamme ».

Julia était jalouse de son indépendance, à laquelle elle tenait, autant qu'à ses yeux verts en amande.

Elle s'était fait un nom dans le métier, car elle s'appuyait sur une documentation méthodique et exhaustive pour réaliser ses enquêtes. Elle excellait en ce qui concernait les adultères, les vols par des déménageurs peu orthodoxes, les travailleurs privés en maladie, etc. Grâce à ce coéquipier fantomatique, elle avait ouvert des brèches dans les couches sociales de certains quartiers chauds et impénétrables du 93 et 94 de la banlieue parisienne, pour le trafic de drogues, le blanchiment d'argent...

Le business de l'agence n'étant pas florissant après les fêtes de fin d'année et les samedis entravés par les gilets jaunes, elle décida de mettre la clef sous la porte et de partir en vacances.

Elle congédia pour une semaine son collaborateur qui avait amassé un nombre incalculable d'heures supplémentaires non payées. Il allait profiter lui aussi de ce laps de temps pour se reposer.

Elles embarquèrent donc toutes les deux en partance de Marseille, sur un paquebot de croisière pour les destinations de Barcelone, Palma de Majorque, Palerme, Rome, Savone, Nice... Rien de très folichon comme parcours, mais le dépliant promettait une pension complète et des divertissements, par de la musique et des spectacles, pour un prix plus que modique.

★ ★ ★

Bien qu'étant dans des cabines intérieures à des étages différents, le fait d'avoir interverti leurs valises semblables, fit que Gladys et Julia se rencontrèrent et sympathisèrent.

Accoudée au bastingage, Julia achevait de fumer sa cigarette lorsque Gladys regagna le pont supérieur. Le paquebot raidissait ses amarres, les ancres remontaient dans une odeur d'œufs pourris, la chaîne s'enroulait autour du cabestan dans un hurlement de sirènes qui annonçait le départ.

Gladys fut conquise par la sympathie que lui témoignait Julia, par la limpidité de l'air et la lumière si crue. Gladys dit à Julia que cette lumière, pour elle qui aimait à peindre, était faite pour tout voir : les couleurs de l'eau, les nuages, les îles noires au loin qui se découpent sur l'horizon.

Julia rit de bon cœur à l'énumération de ces clichés et pensa que Gladys avait un cœur d'artichaut. Elle lui avoua qu'elle aussi s'exerçait parfois à la peinture.

Julia lui avoua qu'elle ne connaissait pas vraiment la France.

— Chaque fois que je prends un congé, je file à Constantinople, à Oslo, à Rome, ou à Madrid pour aller visiter des musées, des parcs ou des palais.

Elle omit de lui dire qu'elle visitait aussi les bars des ports, les boîtes de nuit, les clubs échangistes, en noctambule avertie.

Julia racontait donc des histoires à Gladys dont elle se moquait royalement. En effet, Gladys était capable de parler peinture ou bibelots, mais n'arrivait même pas à imaginer le monde dépravé dans lequel évoluait Julia.

Gladys ne savait raconter que les mini-choses qui l'agaçaient, qui l'énervaient...En scribe fataliste, elle n'avait pas grand-chose à raconter...

Julia, au contraire de Gladys était très sincère, lorsqu'elle se confiait à quelqu'un, dont elle se fichait des critiques...

Elles partirent donc en exploration pour s'occuper, afin de faire le tour des ponts ; visitant les piscines, les jacuzzis, les saunas, les hammams, les salles de sport, de massages...

Julia était vêtue assez chaudement avec une longue parka dorée enjolivée d'un col en fourrure de loup, alors que Gladys portait un blouson assez court qui ne lui couvrait pas les jambes. Gladys frissonna au vent du large, Julia consentit donc à se réfugier avec elle dans un bar du paquebot.

Pour voyager en bateau, le mois de janvier en méditerranée est assez froid. Elles commandèrent des boissons chaudes pour se réchauffer au barman qui leva la tête et eut un regard un peu goguenard.

La salle était quasiment pleine de passagers qui s'étaient réfugiés là, dans l'espoir d'y trouver un peu de réconfort. Les bavardages bruyants allaient bon train...

Julia, en parfaite psychologue de la vie, tint ce langage un peu taquin, mais sur un ton sans aménité à Gladys :

— Tu n'es pas dans ton élément dans la justice. D'après ce que je vois de toi, tu es trop sensible pour te frotter constamment à des magistrats imbus de leurs prérogatives et pouvoirs.

— Tu as raison, dit Gladys : je ne suis pas dans mon élément et je t'envie d'avoir la liberté de faire ce que tu veux !

— Tu as de la chance, Gladys, dit Julia, d'avoir malgré tout gardé une étonnante sorte d'innocence...

Moi, lorsque je rencontre quelqu'un, je suis moi-même

que ça plaise ou pas, je m'en moque !

Gladys ne lui reprocha pas cette remarque. Elle comprenait merveilleusement et respectait ce qui poussait Julia à parcourir le monde, à être elle-même dans ce milieu glauque de l'investigation.

Elle tourna la tête vers la grande baie vitrée du bar afin d'observer le vol plané des mouettes, goélands et cormorans. Gladys aimait ce moment saisissant où l'un de ces oiseaux de mer s'élevait pour planer un moment au-dessus du bateau, puis plongeait brusquement vers les vagues, emportant dans son bec un morceau de pain, lancé par un commis de la cambuse.

Symbole vivant de la liberté, ils étaient superbement libres de survoler la mer, de crier et de se reproduire. Tout cela ne pouvait pas disparaître avec l'inéluctable réchauffement du climat. D'ailleurs à ce moment-là, leur conversation tourna autour de ce problème. Peu importait le souci du réchauffement de la planète, le quotidien du simple quidam virait plutôt du côté de son portefeuille raplapla.

— Crois-tu Julia, que ces beautés naturelles, ces choses irremplaçables, s'effaceront à jamais avec nos contemporains ?

— Je suis comme le mec « lambda », je ne sais jamais comment je vais finir le mois, ni comment je vais payer Flam. Je vis au jour, le jour, alors après moi, le déluge… !

Le barman s'abîmait dans son vague à l'âme en essuyant quelques verres.

De l'autre côté du bar, trônait sur un haut tabouret un beau quadragénaire, barbu de deux jours. Ce détail indiquait que l'homme se piquait de respecter les codes de la mode actuelle masculine. Il les matait en dégustant un whisky.

Forte de son sex-appeal et de sa perspicacité, pas timide pour deux sous, Julia lui lança une œillade en relevant une mèche de cheveux fous.

Il pensa qu'elle était plutôt jolie, mais que ce genre de fille, il suffisait de claquer des doigts pour qu'elle tombe d'un bananier.

C'était ce qui eut pour effet de le faire rappliquer illico, auprès d'elles.

Il ne fut pas long à devenir familier bien qu'il pût se donner de grands airs en parlant. Alexandre était son prénom et son charme opérait de lui-même.

Il dit qu'il était prestidigitateur-hypnotiseur ce qui déclencha un rire dans les aigus de Julia. Gladys elle, évanescente, buvait son soda en tirant sur la paille, sans commentaire...

Descartes aurait dit : « Je pense, donc je suis... », Gladys pensait : « Je sirote, donc je suis »... En effet, elle suivait la conversation sans états d'âme...

— J'enchaîne un nouveau spectacle sur cette croisière, car ma carrière ne décolle pas vraiment.

Ses mains étaient toujours en mouvement lorsqu'il parlait et la fixait. Gladys pensa qu'il devait avoir une bonne présence scénique, avec ce regard magnétique. Son allure de vieux beau avec ses cheveux grisonnants à la Richard Gere le rendait élégant et agréable. Il était physique, son intellect émanait de sa bouche, de ses yeux, de son corps.

Quant au reste... La couperose qui marquait ses joues trahissait un penchant pour la bouteille.

Il avoua, non sans humour, qu'il avait essayé de léviter dans un numéro, mais il n'avait récolté qu'une entorse à la cheville.

Julia rit à nouveau aux éclats et Gladys se dérida un peu. Il pouvait ainsi redonner la vie à un troupeau d'hommes ou de femmes en pleine dépression avec ses numéros farfelus, si ce n'est loupés...

— Ton métier est un peu comme le mien, dit Julia, plein d'imprévisibilités ! Je connais le crime, je connais le coupable, mais je ne sais pas comment il a fait...

Je dois enquêter, je dois me travestir, je dois devenir une autre moi-même, un ectoplasme que personne ne peut découvrir, enfin comme un illusionniste !

Gladys mâchouillait sa paille en étant attentive à ce qu'ils racontaient, sans se découvrir. Peut-être une déformation du métier, toujours à l'écoute du fautif qui témoigne ! Sans doute aussi, parce qu'elle n'avait rien à dire...

Julia, quant à elle, leur raconta comment elle pouvait rester des heures à attendre cachée immobile dans sa voiture, caméra au poing, un type qui s'était porté pâle pour lombalgies envers son employeur.

Il pouvait donc ainsi travailler à la construction de sa maison gratuitement, payé par la sécurité sociale.

Gladys approuva en disant qu'elle connaissait ce genre d'énergumène qui se retrouvait parfois sur les minutes des prud'hommes...

Mais cela n'intéressait pas notre bonhomme qui avait un dégoût profondément respectueux pour la justice.

— Il vous faut une sacrée dose d'humour à chacune pour prendre au sérieux votre métier ! dit Alexandre, moqueur...

— Je pense qu'il vous arrive souvent de louper vos tours de magie, répondit Julia.

Alex rigola et dit que le public, lorsqu'il loupait un tour, pensait que c'était fait exprès.

— En fait, je suis un escroc patenté. Malgré tout, je ne passerai jamais la porte d'une salle d'audience...

Je me sers de l'émotion constamment, elle évolue positivement dans le spectacle, car elle procure le rire, la joie, le bonheur du public. Je ne suis pas unidimensionnel, je suis plein de choses à la fois, aussi personne ne peut me faire confiance.

Cette confession le fit rire à gorge déployée.

— Vous me feriez confiance ? dit-il, railleusement...

— Oui, si vous êtes sincère ! dit Julia, sinon vous ne vous en flatteriez pas.

— Alors puis-je vous proposer à toutes les deux de faire partie de mon numéro d'hypnotisme !

Ses yeux d'une redoutable alacrité, semblables à ceux d'un animal, sondèrent Julia et Gladys qui crurent y lire un avertissement muet.

— Pourquoi pas, dit Julia ?

Gladys, quant à elle, ne se prononçait pas... Elle n'était pas convaincue du bien-fondé de cette proposition. Suspicieuse, elle trouvait même que Julia allait vite en besogne pour copiner avec ce type qu'elles ne connaissaient ni d'Adam, ni d'Eve une demi-heure plus tôt.

* * *

— Il y a un petit salon confortable et discret dont je me sers à bord afin de recruter de bonnes âmes pour mon numéro.

— En quoi cela consiste ? dit Julia.

— Suivez-moi, je veux voir votre réceptivité à l'hypnose.

Gladys, bien qu'elle soit un peu réticente à ce genre de pratique, se dit qu'une expérience en valait une autre et puis c'étaient les vacances... Alors, elle allait suivre.

Elle trouvait aussi qu'elle avait la chance de connaître une fille sympa en Julia. Elle lui apportait un peu d'exotisme amical dans sa vie monotone et terne. Alors il ne fallait pas qu'elle fasse sa bêcheuse...

Les conversations bruyantes allaient bon train dans ce grand salon, on ne s'entendait plus.

Alors Alex introduisit Julia et Gladys dans cette petite pièce bien rangée, au décor simple et moderne.

L'endroit embaumait surtout un pot-pourri de pétales de roses séchées qui débordait d'une assiette décorée avec soin sur une petite table basse en teck.

Alex, sous des apparences trompeuses, était un passionné. Les péripéties fictives jaillies de son imagination se traduisaient en numéros, soit grotesques, soit réussis.

Il possédait aussi un rare talent d'embobineur ou plutôt, pour faire plus chic, d'hypnotiseur. S'il n'avait pas eu autant de classe innée, il aurait pu faire bonimenteur sur les foires et marchés. Aussi, la malice, le culot étaient les ressorts majeurs de sa réussite.

— C'est drôle, murmura-t-il d'un ton pensif, on est là tous les trois et je ne sais rien de vous...

— Qu'est-ce que vous voulez savoir ?

— Par exemple, où vous habitez, en dehors de la croisière...

— Quels sont vos hobbies ? Qui connaissez-vous ?

— N'êtes-vous pas trop curieux ? Arrêtez, nous n'aimons pas ça, dit Gladys !

— C'est surtout pour rompre la glace et connaître vos goûts et affinités.

Elles avaient malgré tout l'impression qu'il leur cachait une partie de l'histoire. L'impression plus forte encore qu'il tenait à ce qu'elles s'en rendent compte.

Gladys pensait que Julia était trop confiante, elle semblait avoir succombé au charme d'Alex. Il fallait peut-être qu'elle ouvre l'œil pour deux…

Elle était douée de ce sixième sens qui permet à la spécialiste qu'elle était, de déceler dans l'autre le côté sombre.

Elle était sage et triste comme l'imposait son emploi. Elle était une sorte d'héroïne, comme Juliette dans *Roméo et Juliette*. Elle attendait sur son balcon, le prince charmant et rêvait de l'épouser.

Alex attendait qu'elles manifestent leur enthousiasme à sa proposition et le fait que Gladys doute du bien-fondé de cette expérience l'enrageait intérieurement. Il n'appréciait pas que quelqu'un lui tienne tête.

Il leur fit un résumé laconique, selon une approche plutôt humaniste, de l'hypnose. Il voulait les amener à rentrer en communication avec lui.

— Vous allez renouer d'une façon ludique avec vos ressources intérieures afin de vous libérer de vos inquiétudes. Vous retrouverez le bien-être et la liberté !
C'est un lieu où les mots comme partage, respect et humanité ont encore un sens et une réalité… C'est une méthode complétant les approches propres à une profession de santé…

Gladys pensait : « baratin vague et accrocheur afin de prendre le contrôle sur elles, les conditionner et endormir leurs incertitudes ou appréhensions ».

Il commença donc sa tentative d'hypnotisme par Gladys, la plus réfractaire, afin de voir si elle serait réceptive ou bien totalement inutilisable pour son spectacle.

Il sortit de la poche de son veston une sorte de pendule en cristal qu'il fit osciller devant les yeux grands ouverts de Gladys.

Sa voix grave et suggestive, emplie d'incantations, la berça comme celle du serpent tentateur, dans *Le livre de la jungle*. Gladys ne résista pas trop longtemps à la somnolence.

Julia était médusée par la force de conviction d'Alex et ne tarda pas, elle aussi, à tomber dans un état de catalepsie.

Leur niveau d'attention étant capturé par Alex, il n'eut pas de mal à suspendre leur vigilance. Leurs blocages internes cédèrent les uns après les autres, grâce à l'intervention magnétique et surtout opportuniste d'Alex.

Il les prépara donc à son numéro par ses injonctions verbales visant à provoquer des modifications au niveau de leur conscience.

Durant cet enchantement, cet état magnétique, elles agiront et communiqueront entre elles, avec Alex et seulement avec lui... Mais il pouvait aussi profiter d'elles...

C'était comme un sommeil lucide, un somnambulisme éveillé.

Alex pensa qu'elles étaient alors à sa merci. Il s'informa sur leur lieu de résidence, leur famille, leur numéro de téléphone, leurs numéros bancaires en subtilisant leurs sacs à main et portefeuilles.

Il prit note de tout ce qui l'intéressait au premier chef.

Lorsqu'elles se réveilleraient de leur torpeur, elles seraient transparentes et tout à fait aptes à répondre à ses ordres.

— Lorsque je claquerai des doigts, vous vous réveillerez et ne vous souviendrez de rien. Vous serez heureuses, détendues, sans inhibitions...

En effet, lorsqu'elles reprirent leurs esprits, il n'y avait plus de traces au niveau de leurs consciences de cet épisode.

Alex avait bien pris soin de leur mettre entre les mains, une coupe de champagne, avant de les réveiller. Il fit en sorte de porter un toast à leur association.

Julia et Gladys étaient aux anges, tout à fait dévouées à leur nouveau maître.

2
BARCELONE

Le hasard de la rencontre fortuite avec Alex leur ouvrait l'esprit. Alex avait créé un élan vers autrui chez ces jeunes intermédiaires.

Gladys, qui était aux abois à cause du vide affectif de sa vie, ressortait légère et pleine d'allant de cet état d'hypnose.

Le côté ésotérique de l'hypnose l'avait rebuté au début. Comme elle avait encore son enfance et le rêve à sa portée de cœur, ces émotions positives émises (sans aucun doute par la pensée d'Alex), créaient en elle une joie, un lâcher-prise...

Pour Julia, qui était comme une poupée de chiffon qui parle, mais dont le sort est d'être un jour abandonnée, la sensation de bien-être était la même que pour Gladys. Elle s'était construite progressivement à l'image de ses désirs, mais cela avait créé en elle un vertige qui compromettait son équilibre.

Elles étaient promptes à saisir toute nouvelle opportunité. Leur perception du monde s'était aiguisée. Elles pensaient que leurs actions auraient le pouvoir de changer le cours des choses. Elles étaient plus motivées à agir, elles voulaient réaliser leurs souhaits.

La capacité de suggestion d'Alex ne s'était pas limitée à créer des émotions nouvelles. Elle incitait aussi à des actions malveillantes.

Il avait formulé dans leur subconscient des intentions quelque peu amorales, abusant de leur crédulité, sans qu'elles ne s'en aperçoivent.

Dorénavant, elles seraient rangées à ses ordres et se

comporteraient en fonction de l'attraction de la voix d'Alex...

Elles allèrent dîner et emportées par l'intérêt qu'elles manifestaient dorénavant pour les autres, elles engagèrent des conversations sur des thèmes banals comme la météo, les faits divers, etc.

★ ★ ★

Elles évitèrent les sujets susceptibles de créer des polémiques ou des débats comme la crise des gilets jaunes ou les problèmes gouvernementaux de la France.

Les dîneurs à leur table leur jetaient des coups d'œil en biais ou souriaient, tout à fait réceptifs à leur bon entrain. Alex avait disparu depuis qu'ils avaient trinqué à la réussite de leur association cocasse et devait sans aucun doute se préparer à présenter pour la soirée, son spectacle.

Elles étaient fatiguées de la journée et décidèrent de concert, pour la première soirée, de la passer dans leurs chambres respectives accompagnées d'un bon livre ou d'un magazine.

Alex ne comptait pas non plus sur elles pour ce soir, dans le futur, il aurait d'autres projets pour elles...

Le lendemain matin, après avoir déjeuné, elles se hâtèrent de regarder le programme de la journée sur un tableau indicatif à l'accueil.

Le paquebot qui avait avancé pendant la nuit accosta au petit matin dans le port de Barcelone, la capitale de la catalogne en Espagne.

Le dépliant qui promettait la visite du centre avec Las Ramblas, promenade ayant été le lieu d'un acte de terrorisme l'année précédente, les combla de satisfaction. Elles purent faire des achats de cadeaux et des photos ensoleillées.

Le repas de midi, savoureux, eut lieu dans un restaurant du quartier rénové pour les derniers Jeux Olympiques. L'après-midi fut réservé à la visite de la *Sagrada Familia*, un chef-d'œuvre de Gaudi, l'architecte de génie. Gladys était interloquée par ce gigantisme architectural inspiré de la nature.

Julia dit à Gladys : — On peut tout aussi bien

rencontrer Dieu dans la nature sauvage ! Tout ce béton qui monte au ciel ne peut rivaliser avec une montagne, un iceberg, un volcan !

— Je ne te connaissais pas aussi naturaliste ! Pourquoi, tu as rencontré déjà Dieu ou le Saint-Esprit ?

— Ne te fiche pas de moi... Je n'ai pas l'air comme ça, mais je peux être mystique, surtout quand je m'envoie au septième ciel !

— Ah ! Je te retrouve là ! répondit Gladys, aux principes non extensibles, quelque peu choquée mais ravie au fond d'elle-même...

— Julia, tu sais ce que j'aime en toi ? C'est l'élégance innée avec laquelle tu exprimes le fond de ta pensée !

Marc, qui semblait au début de leur rencontre rongé par la timidité, un des passagers avec lequel les filles avaient copiné, se mêla à la conversation. Il applaudit aux dires de Julia et les autres touristes firent « chut ! », scandalisés par la tenue irrespectueuse de ceux-ci dans une église...

Les filles rirent sous cape comme des adolescentes dévergondées et tirèrent par la manche Marc, dans un recoin. Il y avait dans cette amitié naissante une complicité à la *Friends*.

Julia lui donna une tape sur la joue pour l'admonester. Marc minauda en faisant celui qui pleure d'être puni. Il dit qu'il aimerait qu'on lui fît d'autres sévices, mais dans une situation plus relax...

Depuis le repas de midi, ce vieux gars avait sympathisé avec les filles et il espérait trouver auprès d'elles des compagnes de voyage spirituelles et émancipées. Marc se disait passionné de photographie. Il tint dans un jardin public à ce que les filles fassent un selfie avec lui. Il voulait l'envoyer à sa maman pour la réconforter, comme elle était restée seule.

En reculant, pour prendre en photo, un groupe de dindons qui passait en glougloutant faillit le faire tomber dans un bassin. Les filles, survoltées, eurent un fou rire mémorable.

Elles le trouvaient un peu simplet. Les filles pensaient entre elles que c'était un puceau ou un homo refoulé...

Ils rembarquèrent en fin d'après-midi, réjouies de cette

belle journée.

Elles croisèrent Alex, toujours aussi courtois qui les invita à l'apéritif avant le dîner du soir.

Elles acceptèrent de bonne grâce, car leur conscience était toute disposée à ces retrouvailles. Leur a priori avait fait place à une subordination toute complaisante à Alex.

Il leur apprit qu'un défilé de mode était prévu pour le lendemain au soir.

— Un jeune créateur de mode organise un défilé sur le bateau et cherche des mannequins pour porter ses tenues… Je pense que vous devriez tenter l'expérience, car vous êtes tout à fait dans la mouvance de la mode actuelle.

— Vous êtes un grand flatteur ! dit Julia, canaille…

Gladys, un doigt interrogateur sur sa bouche, ne se prononçait pas.

— Qu'est-ce que tu en penses ? dit Julia.

Au grand étonnement de Julia, Gladys n'était pas réticente :

— Pourquoi pas ?

Une telle expérience n'était pas pour la déstabiliser. De corpulence menue, elle ne faisait qu'un petit 40 en taille…

— Bon, si tu es partante, je te suis ! D'ailleurs, je crois que j'ai la taille mannequin avec mon mètre soixante-quinze…

Alex les considéra, sans ciller, les félicitant de leur accord pour cette occasion.

Il les encouragea en leur promettant de s'occuper des démarches afin de les y inscrire.

— Profitez demain de votre journée. Il faudra que vous vous présentiez sur le pont supérieur dès votre retour afin de vous y faire préparer.

— Vous êtes *cute* les filles, je vous aime !

— Vous êtes toujours invitées à voir mon spectacle, vous serez étonnées…

Il avait volontairement omis de leur dire que ce défilé serait sponsorisé par un grand bijoutier de Nice. Il y aurait, sans nul doute, des joailleries valant plusieurs milliers d'euros.

En effet, de riches amateurs d'art ou retraités séjournent en croisière afin d'éviter les rigueurs de l'hiver. Ils peuvent faire pour leurs épouses ou leurs maîtresses des cadeaux de bijoux de grande valeur.

Certains étrangers russes ou richissimes excentriques achètent des bijoux afin de blanchir de l'argent gagné de façon peu orthodoxe.

Elles dînèrent à la table du capitaine du paquebot qui n'avait rien d'un personnage de cinéma...

Petit, replet pour ne pas dire ventripotent, sanglé dans son costume blanc, dont la coupe approximative lui sciait l'estomac, il ne pouvait pas rivaliser avec Jack Sparrow, le fameux capitaine pirate des caraïbes. Il n'avait aucun charme, si ce n'est pour de vieilles filles en manque de reconnaissance...

Il gardait malgré tout une dignité de croque-mort, étant satisfait au plus haut point de son importance.

Malgré ce simulacre de repas d'enterrement, elles s'amusèrent beaucoup à plaisanter en aparté avec Marc. Il se gaussa de pouvoir lui aussi participer au défilé, s'il se déguisait en femme...

Il respecta un silence, comme pour ménager son effet et dit d'un ton plein d'humour :

— J'ai de très belles jambes, un mètre de long comme Adriana Karembeu et une taille de guêpe !

— Ouah ! Ouille... ! Avec une perruque et des talons hauts, tu peux rivaliser avec Miss France ! Beau gosse ! Se moqua Gladys...

— Parie que tu es cap ! dit Julia enjouée, on compte sur toi...

— Ouah ! D'ac, je suis votre homme. Oh ! Pardon, votre Adriana...

Pour les filles, il était un peu pompette et cela lui donnait le culot de tenir le pari.

Au fond de lui, Marc était tout à fait *clean* et ne voulait pas les lâcher d'un iota. Il cachait sous ce patronyme et ses airs innocents une double personnalité.

★★★

Marc était en fait un inspecteur des services de la MILAD (mission de lutte anti-drogue) et s'appelait en réalité Camille Lambert. Il avait pris un pseudonyme pour dissimuler son identité, afin de mener une enquête sur les agissements d'Alex.

En effet, Alex soupçonné d'allégeance à la cause palestinienne, pourvoyeur d'argent, était suspecté de vols lors de ses voyages professionnels. Marc avait senti l'embrouille lorsque les filles lui avaient raconté qu'Alex voulait les faire participer à son spectacle...Il les tenait à l'œil...

Il était aidé dans sa mission par deux autres policiers privés. Payé par les services secrets israéliens, il les avait contactés en aparté à l'embarquement. Il devait coopérer avec eux dans l'enquête.

C'était un couple tout à fait ordinaire. Lui était chauve, bedonnant, avec des lunettes aux verres en cul de bouteille et elle était blonde, peroxydée, un peu fofolle, avec une bouche au sourire dentu (en dedans et en dehors)... Lorsqu'elle riait, sa poitrine aux implants mammaires disproportionnés sautait dans son soutien-gorge, comme s'ils voulaient s'en échapper.

Sous leur air insignifiant, lui était ceinture noire de judo, et elle maniait la gâchette comme Josh Randall dans la série télévisée *Au nom de la loi*.

Marc avait tout de suite compris qu'il ne fallait pas s'y frotter, que c'étaient des gens plus que sérieux...

Il haussa les épaules, comme pour charger mentalement ses collaborateurs émérites du poids de ses responsabilités dans cette enquête.

Ce soir, Marc était soucieux, car les filles voulaient assister au spectacle d'Alex... Il fallait qu'il y soit aussi.

★★★

Le dîner n'étant plus qu'un souvenir, les deux filles, entraînées par le plus merveilleux des jeunes hommes, un Italien, à la stature de géant, nommé comme le célèbre Casanova, avaient court-circuité Marc, par trop collant.

Elles voulaient remonter avec lui un peu à l'air libre, pour admirer le ciel...

Julia avait fait sa connaissance en tirant sur sa cigarette sur le pont *Baléares*. Après un *buongiorno* découvrant une double rangée de dents éclatantes de blancheur, il lui avait tendu une main d'étrangleur, mais quand il lui parla, sa voix était étrangement douce aux accents roulants :

— Je suis fier d'être sur ce magnifique navire, Signorina, mais il n'a d'égal que votre grande beauté !

Julia regarda autour d'elle. C'était bien à elle qu'il s'adressait et elle se sentit tout émoustillée par ce joli compliment.

Elle discuta un moment avec cet étranger si mystérieux qui lui avait donné rendez-vous après le dîner.

Julia, pas bégueule pour deux sous, en parla à Gladys, qui fut satisfaite, elle aussi, de faire plus ample connaissance.

Il vint à leur rencontre et soudain s'écria :

— Regardez !

Une pluie d'étoiles filantes traversa le ciel. C'était beau comme un feu d'artifice, fantomatique comme une apparition.

— Ces météores s'appellent des astrofiles ou astéroïdes, expliqua Casanova. C'est un essaim de météores associés. Plus prosaïquement, c'est une pluie d'étoiles qui arrivent de la constellation du zodiaque des Gémeaux en décembre.

— C'est merveilleux, s'enthousiasma Gladys en contemplation devant ces phénomènes lumineux d'étoiles filantes...

Dans l'immensité, les météores s'enfoncèrent dans l'eau qui miroitait en reflets de métal, comme pour s'y noyer.

— Nous avons vraiment de la chance d'y assister ! dirent-elles en cœur.

— Faites un vœu...

Rêveuses, Julia et Gladys restèrent un moment à contempler la nuit, puis elles invitèrent Casanova à venir danser avec elles.

Elles étaient réconciliées avec la vie après ce merveilleux spectacle naturel et la nuit ne venait que de commencer...

Ils traversèrent les coursives afin de se retrouver, attirés par les lumières des grandes baies vitrées du grand salon où l'on dansait.

Sur la piste, des danseurs tendrement enlacés se dandinaient au rythme des morceaux de musique.

Gladys était très en beauté dans une mini-jupe serrée sur ses cuisses musclées, gainées de bas noirs satinés, aux talons hauts à la semelle rouge vif de *Louboutin*. Chaussures créées afin d'attirer l'œil sur les chevilles fines.

Elle tira Casanova par la manche du veston, dans l'intention, à l'évidence, d'en faire son cavalier.

La scène amusa Julia qui semblait un peu fatiguée de sa journée.

Elle sirotait un cocktail et soupirait un peu, quand :

— Vous permettez ?

Julia s'étonna un peu et son visage se métamorphosa en se retrouvant nez à nez avec le commandant en second Thierry Lang qui lui offrait son bras pour un tango endiablé.

Elle minauda un peu en glissant son bras sous celui de son athlétique danseur.

— Vous n'avez pas peur pour vos pieds !

Thierry sourit :

— La mer est calme, pas de tangage, je ne risque rien.

Ils s'éloignèrent sur la piste de danse aux accents du *Liber tango* d'Astor Piazzolla interprété au bandonéon et au piano.

Les yeux dans les yeux, Julia se montra lascive et connectée à son partenaire. Sa robe rouge au décolleté vertigineux dans le dos, fendue sur ses cuisses fuselées, laissait entrevoir une plastique parfaite.

Le corps de Thierry remplissait l'espace, leurs corps se touchaient et elle s'abandonnait, lorsqu'il la soulevait presque de terre, comme un fétu de paille.

L'alcool qu'elle venait d'absorber lui montait à la tête, elle se sentait chavirer. À a fin du morceau, elle se laissa aller sur l'épaule de Thierry qui lui baisa tendrement le cou, en lissant une mèche folle de cheveux derrière son oreille.

Le téléphone portable de Thierry sonna :

— Julia, écoutez, je dois reprendre mon poste…mais je voulais vous dire…

— Oui ?

Il lui lâcha la main, posa un doux regard sur elle et s'excusa, en lui souhaitant bonne nuit.

Julia qui ne s'embarrassait pas de scrupules au moment

de conclure une idylle poussa un gros soupir de contrariété...

Thierry pensa en reprenant son poste qu'il n'avait jamais connu une fille aussi belle. Ça le coupa dans ses élans.

Julia fit un signe vers Gladys et Casanova enlacés dans une danse effrénée, afin de les avertir qu'il fallait qu'ils assistent au spectacle d'Alex...

Il ne fallait pas tarder, peut-être que le spectacle était terminé...

Ils sortirent du grand salon à toute allure et Gladys faillit se tordre une cheville avec ses hauts talons sur l'épaisse moquette. Casanova la prit presque sous son bras afin de l'aider, car elle s'était mise à boiter.

Julia qui était tout engourdie de plaisir leur dit :

— Si Alex veut m'hypnotiser, je crois que je suis déjà dans un état semi-hypnotique...

Gladys et Casanova partirent d'un rire joyeux et dirent à l'unisson que ce n'était peut-être pas la peine, alors, d'aller à ce spectacle bidon !

Julia approuva et dit :

— Biturons-nous !

Ils firent demi-tour et entrèrent en catastrophe, provoquant une animation joyeuse, dans le bar encombré. Casanova, debout, à demi coincé entre une paire d'épaules et une paire de seins, commanda trois autres cocktails bien chargés en alcool.

À ce moment-là apparut Marc :

— Où étiez-vous passées ?

— Voilà notre nounou ! Casanova, commandez un autre cocktail pour notre ami, cria dans la cohue Gladys.

— Vous n'avez rien perdu de rare, le spectacle est bel et bien terminé ! fit Marc goguenard...

Au diable les soucis, ils se sentaient tous les quatre en grande forme. Marc était soulagé de voir les filles si heureuses.

Ce soir-là, Julia et Gladys courtiseraient longtemps un sommeil qui tarderait à venir. Mais elles ne seraient pas les seules, Casanova, Thierry et même Marc alias Camille feraient des rêves érotiques qui les réveilleraient en sursaut avec des papillons dans l'estomac...

3
LE DÉFILÉ

Le bateau avait avancé pendant la nuit et était entré dans le port maritime de Civitavecchia, une ville métropolitaine de la capitale de Rome. C'est une importante plaque tournante pour les marchandises et les passagers.

Julia ainsi que Gladys se réveillèrent d'excellente humeur et avaient toutes les deux une faim de loup.

Pour Julia, un simple baiser avait opéré une réelle métamorphose.

Elle tira ironiquement sa langue au miroir qui lui fit voir qu'elle était chargée. Son foie était encombré par toute la boisson ingurgitée la veille et elle prit donc un comprimé d'*Alka Seltzer* avec un grand verre d'eau minérale.

Au diable le régime strict qu'elle suivait depuis l'adolescence, sans alcool, sans sucre, elle se sentait si bien !

Gladys ayant pris une douche écossaise se sentait, elle aussi, en pleine forme. Après avoir déjeuné au self, elle prenait déjà l'air iodé sur le pont en compagnie des mousses en bottes plastifiées, qui brossaient le pont sur lequel ils avaient jeté de grands seaux d'eau.

Quelques goélands et des mouettes moqueuses coupaient le ciel en direction du large.

Plus loin, elle fut surprise par les sanglots d'un homme qui était accoudé au bastingage de la passerelle :

— Qu'avez-vous ?

L'homme la regarda, gêné, et Gladys lui proposa un mouchoir en papier qu'elle sortit d'un paquet, de son sac à main.

— Merci, mais je ne me mouche que dans des mouchoirs en tissu, lui dit-il.

— Quelle importance, aujourd'hui on ne lave plus les mouchoirs, ce sont de vrais nids à miasmes... Ça, et les rince-doigts, dit-elle en plaisantant, pour le décoincer.

Gladys était surprise par ce manque de modernité de la part d'un homme qui semblait encore assez jeune. Elle lui donnait à tout casser une quarantaine d'années.

— Je sors d'une grande épreuve, voyez-vous ! Mais, excusez-moi, je ne me suis pas présenté. Je m'appelle Edmond Routier, comme un routier, bien que je sois comédien de métier...

— Ah ! Vous êtes comédien... Vous vous entraînez donc à pleurer ?

— Non, comme je vous l'ai dit, j'ai subi une longue dépression après avoir joué un rôle qui m'a pris aux tripes.

— C'était un rôle important ?

— Oui, je jouais un alcoolo... et je suis tellement consciencieux que j'ai fini par le devenir moi-même, pour plus de réalisme.

Gladys le regardait avec pitié, le trouvant si émouvant.

— Oui, j'ai dû subir, à la suite de cela, une cure de désintox...

— À l'heure actuelle, je m'en remets très difficilement, car l'on me propose sans arrêt des scénarios de types shootés ou alcooliques...

Gladys prétexta une excuse bidon pour se soustraire à la compagnie de ce dépressif qui en définitive inspirait plus de la moquerie que de la pitié... Au fond d'elle-même, elle souriait intérieurement de tant d'incapacité à surmonter les épreuves, elle qui, pourtant si fragile, en avait déjà traversé beaucoup.

★ ★ ★

Sur la passerelle, l'officier de quart donnait des ordres aux marins qui manipulaient le clavier électronique de la timonerie.

Il mit au courant par téléphone interne le commandant en second Thierry Lang que la prochaine nuit allait être agitée. Une menace de tempête se précisait...

— Hier, la météo parlait de coups de vent...

— Non, dans la nuit, nous avons reçu un avis de gros temps, c'est tout ce que je peux dire, répéta l'officier. Ce soir le vent va souffler très fort. La mer va être très mauvaise.

En effet, quelques mouettes, sentant le changement de temps, s'étaient retirées sur le port en faisant un ramdam de tous les diables.

Thierry était songeur, car le paquebot avançant la nuit, afin d'arriver à l'étape prochaine du jour, allait subir les aléas de vagues de plus de quatre mètres. Le défilé ayant lieu le soir, il allait être impossible aux mannequins de tenir debout.

Il fallait qu'il prévoie des exercices d'alerte pour les passagers. C'était un exercice indispensable et la visite de Rome serait ainsi compromise...

— Quelle tuile ! On ne pouvait pas faire autrement.

Il envoya un message audio dans tous les salons. Il donna l'ordre à dix heures du matin de se retrouver sur la passerelle supérieure, afin de donner les consignes d'urgence aux quatre cents passagers.

La visite de Rome s'effectuerait après cet exercice..., les visites du matin seraient annulées...

Dans l'après-midi, alors que s'effectuait la visite du Vatican, Julia, Gladys et Marc se rendirent à la chapelle Sixtine, afin d'admirer les œuvres picturales et les sculptures, comme la *Piéta* de Michel-Ange.

Ils rejoignirent à toutes jambes la fontaine de Trévi. Ils jetèrent des pièces de monnaie dans l'eau, en formulant intérieurement un vœu.

Puis ils eurent juste le temps de revenir au paquebot en prenant le métro et ensuite un taxi, sans trop se mouiller, car il commençait à pleuvoir des cordes.

De grosses vagues soulevaient déjà le bastingage par l'arrière. Les amarres grinçaient sous le choc réitéré des vagues.

La mer avait pris une vilaine couleur d'écume, blanc sale.

★ ★ ★

Le défilé s'annonçait plutôt épique...

Aussi, le soir venu, les filles, courageuses, d'un pas de culbuto, osèrent proposer leurs services à l'organisateur du défilé qui, bien qu'énervé par ce contre-temps imposé par la nature, voulait malgré tout qu'il eut lieu. Il tapait des mains, criait à tout va...

Les jeunes mannequins, pas rassurées du tout, réclamaient à corps et à cris des médicaments contre le mal de mer. Chaque soubresaut contrariait la pose de faux cils ou d'eyeliner, qui coulait sur la joue lamentablement.

Julia et Gladys se réconfortaient mutuellement en s'habillant des tenues légères et colorées que le créateur leur proposait pour le prochain été. Elles riaient sous cape, car Marc avait voulu les accompagner dans les vestiaires et il virevoltait sans cesse, bousculé par les filles à moitié nues qui le taquinaient.

Elles se demandaient ce que faisait là ce jeune homme empêtré et timide qui les jaugeait en catimini.

Après avoir revêtu des tenues légères en mousseline et soie indienne, elles se firent coiffer par de jeunes stagiaires coiffeurs recrutés pour l'occasion.

L'heure de défiler allait sonner quand arriva le bijoutier avec une valise pleine de joyaux en or et diamants.

Il essaya sur Julia et Gladys des colliers en pierreries et diamants de grande valeur... Pour Julia, ce fut une rivière d'émeraudes qui faisait ressortir ses prunelles vertes. Pour Gladys, un collier en rubis et diamants qui faisaient ressortir son teint clair.

En fond musical, on entendait au loin régulièrement des lots de vaisselles et de verres tombés à terre, se brisant dans un fracas assourdissant. Tout le mobilier craquait sinistrement sous les coups de roulis. Le bateau cahotait dans les remous du ressac.

L'organisateur commençait à prendre la mesure du désastre quand Alex fit son apparition... Il était pâle et semblait avoir perdu tout sens de l'humour.

Marc, d'un pas incertain, s'interposa à sa progression, en faisant croire à Alex qu'il avait le mal de mer et qu'il risquait vomir sur lui.

Il en profita pour tâter Alex afin de voir si celui-ci avait une arme. Alex le repoussa fraîchement. Et maintenant, les deux hommes s'affrontaient, devant le public des jeunes femmes incrédules.

Marc était conscient qu'il lui fallait de l'aide. Aussi la privée blonde tapageuse lui vint en renfort, en s'interposant et en le poussant ainsi qu'Alex d'une main de fer, hors des vestiaires des femmes.

— Allez ouste ! Partez de là ! On n'a pas besoin de voyeurs !

Elle s'était inscrite à ce concours prévoyant intuitivement qu'il y aurait du rififi dans cette présentation de bijoux.

C'était heureux qu'elle ait pu faire taire les dissensions entre les deux hommes. Elle avait peut-être torpillé une attaque d'Alex...

Dans les entrailles du paquebot, au fin fond de la coque, les mécanos au visage souillé d'huile de vidange s'affairaient.

Le bateau avait lâché les amarres et le commandant en chef poussait les turbines. Le commandant en second Thierry sentait qu'il y aurait sans doute de la casse dans certaines machines obsolètes, vu leur vétusté.

La turbine n° 3 était à bout depuis un certain temps et à ce rythme endiablé, elle haletait pitoyablement. Le capitaine était rouge cramoisi et éructait des ordres à ses subalternes.

Thierry, ébranlé par ce manque de discernement du capitaine, lui dit :

— Capitaine, il en va de la sécurité du bâtiment, nous devrions faire demi-tour !

— Pas question, nous allons prendre du retard et nous devrons annuler la visite de Savone.

Thierry s'entêta :

— Si un moteur Diesel explose, la situation peut devenir tragique !

— M'est avis que vous voulez prendre ma place ? Monsieur Lang, votre recommandation ne m'intéresse pas ! Croyez-moi ! Préparez-vous plutôt à monter la vitesse. Je vais faire un rapport écrit circonstancié à votre intention. Il nous faut devancer la tempête...

— Si nous avons le vent arrière, le bateau va aller tout droit, il a l'air d'être régulier, bien que le courant soit violent... dit Thierry.

— Que faire ? À part de se résigner.

Thierry reprit son poste dans le vacarme des moteurs torturés.

★ ★ ★

Il était déjà 22 heures lorsque les mannequins purent commencer le défilé.

Le public était rare. Les personnes âgées étaient déjà cloîtrées dans leur cabine, afin de s'étendre un peu ou tout bonnement de chercher un peu de réconfort dans ce chaos.

Julia et Gladys regardèrent par une fente du rideau en velours rouge, de l'ancien salon fumoir où se déroulait la manifestation.

Elles aperçurent Alex, assis devant, sur un siège bridge, qui attendait le défilé, songeur, sa tête appuyée sur son bras.

— Pourquoi est-il là ? dit Julia à Gladys.

— Il veut tout simplement nous voir !

— Je ne crois pas, il a une idée derrière la tête ! dit Julia, maintenant suspicieuse...

Les premiers mannequins défilèrent d'un pas incertain et l'une d'elles tomba carrément par terre. Elle se releva, confuse, mais repartit en boitillant comme le créateur de *Charlot* dans ses films, ayant cassé un talon.

Charly Chaplin aurait dit en de telles circonstances : « L'obstination est le chemin de la réussite ».

Mais ici, c'était vraiment l'obstination de la stupidité. Gladys ne put retenir un rire nerveux et dit à Julia :

— Je me sens incapable d'assurer ! J'ai le trac ! Je pense que je vais perdre l'équilibre !

— Tu dois regarder devant toi et marcher comme si tu avais un livre sur la tête.

—Tu parles, avec plus de 80 carats autour du cou, je suis tirée en avant... Je vais m'effondrer, plaisanta Gladys.

À ce moment-là, elles entendirent un cri provenant du mannequin qui venait de tomber :

— J'ai perdu ma rivière de diamant sur le podium !

Julia, en parfaite enquêtrice privée, se rua sur le podium, flanquée de la blonde incendiaire.

— Restez à vos places, il nous faut retrouver un collier de grande valeur qui est tombé lors de la chute du mannequin !

Elles cherchèrent sur le tremplin et dans toute la pièce et ne retrouvèrent pas le collier...

Alex avait disparu de la scène.

L'organisateur et le bijoutier sillonnèrent toute la pièce pour trouver le bijou envolé, pour ne pas dire volé.

Le défilé était terminé. Il fallait rendre les tenues et les bijoux.

Que faisait le comparse de la blonde ? Il était assis dans une encoignure de la pièce, les yeux hagards, un cigare éteint au coin de ses lèvres.

La blonde le dévisagea d'un air mauvais et lui donna une grande tape dans le dos afin de le réveiller.

— Qu'est-ce que je fais là ? lui demanda-t-il.

— Pauvre imbécile, tu l'as laissé échapper !

— Qui ça ?

La blonde haussa les épaules et partit en vitesse à la poursuite d'Alex.

Elle était solide et assez vive d'esprit et Julia l'envia sur le moment, en la suivant rapidement.

Et voilà que la porte du salon s'ouvrit brusquement.

Alex était là, un verre de whisky dans la main, souriant.

La blonde lui dit de poser son verre et le gars chauve qui s'appelait Bayard lui passa les menottes.

— Qu'est-ce que vous me voulez ? dit Alex qui fronça les sourcils en signe de désapprobation.

— Nous allons vous fouiller, un vol vient d'être commis.

Alex toisa Bayard avec mépris :

— Espèce de... Il voulait l'injurier, mais il remarqua Julia qui levait la tête par-derrière.

— Vous avez vraiment besoin de me parler comme à un criminel ? Je suis un homme honnête, moi.

Bayard se fâcha tout rouge et dit à la blonde d'aller chercher le capitaine.

Julia préféra sourire à Alex afin de l'apaiser.

Elle s'était avancée et comme elle était grande, il avait son visage juste au-dessus du sien.

Il sentit son parfum, et lui dit :

— Julia vous avez encore votre collier, vous n'avez pas peur que je vous le vole ?

— Ne plaisantez pas Alex, votre arrestation n'est pas de mon ressort, il s'agit de...

Bayard l'interrompit aussitôt :

— Il faut qu'on en réfère au capitaine qui est « officier » ministériel sur son bateau, afin de pouvoir le fouiller...

4
LA TEMPÊTE

Le capitaine, bien que mis au courant de l'incident, avait d'autres chats à fouetter.

Il était tout confus, frisant l'apoplexie, car il avait passé l'ordre de pousser encore et encore les turbines afin que la vitesse du paquebot ne soit pas inférieure à celle de la tempête. C'était un réel danger, il ne voulait pas, malgré les conseils de Thierry, changer de direction.

— Je m'oppose formellement à vos ordres ! dit Thierry, tout en l'avisant du vol :

— Capitaine, c'est important que vous déléguiez un de vos hommes afin d'enquêter et de mettre à pied un suspect de vol !

Le capitaine tourna sur lui-même et en maugréant, finit par nommer un officier pour le remplacer, Jean-Pierre Lafleur.

Thierry Lang demanda de l'aide aux garde-côtes par émetteur radio. Thierry voulait dérouter le bateau sud-sud-est pour profiter de la vitesse du vent.

La turbine 3 ayant rendu son dernier souffle dans une sourde détonation, suivie de jets de vapeur qui noyaient la salle des machines, la turbine de secours avait été mise en marche.

Dès cet instant, le capitaine, pas tout à fait imprévoyant, décida, à présent convaincu, plusieurs voyants s'allumant au rouge, de couper les moteurs...

— Fermez les portes coupe-feu. Faites une annonce aux passagers pour les rassurer.

— Entendu ! fit Thierry, soulagé à son tour...

Les équipes de sécurité furent envoyées sur les lieux. Le capitaine, baissant les bras, demanda lui aussi de l'aide aux garde-côtes.

Ils lui répondirent que la violence de la tempête ne permettait pas l'envoi d'un bateau-remorqueur ou le décollage d'un hélicoptère.

Il donna donc l'ordre de remettre la puissance à quarante bars, avec une vitesse de huit nœuds pour trouver un nouveau cap.

Le bateau changea lentement de direction, le dos au vent, il se laissa pousser par les éléments, sans être davantage maltraité.

La situation était sauvée.

★ ★ ★

— Hello, Gladys ! s'exclama, derrière elle, Edmond Routier qui était venu voir le défilé...

— Vous êtes d'une beauté à couper le souffle ! Une vraie gravure de mode ! Sachez que votre prestation n'est aucunement désagréable à regarder ! ... Ah ! Néanmoins je ne pensais pas vous rencontrer ici ; vous ne m'avez pas dit pourquoi vous faisiez cette croisière !

— Pour me changer les idées et vous ?

— Comme vous... À part que je voulais tester ma résistance au mal de mer. Un réalisateur m'a pressenti pour une publicité pour une marque de cognac, pour jouer le rôle d'un pirate saoul sur un navire... ; je suis étonné de ne rien ressentir, seulement je crains une avarie du navire, car je ne sais pas nager. Vous avez vu les vagues, elles sont bien hautes et blanches d'écume...

— Ils ont annoncé que la situation était rétablie. Vous n'avez plus rien à craindre !

— C'est heureux ! J'ai bien eu l'intention d'apprendre à nager, mais comme mon emploi du temps était trop chargé, j'ai pris seulement des cours par correspondance...

— Donc, en théorie, vous savez ce qu'il faut faire ?

— Tout à fait, si j'ai une bonne bouée à ma disposition, fit-il, avec un clignement d'œil.

Au fond, Gladys commençait à le trouver sympathique,

elle qui appréciait les pince-sans-rire.

★ ★ ★

— Écoutez Lafleur, lui dit Thierry, à mon avis cette arrestation n'est pas primordiale, et il est inutile de perdre trop de temps là-dessus.

— Revenez le plus rapidement possible afin de nous aider au poste ! Qu'est-ce que vous en pensez ?

— Je suis tout à fait de votre avis, répondit Jean-Pierre Lafleur, en précisant sa pensée...

— Je vais prendre le chef cuistot comme témoin... Comme cela, on se partagera le boulot. Le prestidigitateur, j'ai vu son numéro, c'est un type bien...

— Bon, lui dit Thierry en haussant les épaules, marchons comme cela ; je ne crois pas, d'ailleurs que vous allez trouver rien de bien intéressant.

Lafleur se rendit avec le cuisinier Bombard à l'interrogatoire d'Alex, peu convaincu a priori de la culpabilité de celui-ci.

★ ★ ★

Alex, détendu, finissait de sirotait son whisky, encadré par la furie blonde et le judoka vieillissant, lorsque l'officier Lafleur et son acolyte cuistot arrivèrent dans le salon du défilé.

Après avoir décliné son identité et ses coordonnées, il dit avec désinvolture :

— Vous pouvez me fouiller et aussi fouiller ma chambre, vous ne trouverez rien... Voilà mon passe de porte !

Lafleur, en son for intérieur, pensait comme Alex.

De là à ce que les deux policiers imaginent des développements rocambolesques à la plus banale des histoires, il n'y avait qu'un pas...

— Ne vous montez pas la tête, dit Lafleur, après avoir fouillé méticuleusement Alex.

— Quelqu'un l'a-t-il vu faire ?

— Non, dit Alex, en regardant l'auditoire, bien sûr.

— Surtout que je n'étais pas là, au moment de la chute,

j'étais au bar. Le barman peut en témoigner ! se glorifia Alex.

Tout le monde fut forcé d'en convenir, ces soupçons de vol étaient infondés. Alex avait un alibi en béton...

Bombard, le cuistot, admirait beaucoup Alex pour avoir vu plusieurs fois son numéro qu'il savait exceptionnel.

Il trouvait la blonde bombasse bien gaulée. Toutefois elle avait ce gros défaut de toujours vouloir raisonner, même contre l'évidence, lorsqu'elle s'enferrait dans ses explications de vol à la tire, soutenue par son bon gros.

Il pensait qu'Alex disait la vérité. Il avait l'habitude de ces choses-là et savait reconnaître quand un gars mentait. Le bonhomme était ce qu'il était, mais ne mentait pas.

La blonde finit par se taire et ils sortirent tous les deux de la pièce, vexés comme des poux.

Julia avait l'air à la fois éberluée et vaguement admirative. Vu le comportement d'Alex, il fallait se lever de bonne heure pour le posséder. Elle l'admirait aussi pour son calme et sa désinvolture face à cette humiliation publique...

Ils se séparèrent donc et tandis que Lafleur et Bombard reprenaient leur quartier, Alex ne paraissait pas plus contrarié que ça... Après qu'on lui eut enlevé les menottes, il vint serrer la main à Julia et fit le baise-main à Gladys en s'excusant presque de ce contretemps qui les avait privés du défilé.

— Vous m'obligeriez si vous veniez prendre un verre avec moi, je vous invite. Je tiens à ce que vous me pardonniez.

— Il faudrait avant tout que nous nous changions, dit Gladys.

— Il est vrai que vous portez toujours vos atours de modèles !

— À toute... Les filles, au bar dans une heure !

— Ça alors, dit Gladys, il peut m'attendre, je n'ai pas envie d'avoir d'ennuis, quand même !

Marc surgit subitement dans la pièce comme un ahuri et Julia, surprise, lui demanda où il était passé...

— Euh, j'ai eu un petit embarras gastrique et lorsque j'ai voulu sortir, j'étais enfermé à double tour dans les Wa-

Wa. J'ai dû attendre que quelqu'un me délivre.

Julia ne put s'empêcher de pouffer.

Quelqu'un avait-il soupçonné son double rôle ou bien serait-ce une plaisanterie idiote ?

Marc, au fond, se sentait pathétique de ne pas avoir pu assister à cet événement : il se disait, je ne suis à présent qu'un quart d'homme aux yeux de Julia. Puisqu'elle ne lui était pas tout à fait indifférente...

Les filles se changèrent en vitesse et déclinèrent de concert l'invitation d'Alex. Elles étaient fatiguées et Julia voulait réfléchir posément à ce qui s'était passé, dans le calme de sa cabine.

5
LE SAUVETAGE

Au moment de l'incendie de la chaudière, une porte coupe-feu avait condamné deux suites sur le pont Baléares. Thierry était toujours près de l'interphone de la chaufferie.

— Thierry, vous m'entendez ?

— Lafleur ? Vous avez terminé ?

— Oui, mais ce n'est pas là le problème, Thierry. Le capitaine me dit qu'une porte coupe-feu, en se refermant, a emprisonné un certain nombre de personnes dans leurs cabines.

Thierry ne put s'empêcher de pester.

— Vous avez la liste de ces passagers ?

— Oui ! Mesdemoiselles Julia et Gladys ont leurs cabines sur cette coursive...

— Pour l'instant, elles ne risquent rien, au moins pour une demi-heure.

En effet, la vapeur brûlante et la fumée qui s'étaient propagées depuis la salle des machines avaient emprunté une gaine d'aération, et la fumée pouvait s'infiltrer dans les cabines des passagers endormis...

Une demi-heure, cela lui laissait le temps nécessaire pour intervenir.

Thierry prit l'interphone sans hésiter pour avertir de son plan le capitaine.

— Je vous donne mon accord ! Faites de votre mieux ! transigea le capitaine.

— Venez avec moi, Juan, lança-t-il à un mécano espagnol qui n'avait pas froid aux yeux... L'accès à ces cabines peut se faire par la gaine de l'ascenseur désaffecté.

On va monter par ce conduit qui part de la salle des machines. Les ascenseurs ne fonctionnant plus, il va falloir monter les trente mètres d'échelle qui nous séparent du pont Baléares. Ce conduit mène directement aux coursives concernées.

— Comprendo ! — Estoy d'acuerdo ! Je suis d'accord, lui dit le mécano qui avait le cœur bien accroché.

Thierry était bâti comme un véritable athlète et malgré la gîte du navire, la tempête faiblissante, il n'avait pas peur de s'écraser.

Aussitôt dit, aussitôt fait. Il enleva son veston, pour plus de commodité, et commença à gravir, son acolyte derrière lui, un à un les barreaux de l'échelle.

En partant, il dit frondeur :

— Quel plaisir de faire de l'exercice !

Dans ce boyau noir, l'échelle glissait, enduite de graisse et régulièrement, un coup de gîte basculait les hommes d'avant en arrière, pour ainsi dire horizontalement. Il fallait du courage pour ne pas lâcher prise.

Ils étaient comme des marionnettes désarticulées et Pedro grinça des dents et cria à Steven qu'il ne pouvait plus progresser, car il s'était luxé un genou. Steven entraîné lui aussi par la force du balancier ne lâchait pas l'échelle au risque de sa vie.

— Chef, je ne peux plus avancer !

— Redescends !

— Alors, je te laisse, Pedro, je continue à grimper !

6
UNE MORTE EN BONNE SANTÉ

Julia aurait été admirative de cet exploit. Pour l'instant, elle insérait la carte clef magnétique dans la porte de sa cabine.

Quelle ne fut pas sa surprise, lorsqu'elle entra dans la chambre, de découvrir sur son lit une fille qui semblait dormir sur le ventre...

Elle s'approcha, affectée par cette découverte.

Elle la secoua énergiquement, quelque peu énervée :

— Eh ! Ma vieille. T'es pas gonflée. Tu t'es trompée de chambre ?

Ne recevant pas de réponse, elle prit son courage à deux mains et la retourna illico.

Une tache de sang maculait l'édredon à l'emplacement du cœur de la jeune fille. Un trou sanguinolent transperçait sa poitrine.

Julia reconnut aussitôt le visage gracile de la môme mannequin qui s'était fait voler...

Elle qui en avait vu d'autre, eut son cœur qui se mit à bondir dans sa poitrine. Elle s'assit au bord du lit, les jambes coupées. Au bout d'un moment de sidération, elle eut un réflexe de fliquette privée, elle embrassa du regard toute la pièce.

Elle se rappelait avoir vu cette fille porter un grand sac sur les bras comme en ont les mannequins. Point d'affaire personnelle dans la chambre.

Elle avait donc été déplacée...

Cela commençait à l'intriguer davantage.

— Voilà où le bât blesse. Elle avait dû être transportée là par quelqu'un qui avait un passe. Avait-on porté plainte contre elle auprès du commissaire de bord, pour cette perte de collier ?

— Où l'a-t-on tuée ? Ce n'était pas un suicide.

Julia hocha la tête et prit son téléphone portable afin de faire une photo du cadavre et un panoramique de la chambre.

Il fallait faire vite avant d'avertir le commissaire. Si la fille avait de la famille, elle pouvait peut-être prendre l'affaire en main en parallèle avec la police et enquêter. D'ailleurs, pourquoi l'assassin avait-il choisi sa chambre ?

— Connaîtra-t-on jamais l'auteur du vol responsable de la mort de cette fille ? pensa Julia.

Elle n'avait pas le temps de s'attendrir, il fallait qu'elle prévienne maintenant le commissaire de bord...

Sur ce, l'interphone sonna... Allo ! J'allais t'appeler ?

★ ★ ★

Thierry était au dernier tiers de son ascension dans ce goulet et commençait à perdre des forces. Il avait ôté sa chemise trempée. Lorsqu'il fut tout en haut, sous la plaque de l'ascenseur, en équilibre instable, il dut dévisser un à un les écrous qui condamnaient son accès.

C'était difficile, même pour un homme d'une volonté inébranlable comme lui. Le roulis du bateau s'étant un peu calmé, il arriva à ses fins au bout de quelques minutes, une lampe torche entre les dents pour s'éclairer dans le noir.

Il eut un souffle de satisfaction, bien que la sueur lui coulât sur les yeux et mouilla son torse presque nu. À tout instant, il pouvait tomber.

Il fit un dernier effort pour se hisser sur le pont. Il ressemblait à un ramoneur, noir de suie, son maillot de corps collé à la peau.

Il fallait qu'il trouve la cabine de Julia.

— 340, 341... C'était bien ça. Il tambourina à la porte, mais il n'y eut aucune réponse. Il ouvrit donc la porte avec son passe et fut frappé par le silence religieux qui régnait dans la chambre...

Sur le lit, Julia était assise, les yeux révulsés, un révolver à la main.

À côté d'elle, une jeune fille était allongée, les yeux vitreux fixant le plafond, un trou sanguinolent au milieu de la poitrine.

Il mit quelques secondes à reprendre ses esprits. Il ne s'attendait pas à une vision si macabre.

Il secoua énergiquement Julia :

— Réveillez-vous ! Qu'avez-vous ?

Julia sortit de son mutisme et le regarda comme si elle voyait un fantôme...

Ses yeux se portèrent sur sa main qui tenait le révolver...

Elle retint un cri et son sang se figea.

— Qu'est-ce que c'est que ça ! dit-elle en lâchant brusquement l'engin, comme sous le coup d'une décharge électrique.

L'arme tomba à terre et Thierry s'en empara, ouvrit le hublot et jeta l'arme à la mer.

Julia le regarda, dubitative, et d'une voix tremblante :

— Qu'est-ce qu'il m'arrive ? Eh bien, ça, alors ! Thierry, ce n'est pas moi qui l'ai tuée ! Je l'ai trouvé ainsi, en entrant dans ma chambre. Gladys peut en témoigner, je suis restée toute la soirée avec elle. Ensuite, nous sommes montées pour nous coucher.

Elle s'ouvrait à lui en toute sincérité. Pensive, elle semblait le jauger.

— Oui, je vous crois Julia ! Il faut se débarrasser du corps, sinon tous les indices seront contre vous.

— Oui ! L'assassin veut me faire porter le chapeau ! Thierry, je suis enquêtrice, je veux connaître la vérité.

Julia détestait les imbroglios et c'était bien la première fois qu'elle était au centre d'un drame pareil.

Heureusement pour elle, Thierry avait compris tout de suite la situation en la trouvant dans cet état de catalepsie.

Il réfléchissait. Il ne supportait plus la moiteur de la chambre, la fumée commençait à envahir le couloir, car la porte de la chambre était restée ouverte.

Les portes coupe-feu étaient toujours fermées et commençaient à devenir très chaudes. Elles condamnaient la sortie de la coursive sur un des côtés.

— Il faut faire vite, bientôt les pompiers vont arriver...

On doit l'envoyer par-dessus bord.

— Est-ce possible par le hublot ? s'inquiéta Julia.

— Son corps est d'une maigreur à faire peur. Il va falloir que vous m'aidiez.

— À deux, on peut la soulever, elle ne pèse pas 50 kg.

Julia, à ces mots, fut prise d'un tremblement. Elle avait la tête vide, comme si son cerveau était paralysé.

Mais Thierry savait faire adopter son point de vue, lorsque c'était nécessaire.

— Est-ce nécessaire ? dit Julia.

Il y eut un silence. Thierry songeait en fixant Julia qu'elle perdait le contrôle de la situation... il y avait dans ses yeux le même mélange de surprise et de candeur interrogative.

Un sentiment très doux montait en lui, il avait été sensible au charme de Julia dès le premier regard, c'était un coup de foudre...

Subitement, il prit par les aisselles la jeune morte, afin de la tirer du lit jusqu'au hublot.

Il n'attendait plus de renfort de la part de Julia tétanisée, dont le regard allait de la morte à Thierry et inversement.

Il fallait faire vite, tant que le bateau était dans les hauts fonds. Sans quoi, le corps pouvait rapidement échouer sur la plus proche des plages du littoral. On aurait vite fait de faire le lien avec la croisière.

Thierry souleva donc la jeune morte comme un fétu de paille, témoignant d'un sang-froid exceptionnel, la roula dans le dessus de lit taché et la hissa d'un coup de reins dans l'encadrement du hublot. Le reste du corps fut facile à soulever et elle tomba dans le tumulte des flots sans un bruit.

Julia qui avait une conscience et qui n'était pas hypocrite fut choquée sur le moment de ce comportement. Thierry avait-il agi sans réfléchir, dans la précipitation, presque comme quelqu'un de coupable ?

Son visage gardait son expression distinguée et un peu lointaine, mais Julia ne put s'empêcher de remarquer à quel point il paraissait soulagé. Elle lui lança :

— Vous êtes complètement cinglé !

Elle mit sa tête entre ses mains, dans le secret de son

cœur, il fallait qu'elle s'enlève cette idée.... Thierry l'attrapa par les bras et lui dit :

— Allez, dépêchez-vous ! Il faut que l'on sorte d'ici ! La porte coupe-feu ne fait plus d'effet. Il faut partir d'ici...

Elle voulait auparavant se mouiller le visage pour reprendre ses esprits, dans la salle de bains.

En voulant refermer la porte, son regard se porta sur une sorte de petite pièce de monnaie dorée qui brillait sur le carrelage noir. Elle ramassa vivement cet objet et le mit dans sa poche.

Ils empruntèrent la coursive en sens inverse afin de trouver une issue pour remonter à l'air libre.

À quelques mètres de là, ils trouvèrent un ascenseur qui fonctionnait et purent regagner la cabine de Thierry.

Il dit à Julia de faire comme chez elle et de se faire couler une douche.

— Je dois remonter pour vérifier qu'il n'y ait plus personne dans les cabines en péril et ensuite faire mon rapport au capitaine. Tu dois te calmer et reprendre tes esprits. Tu n'es pour rien dans cette histoire. M'entends-tu ?

— Oui Thierry, je suis quand même secouée !

Thierry la prit dans ses bras et lui donna un baiser sur le nez. Julia sourit à ce geste de tendresse enfantin, toutefois si réconfortant...

Lorsqu'il fut parti, elle sortit de sa poche cette pièce dorée qu'elle avait trouvée dans la salle d'eau de sa cabine.

Ce n'était pas une pièce, mais bel et bien la moitié d'un bouton de manchette cassé en forme de trèfle à quatre feuilles, qui faisait apparaître des initiales entrelacées « C.C »...

— Voilà un indice valable ! se dit-elle en elle-même...

Elle mit délicatement cet indice dans un sachet en plastique.

Elle fut soulagée de se rappeler que Thierry était arrivé en Marcel, sans chemise. Ce sauvetage, c'était comme si un moment de grâce les avait rassemblés pour s'entraider, dans une situation bouleversante. N'importe qui se serait élancé comme lui à son secours ? C'était vraiment quelqu'un de formidable ! Il avait énormément de bravoure.

Elle chassa d'un revers de la main les larmes qui lui picotaient les yeux.

Elle se rappela qu'elle avait fait un panoramique de sa chambre avec son portable et regarda consciencieusement l'enregistrement.

Intuitivement, elle avait éprouvé comme une présence lorsqu'elle était entrée dans sa chambre.

— Mais alors… ?

Elle distingua sur le petit écran une silhouette qui se détachait dans le noir, sur le miroir de la salle d'eau. La porte de celle-ci étant entrouverte, une forme fantomatique apparaissait dans le miroir qui faisait face à la porte…

Il serait difficile de faire le rapprochement pour identification avec un passager ou employé. Mais voilà, cela pouvait représenter un indice supplémentaire.

— Mon instinct ne m'a pas trompé. Lorsque je suis rentrée dans ma chambre, l'assassin se trouvait bien dans la salle d'eau.

Il ne fallait pas qu'elle dorme cette nuit. Elle fonça sous une douche écossaise, chaude et froide pour réveiller son cerveau en proie à la pire des confusions. Ensuite, étendue sur le lit, elle laissa vagabonder ses pensées.

Force était de constater qu'elle était partie prenante dans ce drame.

Elle avait une grande force de résilience et elle se remémora les différentes affaires qui l'avaient amenée à mettre sous les verrous plusieurs ripoux.

Elle avait eu l'occasion de surprendre voleurs, barbouzes, mais aussi certains secrets de famille, notamment à l'occasion de divorces. Elle connaissait la noirceur de l'âme humaine. Ils avaient tous promis de se venger d'elle ?

On frappa à sa porte. C'était Gladys en pyjama et déshabillé en polyamide couleur parme.

Thierry avait fait le tour des cabines enfumées et avait réveillé Gladys. Il lui avait donné l'ordre de rejoindre urgemment Julia dans sa cabine.

Elle regarda Julia comme une chatte son petit et elle lui sourit.

— Qu'est-ce que tu fabriques ici ?

Thierry m'a intimé l'ordre de te rejoindre à cause de la fumée. Comme je suis un peu bronchiteuse, je me suis réveillée en toussant...

— Pourquoi m'as-tu téléphoné ?

— Je ne me rappelle plus. Il ne faut pas que tu prononces le mot « ALLO » ou je tombe en catalepsie ! C'est Alex qui m'éprouve afin que je sois isolée...

— Oh ! Dis donc... Je savais intuitivement qu'il fallait que l'on se méfie...mais sans te vexer, tu ne trouves pas que tu lâches trop la bride à ton imagination ? Tu m'avais dit qu'il était un peu timbré ?

— Ouais, c'est bien possible. Mais je pense quand même qu'il doit avoir un grain.

— Tu ne psychotes pas un peu ? suggéra Gladys un peu narquoise, mais...

— Qu'est-ce qui se passe, Julia ? On dirait que tu as pleuré ?

En effet le visage de Julia était fatigué, marqué et l'on aurait dit qu'elle venait de pleurer. À ces mots, elle poussa un soupir, se mit à sangloter et chassa les larmes de ses joues d'un revers de main. La bienveillance de Gladys lui permettait d'évacuer le reste de stress.

— Tu te fais du souci pour Thierry ?

— Non, je te dirai tout plus tard. À présent, il faut que tu te méfies même de ton ombre. Tu dois rester toujours près de moi, pour qu'il ne t'arrive rien de fâcheux. Ha et puis tu téléphoneras à ma place à chaque fois que j'en aurai besoin...

— Je vais être ton associée stagiaire ! dit Gladys en riant... Bon ! Bon ! Vas-y, je t'écoute.

— Il faut qu'on revienne au salon du défilé et que l'on se renseigne aussi sur le numéro de la cabine de la fille qui s'est fait voler le collier.

D'ac, dit Gladys, fière de son rôle, je vais téléphoner au room service pour demander le numéro de sa chambre.

7

ON ENQUÊTE

Elles se dirigèrent vers le fameux salon du défilé en arpentant le dédale des couloirs, main dans la main.

Au détour d'une coursive, elles rencontrèrent Marc qui s'étonna de les voir debout si tard.

Curieux, il voulut savoir ce qu'elles faisaient là.

— Vous êtes insomniaques, pour vous promener à deux heures du matin en tenue légère ?

— Nous voulons prendre l'air marin !

— Mais dehors c'est la tempête ?

Une curiosité aussi manifeste que dévorante crispait Julia qui avait d'autres soucis...

Il était malsain pour Julia, dans le secret de son cœur, de considérer toute nouvelle personne rencontrée comme un meurtrier potentiel. C'était une sorte de déformation professionnelle.

Elle se fit violence en voyant Gladys qui souriait à Marc... pourrait-elle faire confiance comme elle à Marc ?

Quelle était la part de réalité, la part d'imagination ? Gladys semblait amusée et avoir confiance en lui.

Il fit de vives objurgations : — Allez vite vous coucher ! Vous allez attraper la crève !

— Occupe-toi de tes affaires ! rétorqua Julia, réactive et pressée, et d'une voix claire, elle lui demanda :

— Pourquoi au juste es-tu debout, toi aussi, à cette heure si tardive ?

Paralysé par la question inattendue de Julia, Marc, par

discrétion, s'abstint de répondre et de poser d'autres questions. Il ne fallait pas qu'il se découvre trop non plus. De toute manière, ce n'était pas important qu'il sache, car dans un navire qui est un monde clos, impossible de garder un secret...

Il saurait tôt ou tard ce qu'elles mijotaient en douce.

Il remarqua que Julia rougissait et semblait sur les nerfs alors que Gladys prenait tout complaisamment.

Il prit donc congé pour continuer, de son côté, à poursuivre ses investigations sur le vol de collier.

Arrivées au salon, elles aperçurent Alex qui était affalé sur une chaise, les yeux dans le vague, peut-être trop alcoolisé pour se coucher.

Julia et Gladys avaient soigneusement établi leur plan d'action et étaient prêtes à le mettre à exécution sans délai.

— Il est important que vous nous reconnectiez à la réalité, dit Julia. Pouvez-vous me « deshypnotiser » ?

— Comment ça ?

— Bon Dieu ! s'exclama-t-elle, vous savez très bien. Lorsque je téléphone à Gladys et qu'elle dit « Allo », je tombe en catalepsie.

— Je n'ai pas l'esprit à ça, on verra demain !

— Non et non, il n'en est pas question ! dit Julia en trépignant.

— Euh... excusez-moi, je vous promets, rien ne sert de se révolter, je ne suis pas en forme...

— Ça alors ! Quel culot ? dit Gladys, convaincue de sa malhonnêteté...

— Bah ! Soupira-t-il, en secouant la main, j'attends ma fille ! Ça fait des heures...

— Votre fille, qui est-ce ?

— Victoria, la jeune fille qui s'est fait voler le collier.

Julia le regarda la bouche ouverte, ébahie. Ainsi toute personne dotée d'un minimum d'intelligence devait finir par se dire qu'il ne pouvait pas être l'assassin. Il fallait donc, sans attendre, qu'elle se mette au travail, le plus difficile serait de l'inciter à parler.

Bizarre, le nom de la jeune morte ne l'avait pas tracassée plus tôt. Jusqu'alors, la jeune morte n'avait été pour elle qu'une abstraction commode...un mannequin, un porte-manteau.

Elle ne se la représentait que morte, elle ne s'imaginait pas qu'elle ait pu rire, manger, boire, vivre enfin. Il fallait qu'elle se renseigne auprès de lui qui l'avait si bien connu, sur son caractère, ses défauts.

Elle était incapable de dire ce qu'elle avait pu ressentir lorsqu'elle l'avait découverte...mais elle ne voulait pas tomber dans le mélo, toujours à cause de son détachement professionnel.

Elle était consciente que cela ne pouvait pas être lui qui l'avait tuée.

— Je suis détective privée, dit-elle, assumant sa profession. Je peux vous aider dans cette disparition...

— Vous pensez qu'elle a disparu ?

— Depuis combien d'heures vous attendez ?

— Je n'ai pas compté, mais je sais intuitivement qu'il lui est arrivé quelque chose de grave. Elle n'aurait pas loupé notre rendez-vous. Il les regarda avec un sourire piteux...

— Vous voulez savoir comment est ma petite Victoria ?

— Oui, c'est une drôle d'affaire...Une tragique méprise ! dit Gladys interrogative.

— Victoria ne songe qu'à rire et sortir, elle est jeune et effrontée, les mannequins sont comme ça aujourd'hui. Elle aime avoir sa photo dans les magazines et elle adore être admirée. Elle a un besoin crucial d'argent, car elle est très dépensière. J'ai dans l'idée qu'elle s'est mise dans une sale affaire.

— Je vous suis dans votre raisonnement, lui dit Julia. N'empêche, l'histoire n'est pas fameuse si elle était en dehors des clous, elle peut être tombée dans de mauvaises mains !

— Hum ! Je vois, dit-il avec une expression désabusée. Bon sang, vous me flanquez la frousse.

— Alors, dites-moi tout sur elle !

— Elle s'est mise dernièrement avec un photographe de mode pas très net. Sa mentalité ne l'est en effet pas très et ses mœurs encore bien moins, renchérit Alex. Je crois qu'il donne dans la drogue et qu'il la pousse à se droguer... ou à voler... ou quelque chose d'approchant ?

— N'ayez aucun égard, je préfère savoir, dit Julia. Gladys opina de la tête, en assistante complaisante.

— Lorsque j'ai compris qu'elle avait quelque chose à voir dans la disparition du collier, j'ai tout de suite pensé qu'il y avait anguille sous roche. Elle est un peu tête de linotte et a besoin de mes conseils. Je lui ai donc donné rendez-vous pour connaître le fond de l'affaire. Vous savez, c'est moi qui l'ai embringué dans cette croisière pour la sortir des pattes de ce voyou.

Alex croisa les yeux vifs et inquisiteurs de Julia qui soutinrent son regard, sans ciller. Il put y lire un mystère, une gravité qu'il ne s'était pas attendu à y trouver. Elle ne pouvait pas lui dire la vérité qui n'était pas facile à dire...En quelque sorte, elle se sentait actrice dans ce drame qui la dépassait...Sa présence ici était liée à la mort de Victoria.

Gladys restait silencieuse, les sourcils froncés. Elle ne voulait rien faire qui puisse troubler le cours des pensées de Julia. Elle qui était dotée d'un minimum de jugeote était de plus en plus consciente qu'il y avait là-dessous quelque chose de louche...

— C'est quoi, ton idée ? dit-elle, pensive, à Julia.

— Je crois que la disparition de Victoria est liée à la disparition de ce collier.

— C'est donc ça ! C'est bien ce qu'il me semblait à moi aussi !

— Je suis persuadée qu'il y a du louche là-dessous, dit Gladys, et que cela suscite un vif intérêt.

Elle comprenait, à présent, les sous-entendus suggérés par Julia.

Alex pensait, lui aussi, que l'absence de sa fille avait quelque chose de...pas net...

Julia trouvait cette situation insolite. Elle savait ce qui s'était passé... Elle ne pouvait pas parler ouvertement. Il fallait qu'elle cherche un homme, un tueur anonyme, un individu probablement connu et respecté qui faisait la croisière avec eux, mais aussi qu'elle cache la triste vérité... Victoria n'était plus de ce monde.

Julia réfléchissait, elle savait que le meurtrier était toujours présent sur le navire. Il était de forte corpulence, d'une forme physique raisonnable pour avoir porté Victoria jusqu'à la chambre de Julia sans difficulté.

Gladys qui n'avait pas l'esprit fumeux, se demandait jusqu'où Julia pouvait aller dans ses réflexions, le regard interrogateur.

En effet, Julia qui avait oublié d'être bête avançait dans son opinion.

L'individu, pour s'aider et ne pas se faire remarquer, avait dû porter le cadavre dans un charriot profond à roulettes où l'on met le linge sale.

En sortant de sa chambre avec Thierry, elle avait remarqué un de ces charriots dans le couloir...

Il pouvait y avoir des traces de sang ou des linges souillés dans ce charriot ?

Il fallait qu'elle revienne sur les lieux suspects.

Pendant ce temps, Gladys réconfortait Alex :

— Tous les gens que l'on rencontre à bord de la croisière me paraissent éminemment sains, respectables et tout ce qu'il y a de plus ordinaire.

— Vous n'avez rien à craindre de mauvais, Victoria va réapparaître demain matin. Allez donc vous coucher ! Il est très tard !

— Tu as raison, dit Julia, toi aussi, tu as besoin de te reposer... Cela ne sert à rien de s'inquiéter !

Elle aurait été très soulagée de la mettre dans le secret, car l'aide de Gladys pouvait être précieuse, n'étant pas dans le collimateur de l'assassin. Bien que Gladys ait vraiment envie de participer à l'enquête, Julia devait l'en écarter.

8
INVESTIGATIONS « SUITE »

Tout le monde prit congé et alla se coucher.

Gladys, elle aussi, partit se réfugier dans la chambre de Thierry pour se reposer.

À présent, Julia était seule dans le petit salon, elle soupira puis prit une feuille de papier et inscrivit une série de noms d'individus :

L'homme chauve et la blonde excentrique, qui étaient-ils ?

Le serveur du bar (plutôt sournois),

Les deux bijoutiers (peut-être une escroquerie à l'assurance ?),

Le photographe drogué et fiancé de Victoria (était-il là incognito ?) Marc, Casanova, Routier, etc.

Elle se dit que cela pouvait être un nombre incalculable de gens, la liste était trop longue...

Le mobile incontestable était le vol du collier pour les bijoutiers. Y avait-il collusion avec Victoria ? À part cela, il n'y avait aucun lien connu avec les autres ?

En ce qui concernait Marc, pouvait-il être suspect ? Il connaissait la profession de Julia. Il avait une personnalité avenante, mais paraissant plutôt candide.

Il serait le suspect idéal, car il faut toujours se méfier des grands timides. Il avait une conduite un peu guindée comme s'il cachait quelque chose ? Objection : il a l'air d'être complètement à l'abri d'une vie dangereuse. Et ici, il s'agissait bien de la vie réelle, donc l'hypothèse, somme toute, était quelque peu hasardeuse.

Casanova, l'italien aux yeux de braise : selon Julia, quelque peu entreprenant vis-à-vis de Gladys. Individu à éliminer de la liste, car il ne connaissait pas le métier de Julia, à moins que Gladys ne lui en ait parlé ? Fallait qu'elle s'en renseigne...

Ce meurtre, était-il fomenté contre Alex ? Quelqu'un était au courant que c'était le père de Victoria ? Alex avait-il des ennemis ?

Elle avait ce morceau cassé de bouton de manchette, alors il ne fallait pas qu'elle perde de temps en conjectures. La tâche ne s'annonçait pas facile et elle mit sa tête entre ses mains. Bien qu'elle soit épuisée, elle ne pouvait pas s'autoriser de repos cette nuit.

Elle se leva du fauteuil profond où elle cogitait depuis un bon moment, prit un cachet de Doliprane 1000 dans son sac, lorsqu'elle entendit quelqu'un frapper à la porte.

Quelle stupéfaction ! Elle avait devant elle « Capitaine Flamme ».

— Que fais-tu là ?

— Chut ! Vous avez besoin de moi, chef ?

— Comment le sais-tu ? s'exclama Julia avec un étonnement un peu exagéré. Tu me colles au train ?

Capitaine Flamme parut amusé.

— Chef, les nouvelles vont vite sur un bateau de croisière. Les conversations vont bon train !

— T'en rajoutes probablement ! C'est bien toi, t'es pas un fantôme ? Je me demande bien comment...

— C'est tout bête, j'ai pris, moi aussi, un billet pour la croisière, lorsque j'ai découvert sur Internet que vous aviez retenu une place pour vous.

— C'est bien ce que je disais, tu me colles aux fesses !

Le sourire de l'associé s'élargit en faisant apparaître une dentition éléphantesque.

— Mais rentre donc, dit-elle en le poussant sans ménagement. Bon, après tout, je suis amenée à rencontrer des tas d'individus bizarres comme toi...Je suis mieux placée que quiconque pour déceler, par exemple, des signes de schizophrénie...à un stade précoce... avant qu'ils ne deviennent évidents.

Elle aimait le titiller, sachant intimement qu'il était un

peu amoureux d'elle...

Néanmoins, au fond d'elle-même, elle était maintenant rassurée par cette apparition salutaire. À lui, elle pouvait se confier, ce qu'elle fit sans tarder...

— C'est vraiment curieux, cette judicieuse élimination par vos soins ! À croire que le meurtrier n'attendait que vous pour faire disparaître cette fille !

— Ils sont mal tombés avec moi, car j'ai un tel respect justement pour la vie humaine...

— Ma foi... votre Thierry, lui, a des méthodes plus radicales de liquidateur ! Il n'a pas l'air d'avoir trop d'états d'âme. Il ne se pose pas de questions existentielles. Il l'a carrément balancé par le hublot, dans la mer ! C'est dingue !

— T'as raison, sur le moment, je n'ai pas compris. Un choc, voilà ce que ça a été : un choc terrible...Mais... continua Julia, un peu agacée... Je ne pense pas qu'il ait l'étoffe d'un meurtrier. Il n'est pas homme à faire justice lui-même, il a tenu simplement à effacer les indices qui menaient à moi.

— Si vous le voyez comme ça, Chef ? Vous savez pourtant qu'un meurtrier est souvent un simple quidam, inoffensif en apparence... Votre Thierry, il ne panique pas facilement !

— Tu me fais peur, Thierry n'a rien à voir avec tout ça !

— Cela me paraît, à moi aussi, assez improbable, dit-il d'un ton d'excuse.

Julia le regarda avec indulgence. Elle se réjouissait secrètement à la perspective que « capitaine Flamme » raye Thierry de sa liste de suspects.

—Ne perdons pas de temps, dit Julia. Tu dois enquêter du côté du bouton de manchette et revenir dans le couloir enfumé, afin de retrouver des indices dans le charriot de linge sale.

— Ah !...euh...oui...en effet, bredouilla-t-il. Julia dit brusquement :

— Rendez-vous à notre QG qui sera ce petit salon, car je ne peux pas téléphoner !

— Comment ça ?

Julia opina de la tête vexée...

— Alex m'a cramé le cerveau, je tombe en catalepsie

lorsque je téléphone. « Capitaine Flamme » sourit, amusé, essayant de ne rien laisser paraître.

Pour éveiller la sympathie de Julia qui lui semblait renfrognée, et peut-être aussi faire son intéressant, il lui proposa, histoire de rigoler un peu, de parier avec lui :

— Je vais retrouver sans effort votre meurtrier...Chiche ?

Julia abonda dans son sens et lui dit : — Méfie-toi, tout le monde ne peut pas gagner, pas vrai ? Ce qui dérida un peu Julia dans une sorte d'amère délectation.

— Ça...et...euh...je vous crois, je me mets tout de suite en chasse.

Il connaissait bien Julia, il savait qu'elle n'aimait pas qu'on la contredise. Elle prenait parfois la mouche pour un rien.

Après son départ :

— Bon, se dit Julia, ce n'est pas un mauvais équipier, il a de l'expérience après trois ans à mes côtés. Je peux lui laisser les coudées franches.

Il fallait que lorsque Gladys serait réveillée, elle l'interroge sur ce comédien raté qui n'était pas chien pour causer. Elle n'avait pas vraiment fait sa connaissance, mais il lui semblait qu'il avait toujours le mot pour rire.

Elle avait remarqué que Gladys s'égayait à son contact.

9
UN BARMAN PEU FUTÉ

Julia pensa que sans nul doute le barman du grand salon où la soirée dansante avait eu lieu, était encore là...

Il devait être en train de ranger et nettoyer.

Elle se hâta d'aller y faire un saut, à tout hasard.

Il était toujours à son poste, il nettoyait pensivement son zinc, lorsque Julia entra.

Dans la salle de bal, un noctambule finissait de siroter son verre de vermouth. Sur une chaise, adossé au mur, un danseur épuisé avait fini par s'endormir. Il ronflait, la bouche ouverte, dans un coma éthylique.

Le barman fut surpris de la voir si tard :

— Vous voulez boire un verre ? Julia abonda dans son sens. Si vous y tenez !

— À partir de minuit, c'est mon anniversaire, je suis née à 3 heures du matin...

C'était une habile transition pour lier conversation avec le loufiat.

Il lui proposa un grog avec, pour décorer le verre, un petit parapluie coloré.

— C'est gentil de votre part !

Julia le mit dans ses cheveux, derrière l'oreille.

Ce n'était pas l'heure des réflexions profondes, mais il fallait qu'elle lui parle sans ambages.

— Vous êtes au courant qu'une mannequin s'est volatilisée, vous ne l'auriez pas vue passer par là ce soir ?

Julia n'avait pas pris de gant pour lui poser la question

et craignit soudain, et sans doute à juste titre, de l'effaroucher.

Mais cette question directe lui valut une réponse rapide qui étonna Julia.

Oh ! Oui ! Elle avait l'air bien gênée... toute une histoire pour cette breloque, voilà ce que j'en dis !

— Cette breloque ?

— Tout à fait, murmura-t-il, en se penchant vers elle.

— On dit pourtant qu'il avait une grande valeur !

— Très juste, les assurances sont faites pour ça. Vous ne croyez pas ?

Julia dressa l'oreille : — Si ça se trouve, c'est peut-être un coup monté ?

— Oh ! Non...bien sûr, on lui a bien volé ce collier, son père Alex me l'a certifié lorsqu'il est venu boire un verre.

— Alex, l'hypnotiseur, son père ?

— Oui, et je serais bien content qu'ils la retrouvent, car son père l'aime par-dessus tout, c'est sa fille unique !

Julia pensa que c'était un élément personnel dont elle devait faire abstraction.

Alex avait été mêlé à l'affaire par ce couple bizarre et il avait dû en être éprouvé.

Il fallait le reléguer à l'arrière-plan de ses pensées.

— Ce fichu vol... il commence à me porter sur les nerfs ! Julia but d'un trait son breuvage et le barman s'empressa de lui en préparer un autre bien tassé.

Quelques instants plus tard, elle fut comme saisie d'une violente impression d'irréalité, la tête lui tournait.

Elle embrassa du regard la salle qui s'était vidée comme par enchantement. Elle frissonna et se dit qu'elle devait être sous l'effet de l'alcool, de la fatigue ou d'une drogue...

Il fallait qu'elle déguerpisse en vitesse de ce bar qu'elle commençait à détester.

— Cette nuit est mortellement ennuyeuse, dit-elle.

— Qu'est-ce qui vous faire dire ça ?

— Je n'en sais rien, mais j'en suis de plus en plus convaincue. En effet, Julia se rendait compte qu'à cette heure, elle n'obtiendrait rien de concret de ce gars.

— Vous croyez à...aux charmes, à tout ça ?

— Non...je ne pense pas. En revanche, je suis persuadée que les choses arrivent...par malveillance. Ainsi j'ai l'impression qu'il lui est arrivé malheur, à cette pauvre fille.

Le barman la regarda d'un air absent.

— Vous ne me demandez pas pourquoi je ressens cela ?

— Vous êtes comme Alex ? Extralucide... ? En effet, son père avait l'air de croire qu'elle avait peur qu'il lui arrive quelque chose.

Le barman se rapprocha d'elle en susurrant :

— Ça m'inquiète...ce que vous me dites ! Lorsqu'elle est venue, en fin de défilé, elle pleurait...

— Elle pleurait ?

— Oui. Je lui ai demandé pourquoi elle était si triste.

— Et alors ?

— Elle m'a révélé qu'elle était mêlée à une sale histoire !

— Elle ne vous a rien dit de plus ?

— Non, parce qu'elle avait sans doute un rendez-vous avec un type...

— Ah oui ? Quel genre de type ?

— Je ne veux pas avoir l'air de fourrer mon nez partout. On dirait de moi que je veux être au courant de tout ce qui se passe dans cet endroit.

— Avec moi, vous pouvez parler.

— Sur ce navire, tout le monde sait tout sur tout le monde.

— Oh ! Accouchez ! Qu'avez-vous vu ?

Le visage de Julia était interrogateur. Il lui semblait qu'il en savait plus qu'il ne voulait dire...

— Vous savez, on ne connaît jamais toute la vérité sur un autre être humain, dit-il d'un ton lourd de sous-entendus : elle a un protecteur.

— Où ça, sur le bateau ?

— Oui. Cette fille me plaît depuis qu'elle est montée sur le bateau. Alors, je la mate...je peux vous assurer qu'elle est trop bien pour un individu comme cet « italien ».

Julia, lentement, se leva de sa chaise de bar, elle inclina la tête et avec un sourire entendu, dit au revoir au barman, en échangeant le renseignement contre un billet de vingt euros et un aphorisme sur la jeunesse moderne.

— Il faut que je me sauve. Si je veux dormir un peu avant que le soleil ne se lève ! *Arrivederci*! dit-elle de connivence avec le barman.

Julia n'en pouvait plus, il fallait vraiment qu'elle dorme, sa santé mentale était en jeu. Elle s'enferma dans le petit salon, s'étendit sur un canapé et sombra dans un sommeil peuplé de cauchemars.

Elle rêvait que le bateau était en train de naufrager lorsqu'elle fut réveillée par quelqu'un qui la secouait...c'était Alex...

Réveillez-vous, j'ai bien réfléchi à votre proposition d'enquêter sur la disparition de ma fille et je suis d'accord.

— Somme toute, elle n'a pas réapparu ? feignit d'espérer Julia, qui en se levant, eut un haut-le-corps. Mais c'était malgré tout une enquêtrice professionnelle et elle fit mine d'acquiescer.

— Non, balbutia-t-il entre deux soupirs. Elle ne répond pas sur son portable, je tombe sans arrêt sur la messagerie. Il était hirsute, pas rasé dans une tenue dépenaillée telle une bête prise au piège.

Julia se sentait coupable de ne pouvoir lui dire la vérité. Il fallait qu'elle essaie de le consoler de son mieux. Elle lui dit de se calmer un peu, le temps qu'elle se rafraîchisse le visage aux toilettes. Lorsqu'elle revint, il était plus calme et elle lui fit raconter l'histoire de Victoria.

Il disait que sa fille avait eu de l'instruction, car il l'avait placé dans des pensionnats, les plus réputés d'Angleterre. Mais elle avait dans l'idée de faire du cinéma et elle était partie pour Paris, où elle avait posé pour des photographes. Ils se voyaient de temps en temps lorsqu'il séjournait à Marseille. Les magazines avaient publié des photos d'elle à ce moment-là. Il collectionnait les coupures de journaux et magazines qui parlaient d'elle.

Elle avait fait une publicité pour un quelconque onguent pour maigrir, alors qu'elle ne pesait pas lourd. Publicité qui ne valait pas la pellicule sur laquelle elle avait été tournée et encore Victoria ne montrait que ses jambes menues. Cela n'avait pas suffi pour la lancer et elle avait disparu du paysage illico, avant d'avoir pu montrer son visage.

— C'est vrai, elle a vite été oubliée... comme plein d'autres filles dans ce milieu...

— Bien, c'est tout ce que vous pouvez me dire ?

— Oui. Ha ! Que je vous dise ! Je vous ai désenvoûtée !

— Comment ?

— Lorsque vous étiez endormie. Vous pouvez à présent téléphoner... Veuillez m'excuser pour cette histoire, je croyais faire un numéro avec vous et votre copine.

— Alors ? Qu'est-ce qu'on fait, vous marchez pour notre affaire ?

— D'accord. Faut faire la lumière sur cette disparition... dit Julia pensive.

— Ah ! Merci, j'avais peur que vous vous ravisiez, dit-il avec déférence...Vous me direz combien cela va me coûter !

— Ça ne presse pas, dit Julia gênée.

Julia put téléphoner à Flam, dorénavant rassurée.

— Je voudrais te voir, lui dit-elle. Tu peux me retrouver à la cafétéria, on déjeunera ensemble, dans un quart d'heure ?

Il hésita un peu.

— Si vous voulez. Mais pas avant vingt minutes.

— O.K., c'est bon...

Il fallait que Julia lui parle du tuyau qu'elle avait pu tirer du barman. C'était un témoignage important et peut-être que Flam avait, lui aussi, découvert des faits nouveaux...

Elle avait le temps de remonter dans sa chambre pour se rafraîchir un peu et se changer. Elle ne voulait pas rester avec sa robe longue de la soirée, ça paraîtrait aux yeux de tous, bien douteux.

10
COMMÉRAGES

À la cafétéria, Flam se pencha vers Julia et jeta un coup d'œil autour de lui comme s'il craignait que ses paroles soient entendues.

— Ne vous mêlez pas de ça, Julia. La police va se charger de cette disparition, la fille est bien morte et envolée.

— Oui, mais son meurtrier court les passerelles, peut-être en train de traquer une autre victime. Ça ne te paraît pas curieux à toi, la façon qu'il a eue de se débarrasser d'un cadavre encombrant ?

— Je n'en sais rien.

— Non, eh bien moi, j'ai l'intention de le savoir.

Julia avait parlé un peu fort et Gladys qui passait près d'eux s'était retournée et arrivait avec son plateau pour s'installer à leur table...

— Bouche cousue, dit Julia en le fixant. C'était un signe fait à Flam pour qu'il se taise. Il la regarda avec une sorte de pitié et se mit à sourire bêtement aux anges.

— Que veux-tu savoir ? dit Gladys.

— Rien...tu comprends ? Rien.

Flam avala d'un coup son bol de café, puis fit une légère grimace en ouvrant son téléphone et se leva rapidement. Il tendit la main à Gladys et fit un sourire à Julia. Julia comprit qu'il avait fait des photos avec son portable.

— Tu connais ce type ?

— Non, fit Julia qui le regarda partir sans aucun geste.

— Il est sûr que ni toi ni moi ne changerons le monde,

tu sais, dit Gladys. As-tu au moins des nouvelles ?

— Il y a là-dessous un mystère quelconque qui ne demande qu'à être percé par toi Julia, c'est ton travail.

— J'ai donné mon accord à Alex pour enquêter sur la disparition. Je peux à présent téléphoner...

Gladys considéra Julia avec cette sorte d'ironie de ceux qui approchent quelques secrets que d'autres ignoreront toujours, puis se mit à déjeuner en parlant de la tempête.

Julia lui fit la conversation, puis elle lui dit :

— Tu as des nouvelles de ton Italien ?

— Non.

— Qu'est-ce qu'il fait ?

— Comme toi et moi et la terre, il tourne. Tu ne vois pas ?

— Non vraiment.

— Eh bien, ça à l'air d'être un gigolo qui tourne autour de riches veuves ou, lorsqu'il n'a rien à se mettre sous le ventre, de pauvres vieilles filles comme nous.

— Chacun est gouverné par ses plaisirs, dit Julia, bien que le bon plaisir des autres nous gouverne aussi... Je vois que tu es toujours aussi réaliste et clairvoyante et ce n'est pas la peine que je te mette en garde contre lui.

— Tu sais quelque chose ?

— Oui. Le Barman m'a dit qu'il sortait avec Victoria.

Gladys resta bouche bée.

— En effet, c'est chelou ! Je ne sais plus quoi penser ; ou plutôt, je m'imagine trop de choses...

— Que vous imaginez-vous, chère juriste ?

Routier se rappliquait à leur table, fallait se méfier de trop parler. Il s'installa sans façon avec son plateau déjeuner.

— J'ai appris que la fille du prestidigitateur avait disparu, le mannequin ? Un beau petit bout, hein ? Elle a dû trouver chaussure à son pied, faute de collier.

— Vous la connaissez ?

— Oui, une brune assez mince et qui n'est pas plus mal qu'une autre, mais sans l'étoffe... vous voyez ce que je veux dire ? Elle m'a dit, comme je suis comédien, qu'elle avait eu un rôle dans une publicité par raccroc, à la dernière minute, pour les gambettes. Elle apparaissait dans le film, à la suite d'un régime et une crème amincissante, après une boulotte pleine de cellulite. Elle regrettait qu'au montage on ait coupé son image. Vous ne trouvez pas qu'elle a la tête d'une anorexique ? dit-il. Par curiosité, j'ai revu la pub. Je trouve les cuisses et le cul de la grosse plus appétissants que les bâtons de la Victoria.

— Vous avez souvent de tels fantasmes ? lui demanda Gladys. Et puis, aujourd'hui, vous avez mis des bretelles pour soutenir votre pantalon. Vous avez donc peur de rencontrer une grosse qui vous débraguette trop facilement ?

— De vous, chère Gladys, j'accepterais tout, avec ou sans bretelles...

Gladys fit un mouvement d'épaules et Julia fit une mine montrant sa réprobation.

Elles avaient hâte de fausser compagnie à ce grand comique. Gladys, en définitive, n'était pas fâchée de la manière dont s'était terminé l'entretien. Le bonhomme ne leur apprenait pas grand-chose de suffisamment sérieux. Il tournait tout à la blague, mais cela ne fit pas perdre sa bonne humeur à Gladys.

Elles se levèrent de table avant que Routier eût fini de déjeuner, Julia avec un joli mouvement de hanches.

Elles avaient dans l'idée d'interroger les autres mannequins qui l'avaient côtoyée, peut-être que l'une d'elles la connaissait bien ?

Elles se renseignèrent auprès de l'impresario des mannequins.

11
LE QU'EN-DIRA-T-ON ?

Elles frappèrent doucement à la porte de la cabine d'une dénommée Stella. C'était sans nul doute son pseudonyme pour son travail...

N'ayant pas de réponse, elles frappèrent plus fort jusqu'au moment où une voix pâteuse leur dit d'entrer, ce qu'elles firent.

L'entrée et la chambre étaient encombrées d'un fouillis hétéroclite de vêtements, de sacs, de colifichets de toute sorte, destinés, elles imaginaient, à servir de base à leur métier de porte-manteaux...

La fille se tenait assise sur le bord du lit défait, elle enfilait sans se presser les manches d'un peignoir chinois jaune sous lequel elle était nue.

Comme Victoria, elle avait des cuisses assez maigres, mais en contrepartie une jolie ligne. Ses cheveux étaient ébouriffés et tombaient sur sa figure en mèches désordonnées. Elle se mit à bâiller bruyamment, le rimmel de ses yeux avait coulé, elle n'avait pas dû se démaquiller avant de s'endormir.

— Oups ! murmura-t-elle. Je croyais que c'était un beau steward qui venait m'apporter le déjeuner... on a de ces surprises quand même...

Elle serra son déshabillé contre son corps tandis que Gladys et Julia s'excusaient de l'importuner de si bonne heure.

Elle repoussa ses cheveux en arrière, et alla prendre une brosse à cheveux sur la table de nuit. Elle les lissa pensivement. Il était difficile de dire qu'elle était belle, mais elle avait du charme grâce à ses grands yeux bleus comme les Huskies, rendant son regard translucide et difficile à soutenir.

— Vous avez un Alka-Seltzer ? Qu'est-ce qui vous amène ? Vous êtes qui ?

Gladys chercha dans son mini sac à main et en sortit un bonbon à la menthe qu'elle lui offrit... Stella l'accepta sans sourciller, faute de mieux... Les filles lui dirent qui elles étaient. Elle s'exclama :

— Enquêtrices ! C'est au sujet du collier ? Je ne connaissais pas les bijoutiers et j'ai rendu le mien...Alors, si...

Julia lui coupa la parole.

— On est là pour savoir si tu connaissais Victoria et un certain italien nommé Casanova. Et ce n'est pas la peine de te mettre martel en tête... On s'en fiche de savoir si tu as rendu ton collier.

— C'est vrai, bon, je vais d'abord boire un verre d'eau.

— D'accord, on ne veut pas que tu te déshydrates, dit Julia ironique...

— Mince alors, ce que vous êtes marrantes !

— Non, nous ne plaisantons pas, dit Gladys d'un air plutôt sérieux en fronçant les sourcils. Ne cherche pas à nous entuber ! Victoria n'a pas donné de signe de vie depuis plusieurs heures. Sais-tu quelque chose sur son petit ami l'Italien ?

Julia ne pouvait pas lui dire évidemment que Victoria n'était plus de ce monde. Elle n'eut pas besoin de lui dire quoi que ce soit d'ailleurs, car elle enclencha tout de suite.

— C'est une petite garce... Pour elle tous les moyens sont bons pour passer sur le dos des autres modèles. Et pourtant, elle peut m'être reconnaissante, car après tout, c'est moi qui lui ai présenté Renzo.

Gladys la fixa.

— Renzo Casanova ?

— Bien sûr. Vous en connaissez beaucoup qui ont le même patronyme que Casanova ? Elle ricana...Vous savez c'est un pseudonyme pour ces dames !

Gladys n'en pouvait plus de lui faire sortir au compte-gouttes les renseignements sur ce fameux Casanova.

— Et alors ?

— C'est le fils d'un scénariste de films pornos, un grand manitou qui s'appelle Orlando Caloti. Son fils est comme son père, une grande pourriture.

En se penchant pour boire un autre coup, elle exposa aux filles un décolleté qui découvrait de petits seins bien ronds malgré sa maigreur.

— Mais dites donc, dit-elle d'une voix étrange, qu'est-ce qu'elle a fait Victoria ?

— Oh ! Et puis merde ! Elle peut faire ce qu'elle veut Victoria, je m'en fiche bien. Moi, je ne suis pas dans le coup.

Julia la fixa avec insistance :

— Parce qu'elle doit faire quelque chose ?

Son visage devint soucieux, sans doute se rendait-elle compte qu'elle avait été trop bavarde. Elle pensait qu'elle avait peut-être fait une gaffe.

— Il se fait tard, je dois me laver.

Julia insista :

— Qu'a fait Victoria dont vous ne voulez pas vous mêler ?

Elle se leva du lit et fit tomber son peignoir sans pudeur vis-à-vis des filles qui la regardaient. Julia lui prit le bras et lui répéta la question.

— Est-ce que je sais, moi ?

Julia, plus impatiente que Gladys, commençait à piler du poivre. Elle ne pouvait pas la forcer à parler.

— Voyons, lorsque vous vous êtes rencontrées sur le navire, vous ne vous étiez plus vu depuis longtemps, de quoi avez-vous parlé ?

Stella ricana encore.

— Je lui ai demandé des nouvelles de Renzo. Je pensais qu'ils avaient cassé. Ça l'a vexée. Elle m'a répondu que c'était un pourri, mais qu'il l'avait suivi sur la croisière qu'elle le veuille ou non.

— Et alors ? Cela voulait dire quoi, d'après toi ?

— Ce n'est pas difficile à deviner quand on connaît Renzo, non ?

— Tu veux dire qu'il la prostituait ?

— Si vous voulez ! Il les essaie toutes…Mais moi, j'n'en ai rien à carrer qu'il ramasse les nanas les plus réceptives pour son père !

Elle prit un air hébété :

— Ça urge que j'aille aux toilettes !

Elle fonça vers le cabinet de toilette et les filles sortirent de la cabine en claquant la porte. Elles ne pouvaient plus rien en tirer d'autre à présent, si tant est qu'elles eussent tiré quelque chose de positif.

Elles dévalèrent la coursive en quête d'air marin, se retrouvèrent à l'air libre et s'assirent chacune sur un transat pour réfléchir.

Julia interrogea Internet, mais le père de Renzo n'avait pas de compte sur les réseaux sociaux. Pourtant le bonhomme sentait le soufre. Il était dépeint d'une façon très générale comme quelqu'un des plus influents en Italie, bien qu'il soit sorti de nulle part.

Il tutoyait des membres du gouvernement italien, mais beaucoup savaient comment s'était réalisée cette ascension. Ils préféraient naturellement l'oublier. Depuis sa jeunesse, il appartenait à la Mafia et s'était révélé un scénariste de talent en filmant des femmes de mauvaise vie, des call-girls, pour satisfaire l'instinct libidineux des spectateurs des salles obscures. Il avait ainsi réalisé des bénéfices conséquents grâce à ses films pornographiques.

Il possédait de petites salles de production ou pour quelques euros, des hommes jeunes ou vieux se rendaient pour se soulager.

Personne ne pouvait savoir combien ses productions lui rapportaient. Il régnait ainsi, tel un vautour, sur un monde de pourriture.

Gladys et Julia ne savaient pas s'il fallait haïr le père et le fils, mais elles comprenaient qu'il ne fallait surtout pas s'attaquer à eux.

— Regarde, Julia, si Renzo n'a pas eu lui aussi une sale histoire.

Julia ne fut pas longue à répondre à Gladys :

— Si, dit-elle. Enfin, une fille qui aurait été retrouvée morte chez le fils d'une overdose.

— J'ai les cheveux qui se hérissent sur la tête, dit Gladys pendant qu'une bouffée de chaleur lui montait au visage. Dire que j'ai failli le trouver sympathique alors que maintenant, il m'exècre !

Elles s'accordèrent un moment de détente sur ce pont à respirer l'air iodé de la mer Méditerranée.

Il fallait connaître le pourquoi et comment de cette tragédie. Julia récapitulait intérieurement pour mettre en lumière les obscurités de l'enquête...

Le vol du collier, le meurtre de Victoria, sa mise en cause à elle Julia, la fausse identité de Renzo. Il était le digne fils de son père, il en avait les vices...Corrompu, perverti, il imposait ses manières de voyou et dealer à ses filles trop naïves...

Victoria avait dû goûter à la vie facile et à la drogue. Au cours de sa liaison avec Renzo, elle avait pu surprendre ainsi un secret, peut-être au sujet de cette fille morte d'une overdose ? Elle la connaissait ? Elle voulait se libérer de ce Renzo, peut-être en parler à la police.

— Heureusement pour nous, dit Gladys, nous avons le droit et la justice !

— On a intérêt à ne pas faire des allégations alarmantes sur ce Renzo, tu dois tenir ta langue. S'il vient te parler, sois naturelle, fais comme si tu ne savais rien, dit Julia.

— Ça ne va pas être facile ! Je ne suis pas comme toi, je n'ai pas l'habitude de fréquenter un tel embobineur.

— Que vas-tu faire, à présent, Julia ?

— Il faut qu'Alex alerte la police, toute seule je ne vais rien déplacer. Je vais voir ce que Flam a récolté...

— Flam Flam ? dit Gladys.

— Euh ! J'ai oublié de te dire, c'est le jeune asiatique qui mangeait avec moi ce matin. Il m'a donné comme conseil de ne pas m'en mêler...Il a souvent une façon intéressante de voir les choses.

— En effet, il n'a peut-être pas tort ! Faut pas te fourrer dans ce pétrin ! souligna Gladys.

— Oui, je suis d'accord. Il nous faut des preuves. Et c'est justement ce qui nous manque.

Julia pensait que l'assassin était prudent, pas fou du tout.

Alors Julia téléphona à Flam et lui donna rendez-vous sur leur pont.Un steward vint leur apporter, à chacune, un verre de sangria de bienvenue. Bien qu'il soit encore tôt, elles furent mises en confiance par la chaleur de ce verre et se sourirent.

12

SAVONE

Flam arriva en longeant le long de la passerelle tel un félin.

Julia le mit au courant de ce qu'elle avait découvert sur Renzo.

— J'ai une pièce supplémentaire à verser au dossier, dit Flam. Renzo et sa compagnie organisaient des orgies innommables, des jeux sataniques et les filles se livraient à des danses obscènes, complètement à poil. En qualité d'acolyte, le père fait office de diablotin vêtu d'une soutane rouge.

— Comment as-tu appris ça ?

— Peu importe... Victoria est sans aucun doute dans le secret.

— Oui. Et ça pourrait expliquer sa disparition.

— Vous voulez dire qu'elle aurait pu parler à quelqu'un ? dit Gladys.

— Oui... à moins qu'elle n'ait fait une tentative de chantage.

— Tout cela paraît incroyable, murmura Gladys d'un air songeur.

— Tu sais, rapporté à Renzo et sa coterie, cela paraît tout à fait concevable. C'est un commerce très lucratif, le sexe, dit Julia.

— Et le père de Renzo ? dit Flam, il a un sérieux grain.

— Je le pense capable de tout pour protéger son fils.

— Julia, pour l'amour du ciel, sois prudente ! s'écria Gladys.

— Ne vous bilez pas, dit Flam, le diable et moi veillons sur vous deux.

— Voilà qui m'a l'air tout à fait intéressant.

— À bientôt de vous revoir, je vais de ce pas faire la visite pour la journée à Savone. Vous y allez ?

— Bien sûr, il ne faut pas se faire remarquer, dit Julia.

Le paquebot venait d'accoster dans le port de plaisance de Savonna-vado-ligure.

Un autobus les attendait au port afin de transporter les voyageurs jusqu'à la forteresse Priamar qui domine la ville de Savone.

Cette journée s'annonçait encore comme une journée culturelle et historique. Pour Julia, c'était une perte de temps pour son enquête. Elle ne pouvait pas se faire remarquer en restant la journée sur le navire.

Gladys lui dit qu'il fallait qu'elles profitent de cette journée ensoleillée calme.

— Si Renzo et son père ont fait fortune dans l'illégalité, c'est sans doute qu'ils ont eu la chance de ne pas se faire prendre.

— Je suis d'accord, mais profitons de cette journée et n'en parlons plus...

Julia tripotait le morceau de bouton de manchette qui était dans la poche de sa parka. Il fallait trouver l'autre moitié, elle était décidée lors du rembarquement sur le navire d'aller fouiller dans les affaires de Renzo.

Gladys remarqua que les deux phénomènes qui avaient arrêté Alex n'étaient pas présents pour la visite. Marc n'avait pas paru de la matinée.

Elles firent la connaissance et la conversation à une dame âgée qui avait amené son carlin, sorte de petit bulldog. Elles eurent droit à l'énumération des prix décernés à « Patch ».

De l'injustice d'un juge qui ne lui avait pas décerné un prix à cause du fait qu'il était trop turbulent et bagarreur avec les autres candidats. En effet, Patch semblait être un vrai névrosé. Elle leur dit qu'il faisait tout ce qui était interdit. Parfois elle avait mal à la gorge à force de l'appeler. C'était toujours lui qui gagnait.

Sa patronne reconnaissait que c'était sa faute. Étant veuve d'un colonel, il était sa seule compagnie. Comme avec son feu mari, elle finissait toujours par céder à son autorité, parce que c'était plus facile que de continuer à essayer de lui imposer sa volonté. Et puis, il avait, selon elle, des yeux si expressifs !

Gladys regardait Julia pour voir ce qu'elle en pensait. À son air dubitatif, elle ne trouvait pas qu'il soit si convaincant, avec ses gros yeux perdus dans les replis de sa peau, comme deux gros marrons. Dès que sa patronne le prenait dans ses bras, il bavait langoureusement sur sa robe de soie verte et c'était loin d'être idéal pour voyager.

À distance de cette veuve, pas si joyeuse, Gladys se mit à chanter un vieux refrain d'opérette :

— « Il est content, mon colonel, il est content mon colonel ! », ce qui fit rire aux éclats Julia et la soulagea un petit peu de son inquiétude. Ces deux filles s'étaient vraiment bien trouvées...

★★★

Puisqu'ils avaient bousillé Victoria, ils allaient avoir à l'œil Julia. Il fallait qu'elle regarde bien où elle allait mettre les pieds.

Il fallait qu'elle reste modeste bien qu'elle soit une grande fille à présent.

Elle prêtait attention aux conseils de prudence de Flam. Julia était beaucoup trop excitée pour renoncer. Elle se sentait le vent en poupe.

En revenant, elle dit à Gladys qu'après la nuit blanche qu'elles avaient vécues, elle se sentait très fatiguée. Elle voulait se reposer un peu avant le dîner. Elle laissa Gladys en plan, elle avait dans l'idée de revenir les mains pleines...

Dans sa salle d'eau, elle se passa de l'eau sur le visage. La glace lui renvoya son image. Sans doute, si tout va bien, et si elle réussissait, ce visage fatigué serait aussi connu que celui de n'importe quel membre de la Jet 7.

Elle enfila une jolie robe de soirée noire, classique, mais très chic qui mettait en valeur sa taille fine.

Sur le pont, elle s'arrêta pour fumer une cigarette. Des mouettes tournoyaient emportées par le vent. Aussi loin que le regard portait, on ne voyait que la mer plombée qui moutonnait.

Toute crispée de froid, Julia rentra pour se réchauffer. Elle avait pris soin de demander le numéro de la cabine de Renzo.

Elle poussa les portes et rencontra deux ou trois femmes de ménage qui finissaient leur besogne journalière. Une d'entre elles prit un air affecté en la regardant. Julia se dit que s'il arrivait quelque chose, elle aurait un témoin qui l'aurait remarquée. Julia lui fit un signe de la main et se hâta de passer.

Sur le seuil de la porte de la cabine de Renzo, elle s'immobilisa une seconde, colla son oreille à celle-ci pour écouter si elle était occupée.

Jusqu'à présent, la mort de Victoria n'était, pour elle, que cette image d'un grand trou rouge au milieu d'une poitrine. Mais à cet instant, la brutale réalité du drame l'empoigna et elle eut brusquement un grand frisson...

Pour la seconde fois, elle était consciente d'un danger qu'elle fut assez folle de ne pas considérer, jusqu'alors, comme bien sérieux. Il fallait qu'elle se rende à l'évidence qu'en démasquant cet individu qui ne pouvait être que le complice, ou le tueur, ce n'était pas uniquement Victoria que l'on risquait de retrouver flottante dans l'eau de la mer Méditerranée, mais bien elle...

Cette seconde d'hésitation la figea, puis elle se força à raisonner et haussa les épaules. Le meurtre d'une enquêtrice ne peut plus les arrêter, bien au contraire...

Elle se fiait à l'inspiration du moment en glissant le passé de la carte magnétique que lui avait donné Thierry, dans la serrure de la porte de la cabine de Renzo.

Elle regarda autour d'elle en entrant dans la chambre. Le jour avait baissé très vite et la chambre était plongée dans l'obscurité. Elle se reprocha de n'avoir pas pris une lampe. Ses jambes se ramollirent :

— Quelle malchance ! Julia égrena à peu près tous les jurons qu'elle pouvait connaître.

Elle alluma une petite lampe de chevet près d'une commode. Elle ouvrit un à un les tiroirs et dans le tiroir du bas, elle découvrit un pistolet 22 long rifle. Elle avait pris un mouchoir pour le tenir et ne pas y déposer ses empreintes et elle le renifla le canon pour voir s'il avait servi récemment...

Il ne pouvait pas être celui qui avait servi pour le meurtre étant donné que Thierry l'avait envoyé par le hublot de la chambre.

L'avait-il vraiment envoyé par le hublot ? Julia ne se rappelait pas si elle l'avait vu faire. Thierry avait-il fait semblant ?

Les minutes s'égrenaient inexorablement. Elle avait froid et elle sentait sa conviction s'ébranler :

— Comment faire, je ne peux pas l'emporter. C'est peut-être l'arme du crime ! Mais la victime a disparu...

Julia avait perdu la bataille, ce n'était pas la première, et elle n'avait pas perdu la guerre... Il fallait qu'elle trouve Flam, il saurait quoi faire... Avant de partir, elle alla à la salle d'eau pour essayer de découvrir l'autre bouton de manchette, mais elle ne trouva rien. Il ne fallait pas traîner, Renzo pouvait la surprendre.

Elle ouvrit la porte de la cabine et regarda à droite et à gauche s'il y avait quelqu'un dans le couloir. Non loin de là, elle entendit une porte claquer.

À part cela, elle ne se rendit compte de rien. Sorti d'on ne sait où, un homme se trouvait brusquement devant elle. Il entra en coup de vent, masqué d'un bas nylon, lui barrant la sortie.

Il lui saisit le bras, en la faisant entrer à nouveau dans la cabine de Renzo, elle distinguait à peine dans l'obscurité de la chambre la tache claire de son visage. Elle voulut se dégager et fit un mouvement offensif. L'individu gloussa.

— Faites pas l'imbécile..., Julia, ou ça va faire plus mal...

Le premier coup à l'estomac la surprit plus qu'il n'occasionna de véritable douleur, seulement il lui coupa la respiration. En un éclair elle réalisa qu'elle était prise à son propre guet-apens.

Elle avait peur, mais l'adrénaline l'envahit en la surprenant elle-même. Elle ne bougeait plus, pliée en deux, mais ne relâchait pas sa concentration. Elle le laissa bien se rapprocher, puis plia son genou et étendit sa jambe... pour atteindre ses parties génitales comme on lui avait appris lors de ses formations de self défense.

Atteint au bas ventre, l'homme émit un bredouillage sourd et se plia en deux.

— Sale garce, siffla-t-il.

Julia hurla, et dans un ultime effort pour le pousser loin d'elle, elle lui envoya un coup de pied dans le dos qui le fit basculer... et n'attendit pas qu'il se redresse. Elle se sentait mieux pour s'échapper et courir. Elle boitait, car elle avait mis toute sa force dans son coup de savate.

Elle ne voulait pas se retrouver toute seule dans sa cabine et partit vers le bar où elle arriva essoufflée, mais saine et sauve...

Julia ne pouvait pas s'en remettre à la justice ou police, dans la mesure où elle était directement impliquée dans l'affaire. Elle ne s'estimait pas suffisamment convaincante, ni assez rompue aux usages séculiers des services policiers. Aussi il fallait qu'elle garde le silence vis-à-vis des autorités civiles.

Elle alla se soulager aux toilettes et en profita pour téléphoner en catimini à Flam. Cette conversation plongeait Julia dans un certain embarras. Non pas qu'il soit rare qu'elle s'adresse à lui pour lui confier de lourds secrets, mais dans ce cas, il était d'usage qu'elle lui raconte ce qui venait de lui arriver.

Flam trouva que la chose était grave et susceptible de créer des remous dans ce milieu de proxénètes et de criminels. Il lui dit qu'elle n'avait aucune confiance en son simple serviteur. Il l'aurait conseillé sur la conduite à tenir envers ce Renzo et sa compagnie.

En conséquence, il était « furax » contre elle. Il avait pendant l'après-midi déjà fait le nécessaire pour fouiller la cabine de Renzo.

— Je sais que tu vas m'en vouloir, mais alors, je ne peux rien dire ni rien faire ?

Il l'assura que la chose était exacte. Qu'il fallait lui laisser les coudées franches. Julia ne devait pas mettre sa vie en danger.

— Grave, Julia ! Grave, puisque l'on veut vous tuer ! Et il vous est impossible de parler...

13

LES MENACES

Julia partit à l'infirmerie afin d'être examinée, car elle ressentait une douleur au côté. Elle s'abstint de parler de sa jambe qui la faisait boiter. L'infirmière la palpa et lui fit un bandage succinct autour des côtes. Julia dès que celle-ci eut le dos tourné, le retira et le jeta.

Au fond d'elle-même, elle commençait à en avoir plein la tête de cette histoire qui l'écœurait. Elle se demandait si elle n'allait pas laisser tomber.

Heureusement, elle n'avait pas de côtes fêlées :

— Je suis plutôt costaude… ce n'est pas demain la veille qu'on va me faire mettre un genou à terre !

Gladys arriva pour dîner et Julia lui raconta qu'elle s'était fait agresser. Elle lui cacha, bien entendu, qu'elle visitait incognito la cabine de Renzo.

— Tu es très courageuse, Julia ! Je ne pourrais pas me défendre comme toi.

— T'inquiète, je vais lui faire payer cher, j'en suis sûre.

— Si tu le trouves ! Gladys n'en était pas vraiment persuadée.

— Julia, tu es l'honneur de ta profession.

— Justement, Gladys, je voulais te dire… Gladys lui coupa la parole. Ne dis rien…tu veux la vérité, tu entends, la vérité, je te comprends totalement.

Julia s'écarta, car son portable sonnait. Une voix inconnue qui se présenta comme un flic inspecteur :

— Puis-je vous demander comment va votre santé ? L'on m'a parlé d'un fâcheux accident de sol mouillé qui vous a fait tomber. A-t-il laissé des traces ?

Julia dit mielleusement.

— Alors, on s'est moqué de vous. Avec quelques granules d'arnica, demain il n'y paraîtra plus, je n'aurai plus de bleus...

À l'autre bout du fil, Julia perçut un petit rire feutré.

— Vous avez beaucoup de sagacité, madame. C'est avec plaisir que je fais votre connaissance.

— Dites donc, quant à moi, je n'ai pas le bonheur de connaître votre nom ? répondit Julia.

— Vous êtes très curieuse...et bien...disons que mon nom ne vous dira rien. Par contre, je dois vous avertir que certaines personnes ont de sérieuses inquiétudes pour votre avenir. Vous êtes jeune, madame, et peut-être avez-vous intérêt à suivre des conseils attentifs. Puisque vous êtes très intelligente, il serait prudent pour vous d'abandonner des projets ou de les orienter vers d'autres directions. Ne gaspillez pas votre temps en inutiles suspicions...

Une réplique ou plus simplement le réflexe machinal du « métier », Julia bluffa :

— Je vous remercie beaucoup de votre mise en garde, Monsieur « machin-chose ». Vous mériteriez des applaudissements pour votre commisération si théâtrale.

Julia raccrocha et faillit jeter son portable par terre. Elle sentait que la colère la gagnait. Que croyait-il ? Imposer sa loi ? Si c'était le cas, elle était décidée à détrôner ces êtres méprisables. Elle était peut-être sage, mais en ce moment pas compréhensive pour deux sous.

Gladys qui avait surpris la dernière tirade de Julia, lui dit :

— J'aurais voulu avoir une sœur comme toi, Julia, oui, comme toi, vraiment.

Julia était loin de jubiler devant une telle marque d'affection. Elle était sidérée par cette réalité brutale qui retombait sur elle comme une chape de plomb. C'était comme dans un cauchemar où vous tombez sans cesse dans un ravin, sans atteindre le fond.

— Tu sais Gladys, je fais seulement mon métier de détective privée, un point c'est tout. J'ai l'impression que la voix de ce cuistre au téléphone était voilée comme pour ne pas se faire reconnaître... J'aurais dû lui demander de me rencontrer en chair et en os.

Il ne t'aurait pas rencontré, dit Gladys, car peut-être que tu le connais, il a déguisé sa voix pour se cacher... C'est un lâche...

— T'as raison, on ne se méfie jamais assez de certains individus. J'ai un doute sur Marc. Lorsque le bonhomme a ri, à son intonation, ça m'a rappelé quelque chose de lui...

— Il faut que tu en parles à Flam, dit Gladys, c'est ta planche de salut.

Julia regarda Gladys, et une lueur assez vague passa dans son regard. Une lueur que Gladys comprit comme « chiche », tu n'as qu'à en parler toi-même à Marc !

— Naturellement, crâna Gladys, tu penses à moi pour ce travail ?

— Ouais. Mais sois prudente, il sait que nous sommes proches.

Elles se séparèrent en arrivant au self-service, car Julia avait aperçu devant elles, Marc qui choisissait ses plats pour le dîner.

— À toi de jouer Gladys, lui murmura Julia, essaie de lui tirer les vers du nez...

Gladys ne put s'empêcher d'esquisser un sourire complice.

Après avoir choisi son menu, elle s'installa en face de lui qui avait commencé son repas.

— Vous n'êtes pas avec votre copine, la détective en jupe ? nargua Marc.

— Non, elle est fatiguée et est partie se reposer un peu.

— Elle se cherche des ennuis, non ? poursuivit-il assez calmement.

— Comment êtes-vous au courant ? Le bougre, il est bien renseigné, pensa-t-elle.

— On ne vous a pas dit qu'un paquebot est un microcosme et que tout finit par se savoir ?

— Jusqu'où, Marc ?

Marc lui lança un coup d'œil méfiant, mais plein malgré tout, d'une certaine ironie.

— Jusqu'au bout de la vérité, lui dit-il d'une voix peu harmonieuse.

Le porc ! Gladys se disait en mangeant qu'on ne se

méfie jamais assez d'un gars qui fait le couillon.

— Vous pouvez me raconter ?

Allait-il obéir à sa demande ?

— Par où dois-je commencer, ma jolie ? Par la manière dont vous et Julia êtes piquées d'enquêter comme des chiens limiers. Ou par les causes d'une drôle de disparition ?

Gladys ne put s'empêcher de crisper ses doigts sur la fourchette qu'elle tenait et celle-ci se tordit sous la pression. Pour l'instant, tout ce qu'il disait n'avait pas beaucoup d'importance, mais situait l'individu. Ce n'était pas le blanc-bec avec lequel elles avaient sympathisé.

— Vous êtes jaloux de ne pas être dans la confidence ? Je me trompe ?

Marc hésita un peu pour répondre. Il aimait jouer au chat et à la souris, mais cette souris-là était trop singulière. Il devait convenir qu'elles avaient dorénavant des doutes sur lui. Il détourna les yeux et changea carrément de sujet en savourant son dessert d'un air gourmand.

— Gladys, il faudra que vous goûtiez à cette crème renversée délicieuse...

Elle haussa les épaules :

— Je n'apprécie pas ce qui est renversé ou caramélisé... J'aime quand les choses se montrent de face et franchement

L'assurance de Gladys était retombée, elle sentait intuitivement qu'elle n'en tirerait pas davantage. Elle se mordit les lèvres, troublée.

Marc sentait qu'il lui avait coupé ses atouts et comme un gagnant au jeu de poker, il pavoisait intérieurement.

— On finira par retrouver Victoria, dit Gladys, elle doit se cacher après ce vol.

— Vous vous trompez, Gladys, ce n'est qu'une p..., elle a sans aucun doute besoin d'argent et elle ne réapparaîtra pas.

— Vous la croyez donc coupable ?

— Possible ! Va savoir ! Faites mes amitiés à Julia.

Il prit son plateau et se leva, laissant Gladys à ses pensées...

Était-il, lui aussi de la police et enquêtait-il sur cette disparition ou bien sur quelque chose de plus important ?

Il voulait mettre Julia et elle à l'écart, elles avaient le nez trop long.

Pour Gladys, c'était à ne pas s'y tromper, une brebis un tout petit peu trop galeuse et elle fit son rapport à Julia.

— A-t-il avoué ?

— Non, malheureusement, je ne suis pas Sherlock Holmes.

— Élémentaire, mon cher Watson. Marc a horreur, comme la plupart des hommes, d'étaler la vérité. Il est de mauvaise foi, comme certains flics.

Julia sourit à l'exposé de son rapport. Elle dit à Gladys qu'il n'était pas celui qui lui avait fait du mal, mais peut-être était-il de mèche avec son agresseur. Elle avait pris la mesure de sa force, c'était un homme grand et fort comme éventuellement le chauve du couple avec la blonde, qu'elle avait aperçu au défilé.

Si c'était lui l'assassin, le ciel n'aimant pas les assassins, il sera tôt ou tard découvert. Julia se livrait à un combat intérieur et dit à Gladys qu'on ne l'y reprendrait plus sans arme. Elle avait chaussé de longues cuissardes noires et avait caché dans l'une, un petit révolver de poche et dans l'autre un couteau à cran d'arrêt.

— Si l'on m'attaque, je me défendrai sans aucune pitié. Il est temps que j'abatte ses frelons. J'ai horreur de perdre.

— Et moi, dans tout ça ? Suppose que j'aime gagner ?

— Je crains fort, ma chère Gladys, que ce soit nettement moins important que pour moi.

— Peux-tu me dire pourquoi ?

— Certainement pas pour l'instant, c'est trop dangereux.

— Julia, tu es sans cœur avec moi.

— Possible ! Mais cette mésaventure me guérit radicalement du romanesque, tu ne crois pas ?

Gladys détourna la tête en laissant échapper un soupir.

— J'ai le droit de tenir à toi Gladys... je t'ai assez mêlée à cette affaire !

— As-tu vu Flam Flam ?

— Oui. Et avec la langue de vipère qu'il a, il m'a dit que je l'avais bien cherchée cette agression.

— Ah ! Oui ! Je suis impressionnée de tant de lucidité ! sermonna Gladys.

14
PRESTIDIGI ATTENTION

Gladys et Julia se rendirent au spectacle d'Alex afin de se distraire un peu dans la soirée.

Alex qui n'avait pas de nouvelles de sa fille depuis plus de vingt-quatre heures de disparition sur le paquebot, n'avait pas arrêté de boire de toute la journée. Il tentait de combler son angoisse.

Il tenait malgré tout à assurer son numéro de prestidigitation.

Les filles et les spectateurs n'allaient pas être déçus du spectacle...

Il zigzaguait dangereusement dans les coulisses et le régisseur était très inquiet de la tournure que prenaient les événements.

Il arriva sur la scène telle une trombe, en trébuchant. Il s'étala au beau milieu de la scène.

— Pas de panique, je suis un professionnel !

Les spectateurs se mirent à rire de son infortune, convaincus tout à fait que c'était fait exprès.

Il commença son numéro bien rodé en faisant disparaître trois ou quatre colombes qui s'étouffèrent dans le faux compartiment de la boîte truquée, mal manipulée par Alex.

Un lapin blanc qu'il voulait bel et bien faire disparaître dans une boîte se retrouva à gesticuler dans son pantalon. Le public était hilare, et tous ces tours bidons amplifiaient leur bonne humeur. C'était en définitive un vrai succès pour lui...alors que les filles avaient mal au cœur de le voir si chaviré.

Il demanda à Julia qui regardait ailleurs, pour ne pas se faire remarquer, d'entrer dans son cabinet bizarre, sorte de boîte magique pour la faire disparaître...

Julia n'était pas très chaude pour participer, car elle était un peu claustrophobe. Mais Alex tenait à ce qu'elle participe au numéro.

— Je vais insérer deux plaques d'un métal très aiguisé dans ces deux fentes...n'ayez pas peur, charmante dame, vous serez simplement coupée en trois morceaux.

Une rumeur s'éleva du public un peu apeuré par le sensationnel de la scène. Gladys, elle non plus, n'en menait pas large.

Il fit tourner lentement le cabinet magique et l'ouvrit... Julia avait disparu.

★★★

Julia était tombée par une sorte de goulet étroit dans la cale du paquebot au beau milieu des effets du prestidigitateur.

Elle qui se sentait encore meurtrie de sa mésaventure passée, se frotta les épaules :

— J'en suis pour quelques granules de plus d'arnica, se dit-elle, fataliste. Mais bien sûr ! Moi qui me demandais où les personnes disparaissaient !

Elle fit un inventaire succinct en tournant sur elle-même afin de réfléchir à ce qu'elle allait découvrir dans ces malles.

— Procédons par ordre, se dit Julia. Puisque je suis ici, je vais inventorier le contenu de ces malles truquées.

Elle entendit une sorte de clip, comme un piège à souris qui se referme...

— N'ayez pas peur, chef, c'est moi Flam !

La silhouette de Flam se dessinait dans l'obscurité, un flingue à la main.

— Comment es-tu entré ici ?

Ça n'a pas d'importance. Il fallait que j'inspecte la cale pour voir ce qu'Alex cachait.

— Il cache quoi ?

Flam avait tout de suite senti qu'Alex, avec sa position

en vue de prestidigitateur-hypnotiseur pouvait par son influence, cacher des activités illicites.

— Je vous suggère Chef de regarder, sans laisser vos empreintes, dans la malle rouge qui est derrière vous...

Julia souleva le couvercle et aperçut des tenues de scènes colorées. Elle tâta les vêtements et ne trouva rien.

— Vraiment, je dois trouver quelque chose ?

— Ah ! dit Flam. Vous trouverez sur le côté un bouton qui manœuvre un double fond...

— Je n'ai peut-être pas besoin de découvrir le contenu, puisque tu vas me le décrire !

— Au moins cinquante kilos de poudre blanche !

— De la farine ! dit Julia pince-sans-rire.

— Monsieur Alex est prestidigitateur et non pas cuisinier. De la bonne cocaïne !

Julia qui l'avait rayé de la liste des suspects après la disparition de Victoria, dit :

— Il n'est pas blanc comme neige, comme je croyais... !

— Non, il est pourri comme la drogue qu'il recèle ! dit Flam, pas peu fier de sa découverte.

Un bruit de porte se fit entendre :

— Chut, cachons-nous ! Il y a quelqu'un ! dit Flam en entraînant Julia par le bras dans un recoin noir.

15
CONFRONTATIONS DANS UNE CALE

En effet, Renzo et son père apparurent soudain dans l'obscurité, munis de torches électriques allumées.

— Tu crois que le vieux n'a pas pigé pour la poudre ?

— Ne t'inquiète pas, il est rond comme une queue de pelle. Si quelqu'un doit se faire arrêter, ce sera lui. S'ils découvrent que la charge des bagages à l'arrivée est plus lourde qu'au départ...

— En effet, c'est le suspect idéal ! Monsieur Don Juan dit « Casanova » et pater ! dit Julia sortant de sa cachette, l'arme au poing.

— Ma, lungo la strada, incontro une bellisimaragazza !

Mais chemin faisant, il rencontra une belle jeune fille ! Récita en italien le père moqueur...

— Vous voulez, belle Julia, nous impressionner avec votre joujou ? dit Renzo d'un ton supérieur, condescendant. Il avait le sourire du type qui se réjouit de vous avoir bien mené par le bout du nez.

Julia soupira, secoua la tête et poursuivit :

— Monsieur le prétentieux, vous êtes bien sûr de vous. Vous pensiez peut-être que personne ne serait fichu de vous coincer.

— Et alors...quoi ? dit sa vieille crapule de père. Vous croyez que les dieux vont vaciller ? Trahir leur culpabilité ?

— Très bien, vous jubilez, mais vous serez moins fier lorsque je prouverai votre meurtre !

— Un meurtre ? Peuchère ? Qui ça ? Comment

comptez-vous le prouver ? Vous avez un corps, des indices ?

Julia n'avait qu'un morceau cassé de bouton de manchette...

— Je me garde de tout préjugé. Par contre, si vous faites votre métier de gangster, ou de meurtrier, je fais mon métier de détective, un point c'est tout.

La réponse de Julia avait fusé rapidement.

Le vieil homme bomba le torse. Son visage prit une expression mauvaise, déplaisante. Un rictus déformait sa bouche et il passait dans ses yeux on ne savait trop quelle lueur d'ironie meurtrière.

— Imbrogliare ! Pauvre imbécile ! Un gangster ! Un meurtrier ! Que connais-tu de moi ? Que c'est drôle, toute mon enfance j'ai reçu des coups de pied au cul en Sicile par la police...Et puis un jour, je suis devenu riche et respecté par la police. Pour être riche, il faut être sans cœur. Personne ne peut se vanter de m'avoir ridiculisé. Personne. Surtout pas un super policier, avec un petit révolver comme le tien.

Il se mit à rire et son ventre tressaillit. Il reprit :

— Je suis un « Monsieur », je suis respecté partout où je passe, et je suis comme mon fils, avide de richesse et de gloire.

— Qu'y a-t-il de glorieux dans la prostitution, la drogue, le meurtre ? dit Flam.

à ce moment-là, Flam sortit de sa cachette et Julia l'entendit dire encore :

— Nous vous remercions bien de votre déclaration, monsieur Guiseppe Lupo. Je viens de l'enregistrer sur mon portable et je suis moi-même armé...

Renzo pâlit comme un mort. Son père avait plus de ressort pour supporter la bravade de Flam et dit :

— Quel est ce morveux poids plume. Tu es fou, petit fouineur. Tu es trop jeune encore pour bien connaître les hommes et la peur ? Il y a des choses que je peux t'apprendre, je te ferai courber l'échine.

— Il est 3e dan de karaté et 4e d'Aïkido, vous n'avez pas de conseil à lui donner, se gaussa Julia.

— L'animal ! On ne se méfie pas assez de ces petits gars ! Alors, va à ta guise, je te reprendrai si tu te trompes...

Tu peux me poser tes questions directement.

— Eh bien... Victoria vous faisait chanter vous et votre fils, n'est-ce pas ? À cause de cette partie fine chez vous. Cette fille que votre fils Renzo a bourrée de drogue du viol, afin de la rendre docile à vos jeux sexuels et à ceux de vos amis. Elle en est morte...

— Victoria a réussi à s'échapper miraculeusement de cette soirée où elle était témoin. Le lendemain, elle ne se rappelait plus ce qui s'était passé. Elle s'est adressée à son père Alex qui est hypnotiseur afin de faire ressurgir le souvenir de cette soirée qui la traumatisait la nuit, par des cauchemars épouvantables. Après qu'ils avaient appris la vérité, Alex voulait la sortir de vos sales pattes.

— C'est pour cette raison qu'elle s'est retrouvée sur la croisière, dit Julia, admirative de la perspicacité de « Flam »... Mais pourquoi, le vol du collier ?

Renzo hocha la tête et ne put s'empêcher d'esquisser un sourire.

— Puisque vous savez tout, grand sportif, nous n'avons pas besoin de vous répondre.

— Le collier, ce n'est pas nous, je crois que c'est un coup monté contre le père de Victoria...dit le père.

Mentait-il ? Julia ou Flam ne pouvaient malheureusement le savoir.

Toujours aussi troublée, Julia secoua la tête.

— Dans un endroit comme ici... tout se sait si vite, reprit Renzo.

— Vous pensez qu'en me croisant dans les coursives, tout le monde va dire : « Tiens ! Voilà la « fliquette » qui veut apprendre la vérité ?

— Ce n'est pas à ça que je pensais, répliqua Renzo. Ce que je veux dire, c'est que maintenant...il saura. Il comprendra que vous êtes sur sa piste.

— Le meurtrier s'en est déjà pris à moi, je sais qu'il est très malin. Plus que vous, et prudent avec ça !

— Et n'oubliez pas qu'il a de l'expérience... peut-être plus que nous le supposons, dit Renzo.

— Ah ! Parce que maintenant, vous croyez être de notre côté ? dit Julia, je n'aime pas ça !

— Allez, baissez vos armes, nous ne sommes pas armés. Nous sommes seulement des trafiquants de drogue de première zone, reprit Renzo...

— Tranquillisez-vous, dit le père d'un ton neutre, vous avez maintenant une idée assez nette de qui pourrait être l'assassin... puisque ce n'est pas nous ! Nous allons rechercher Victoria comme vous.

— Quel est l'homme le plus susceptible de lui avoir fait du mal ?

Julia et Flam reculèrent :

— Vous pouvez partir d'ici maintenant ! On vous tient à l'œil !

— J'en suis ravi, dit Renzo.

— Je sais. C'est bien triste, répondit Julia d'un ton amer.

Alex qui avait terminé son numéro se présenta avec Gladys.

— On vous a suivi !

Cramoisi, il leur interdit de sortir de la cale en ouvrant les bras. Sans être vraiment ivre maintenant, il avait suffisamment bu pour exprimer sa pensée sans détour. Son attitude était agressive.

— J'ai entendu ce que vous avez dit et je ne tolère pas votre désinvolture au sujet de ma fille ! Et puis, vous allez me délester de toute cette cocaïne que vous avez dissimulée dans mes malles... Vous vous prenez pour qui, au juste ? Vous n'êtes que deux truands à la petite semaine... voilà ce que vous êtes !

Renzo et son père firent un pas en avant, l'air menaçant. Ils poussèrent Gladys et Alex de toutes leurs forces en les faisant tomber sur le côté. Renzo dit à Alex :

— Je te flanquerai mon poing sur la gueule...si tu me vends à cette fliquette de cinéma... oui, parfaitement !

— Alors, reprends ta poudre et cache-la dans ton c... !

—Non, mais quelle insolence ! explosa le père. Me parler sur ce ton...à moi ! Quelle ingratitude... !

— Je ne vous dois plus rien ! s'étrangla Alex. Partez ! Que je ne vous voie plus !

Lorsqu'ils furent partis, Gladys vint prendre des nouvelles de Julia :

— Tu vas bien ? Ces types ne t'ont pas fait de mal ?

— Non, rassure-toi.

— Je commençais à me demander où tu étais passée,

Julia, dit-elle d'un ton angoissé. Alex m'a convaincu à la fin de son numéro de le suivre. Je n'en menais pas large !

— Je te demande pardon, Gladys, mais je suis contrainte, si pénible que ce soit pour toi, de te cacher certaines choses par très catholiques... dit Julia.

— Tu sais Gladys, je suis assez grande pour me défendre.

— Moi aussi, Julia, je suis un dur à cuire, dit Alex.

Il se dirigea vers les malles de sa cargaison et en ouvrit deux dont il sortit les sacs de cocaïne.

— Vous allez m'aider à remonter ces sacs et à les jeter à l'eau. C'est ce que je comptais faire avec Victoria avant d'arriver à destination.

— Pourquoi, avez-vous accepté ce deal ! dit Flam perplexe.

— J'avais perdu au jeu une forte somme d'argent et Renzo et son père m'ont prêté la somme pour rembourser mes créanciers. C'est pour cette raison que Renzo tenait aussi Victoria. Elle était leur soupape de sécurité. Elle devait se taire, tout comme moi. C'était la dernière des bêtises à faire, grommela-t-il. J'aurais dû avoir le courage de les dénoncer après tout ce qu'on savait...

Julia écoutait attentivement Alex, mais elle lui dit :

— Je n'ai pas encore de preuves assez tangibles, et puis ces types sont complètement fêlés ! Comment les croire lorsqu'ils disent qu'ils n'ont rien à voir avec la disparition de Victoria.

Soudain, Thierry fit son apparition dans la soute, un couteau à la main...

— Que comptez-vous faire avec ce couteau ? Décidément, il ne vous manque qu'une cape pour faire le justicier ! Vous vous prenez pour « Batman » ?

— Et vous Julia, pour « Wonder Woman » ? Rangez donc ce révolver miniature qui ne peut vous défendre. C'est de la pure folie de s'attaquer à de tels salopards !

— Laissons faire son ménage à Alex et remontons tous à l'air libre, dit « Flam », un peu exaspéré de ce mélo et de voir tant de monde se mêler à l'affaire.

16
UNE DEMANDE EN MARIAGE

Sur le pont, Julia alluma une cigarette et Thierry s'approcha d'elle. D'une voix basse, un peu essoufflé, il lui murmura :

— Vous avez gagné, Julia !

— Qu'est-ce que vous voulez dire ? s'enquit-elle d'un ton enjoué.

— Accepteriez-vous de m'épouser ?

— Pourquoi diable ? Je me le demande vraiment.

— Je n'en sais rien. Peut-être parce que vous m'avez fait confiance dès le premier regard... et je dirais que j'aime ça...

Elle se serra contre lui et il l'embrassa.

— Je suis folle ! décréta-t-elle, le souffle court.

— Je n'en sais rien encore une fois, mais je risque le coup, lui répondit Thierry. Je suis inquiet de vous savoir menacée, ma jolie...

Il faisait froid dehors, Julia trembla de tous ses membres, le vent du large s'engouffra dans sa chevelure blonde.

— Il faut rentrer maintenant, dit Thierry en la dévisageant quelques minutes. On va attraper la crève...Je vous aime !

— Oui, c'est un peu effrayant la vitesse avec laquelle ça vous arrive... un coup de foudre...dit Julia, pas tout à fait convaincue.

★★★

À l'intérieur, dans sa chambre, Julia voulait rester seule afin de remettre ses idées en place. Où qu'elle aille, des drames éclataient...

Elle s'allongea sur son lit afin de méditer sur la mort de Victoria. Aussi Victoria était morte dans des circonstances plutôt mystérieuses. La thèse de l'accident ne la satisfaisait pas puisque le meurtrier avait voulu la mêler à ce drame. Il avait poussé la chose avec une certaine délectation morbide, un sadisme évident, toute cette mise en scène pour, sans aucun doute l'intimider...

Le coupable était au courant qu'elle serait le maillon fort, qu'elle enquêterait malgré les embûches... Heureusement pour elle, Thierry s'était interposé. Qui pouvait être l'assassin ?

Victoria avait-elle subtilisé le collier en faisant croire qu'on le lui avait volé afin de récupérer assez d'argent pour payer les dettes de son père ?

Alex lui avait offert de payer une récompense si elle retrouvait Victoria.

Donc, elle l'avait automatiquement éliminé de la liste des suspects, mais à l'heure actuelle, elle se demandait s'il lui avait tout dit.

Elle n'avait pas encore interrogé les deux bijoutiers. Tout d'un coup, elle se dit que peut-être elle avait suivi une mauvaise piste en enquêtant sur les Italiens... Ils étaient probablement innocents comme ils voulaient le faire croire, bien qu'ils soient de drôles d'individus.

En définitive, elle en revenait toujours aux mêmes candidats : les deux bijoutiers, Marc, le couple dépareillé de flics, goujats à la noix qu'elle n'avait plus revus... Était-ce le grand bonhomme chauve qui l'avait agressé afin de l'écarter de leur enquête ?

Cela signifiait (cela devait forcément signifier) que la personne en question avait une position en vue, peut-être des espions travaillant à la solde d'un État ou d'une assurance...

Julia attaqua le problème sous un autre angle, pouvait-elle éliminer les soupçons qui pesaient sur Marc ? Elle secoua la tête.

Ce n'était pas si simple, Gladys l'avait un peu percé à jour, mais il s'était fort bien défendu. Sans vraiment le connaître, elle avait un doute sur lui, sur sa double personnalité. Il n'était pas exclu qu'il ne soit pas tout à fait normal.

À part le bouton de manchette, elle n'avait pas le moindre élément.

On frappa à sa porte et par réflexe, elle dit d'entrer, par bonheur c'était Gladys.

Elle lui fit part de ses pensées et doutes et Gladys lui dit :

— Tu n'as pas l'ombre d'une preuve ! Tout cela, c'est... ma foi, c'est de la science-fiction !

— Il faut donc que tu m'aides à réunir des preuves, ensemble on démasquera le coupable, répliqua Julia. Elle montra à Gladys le bout de bouton de manchette qu'elle gardait secrètement :

— Le coupable a commis une erreur en perdant ce bouton de manchette...

— Où as-tu trouvé ça ? s'enquit-elle.

— Je ne peux pas te le dire pour l'instant, mais sache qu'il a un lien direct avec la disparition de Victoria...

— Alors tu sais à quoi t'en tenir. Il faut chercher le double du bouton et l'on trouvera le meurtrier.

— Si on ne le trouve pas, lorsqu'on aura débarqué, j'irai avec Alex voir à Marseille un gars de la police du commissariat central. Il me connaît depuis longtemps ainsi que Flam et il m'écoutera.

Gladys se passa la main dans les cheveux d'un air pensif.

— C'est la meilleure solution, je te servirai d'alibi, on a toujours été ensemble.

— Oui, il s'avère que jusqu'à présent, j'ai fait fausse route... Flam cherche de son côté et lui aussi est dans le coaltar.

— Il illustre pourtant le triomphe du raisonnement sur ton intuition. Il te devance toujours d'un tour...

— Je...euh...oui. T'as raison. Il a toujours un train d'avance. Il va finir par trouver quelque chose.

— Tu t'es trop exposée, murmura Gladys. Laisse-le continuer à ta place.

— J'ai toujours eu foi en la Providence, dit Gladys. Tout le secret est là Julia. On va finir par trouver...

Julia réprima un bâillement :

— Euh...oui...en effet. Tu crois au bien, à la justice, Gladys. Si la justice divine existe bel et bien, je te donnerai raison !

Julia en son for intérieur était consciente que la mort de Victoria n'était pas le fait du courroux divin...

Il faut se reposer, j'ai passé deux nuits sans dormir, dit Julia. On reverra le problème demain, il n'y a pas urgence...

17
NICE

La journée de découverte de Nice s'annonçait chargée, le dépliant signalait sept visites : le parc historique de la colline du Château avec vue sur la ville et la mer, la cathédrale baroque Sainte-Réparate avec ses reliques de la martyre Sainte Réparate, le château fortifié du XIe siècle de Nice, le musée d'art moderne en arc tétrapode avec ses œuvres d'art avant-gardistes, le musée Matisse dans une élégante villa et la visite finissait par la promenade des Anglais...

Julia avait eu son compte avec sa confrontation avec les Italiens. Elle était à la recherche d'un homme qui avait commis un meurtre affreux...et qui s'en tirait jusqu'ici sans éveiller le moindre soupçon.

Pour elle, il était conscient de la nature et des conséquences de son acte.

Gladys vint la chercher pour aller déjeuner et ensuite elles débarquèrent au Port Lympia pour visiter Nice...

Dans le bus qui les conduisait à la première visite, Flam qui s'était mis au fond du bus envoya un texto à Julia :

—Le fou est dans le sac...Suivez-moi dans le parc...

Julia fixait le message, médusée. Avait-il découvert quelque chose ?

Julia et Gladys n'eurent pas de mal à suivre incognito Flam dans un endroit discret du parc. Ils longèrent un sentier de terre qui s'enfonçait dans un hallier qui les cachait des autres promeneurs.

— Il faut être prudent. Votre meurtrier n'est pas un fou,

mais plutôt une folle. Il ne faut pas lui laisser voir qu'on la soupçonne.

— Incroyable... murmura Julia.
— Mais vrai ! dit Flam.
— Meurtrière... releva Gladys !
— Elle n'est pas au courant ?
— Ça n'a pas d'importance, elle saura tout plus tard. Julia posa sa main sur le bras de Gladys pour la rassurer,
— Raconte-nous Flam, sois plus précis.
D'une voix ferme, il poursuivit :
— Vous vous rappelez le bouton de manchette en forme de trèfle à quatre feuilles ? Eh bien la femme blonde du couple bizarre de la croisière porte une veste rose en lainage dont une manche a bel et bien le même bouton doré...vous verrez vous-même, car elle est vêtue de cette veste aujourd'hui...
— Tu l'as aperçu dans le bus ?
— Oui ! Mais le gros bonhomme l'accompagne partout.
— C'est donc eux qui ont commis ce meurtre, dit Julia. Je l'avais soupçonné, n'est-ce pas ?
Flam secoua la tête avec vigueur. Son expression était grave et anxieuse.
— Julia... comprenez bien que nous ne sommes pas de taille à lutter contre eux ! Ils sont terriblement rusés. Il vaudrait mieux attendre la fin du voyage pour alerter la police...
Gladys ajouta :
— C'est la chose la plus raisonnable à faire. J'en conviens.
— Il arrive qu'on ne puisse pas se permettre d'être raisonnable ! dit Julia
— Que veux-tu dire, Julia ?
Elle fit un geste d'impatience.
— Ce n'est pas le moment, ni le lieu d'en parler ici. Il ne faut pas se faire surprendre ensemble...
La visite au parc ne s'éternisa pas et on peut dire que les passagers arpentèrent les allées à pas de géants. Certaines personnes un peu âgées soufflaient comme des forges en reprenant le bus qui les amènerait à la seconde visite.

Julia et Gladys, de concert, passèrent sans rien laisser paraître, devant le couple assis au milieu du bus. Ils avaient l'air calmes et arboraient même un léger sourire. Mais Julia remarqua qu'une veine de la tempe du chauve battait furieusement. Il ne devait pas, au fond de lui, se sentir tranquille.

Également, en passant devant eux, la blonde leur jeta un regard plus que spécial. Elle semblait boire du petit lait...

Julia, s'asseyant avec Gladys à sa place au fond du bus, était furieuse contre eux. Pourquoi avaient-ils essayé de la compromettre ? Primo, un innocent injustement soupçonné — elle en l'occurrence — paraît par la suite, d'autant plus innocent. Secundo, parce que cette Victoria, cette sorte de morte fantôme tirée du néant, retournée au néant, n'aurait jamais dû franchir la porte de sa cabine.

Ils ont dû vouloir l'accabler et n'ont rien pu prouver. On ne se jette dans la gueule du loup que si l'on tient un épieu en réserve...

Gladys se tripotait les cheveux, en s'abimant dans ses pensées. Comme Julia, elle pensait qu'il y avait vraiment des zones d'ombre dans toute cette histoire qui tenait du roman...

À part la preuve du bouton de manchette, il n'y avait pas d'explication à cette disparition... Elle n'arrivait pas à croire, d'ailleurs, que Victoria était morte, selon les paroles inquiétantes de Julia et de Flam.

Ce meurtre était-il le fait de raisons dérisoires... comme le vol, cela rendait la chose encore plus effrayante.

Le trèfle à quatre feuilles doré, après recherches avec son portable sur Internet par Julia, correspondait bel et bien à un bouton de la veste *Coco Chanel*, à fond rose que portait cette blonde décolorée...

Elle avait donc de graves présomptions contre le couple. Comment se résoudre à les accuser ouvertement ?

Gladys, elle, était surprise, elle n'arrivait pas à y croire. Elle pensait que Julia se faisait des idées. Elle était comme saint Thomas, incrédule !

Julia songeait que la police, si elle les mettait en garde, ne la croirait pas, les inspecteurs lui riraient au nez. Comment confondre les coupables... Marc faisait-il partie de la bande ?

À ce moment-là, Flam envoya un SMS à Julia : «Les autorités sont averties de la disparition, elles sont en ce moment même sur le paquebot afin de mener une enquête sérieuse… ».

Julia montra le message à Gladys qui soupira et s'abandonna rassurée dans son fauteuil.

— Je suis soulagée, dit-elle à Julia. Toutefois, on doit bien admettre qu'ils auront extrêmement peu de preuves pour les confondre.

— Nous en aurons ! décréta Julia.

— Je reconnais là ton optimisme, Julia, voyons ce que l'avenir nous réserve.

— Ne nous mettons pas martel en tête, Gladys, nous avons une journée de répit devant nous si nous ne commettons pas d'imprudences.

Patch était venu se réfugier dans les jambes de Gladys comme pour la rassurer de sa chaleur et de ses ronflements affectueux.

— Que tu es gentil ! dit Gladys en lui caressant le museau.

La veuve s'exclama : Patch vous a bel et bien adoptée ! Lui qui est si égocentrique, d'habitude !

— Avec moi, il veut bien partager ses puces ! dit en plaisantant Gladys.

Elles descendirent du bus pour la deuxième visite et Julia dit à Gladys qu'il valait mieux qu'elles se séparent.

— Gladys, reste avec Flam !

Julia voulait faire cavalier seul, afin d'approcher la mystérieuse blonde.

18
UNE BLONDE, PAS SI BLONDE

L'occasion se présenta sans tarder, elle vit la blonde attablée dans un petit bar qui jouxtait l'entrée de la cathédrale. La visite devait durer vingt minutes, elle avait donc le temps de lui parler.

— Je peux vous tenir compagnie ? lui dit-elle, en s'asseyant sans autre façon.

— Bien sûr, vous semblez bien fatiguée !

— Vous êtes bien aimable, fit Julia, je suis épuisée en essuyant un bâillement.

— Un thé serait réparateur. Il fait chaud, vous ne trouvez pas ?

— Je ne suis pas là pour parler de la météo, mais plutôt de vous ? Qui êtes-vous ?

La blonde émit un petit rire… doux, musical, mais assez inhumain de femme nerveuse. Avec une sorte de grande fierté, elle dit :

— Je vous connais Julia, nous avons été toutes les deux à l'école supérieure de la Police à Saint-Cyr au Mont d'or, près de Lyon… Vous ne m'avez pas reconnu ?

— Non !

— En effet, vous ne pouvez pas m'avoir reconnue facilement, car j'ai beaucoup changé. J'ai subi de la chirurgie esthétique après un accident de la route. Je suis passée au travers d'un pare-brise… J'en ai profité pour me refaire le nez, les pommettes et les seins.

— Voilà qui est réussi ! Votre nom ?

— Nicole Fontaine.

— Mais oui ! Bien sûr ! Vous étiez dans ma promotion ! Je ne vous aurais pas reconnue, car à l'époque vous étiez brune et vous portiez des lunettes…

Nicole sortit un couteau à cran d'arrêt de son sac et le cacha sous la table. D'une voix étouffée, Julia demanda :

— C'est quoi… ce… ce couteau ?

Nicole éclata de rire :

— C'est pour vous, Julia. Pour vous que je hais depuis bien longtemps, vous savez.

— Pour quelle raison ?

— Pour la raison que vous étiez belle et que vous avez séduit l'homme que j'aimais lorsque je faisais mes études à l'école de police !

— C'était un homme marié à l'époque et ça n'a été qu'une amourette d'étudiante, le temps d'un stage ! se repentit Julia.

— À l'époque, j'aurais voulu être à votre place… Je vous enviais, car je n'avais pas votre beauté et aussi… parce que… vous êtes… d'une intelligence… rare.

De nouveau, Nicole émit son petit gloussement qui ressemblait à celui d'une chèvre, bien élevée, bien sûr… Elle regardait fixement Julia et ses pupilles bleues étaient étrangement dilatées et brillantes, sans doute le fait qu'elle portait des verres de contact de couleur.

— Pourquoi avoir tué Victoria ?

— Je travaille dans les services secrets et nous étions sur une affaire de blanchiment d'argent. Nos soupçons se portaient sur l'hypnotiseur, car ses spectacles étaient ponctués de vols, partout où il jouait… L'argent de ces vols servait la cause terroriste… pour l'achat d'armes. Il est d'origine égyptienne.

— Mais comment vous y êtes-vous prise pour tuer Victoria ? murmura Julia. Je ne vois pas comment vous avez pu faire.

Elle encourageait ainsi cette Nicole à parler, d'ailleurs celle-ci mourait d'envie de se vanter.

— Oh, ça a été d'une simplicité ! L'organisation est mon fort ! Surtout, il faut être hors de cause. Victoria avait besoin d'argent et elle s'est entendue avec nous deux, mon coéquipier et moi afin de subtiliser un collier de prix.

Elle l'a laissé glisser dans son soutien-gorge afin de faire croire lorsqu'elle est tombée qu'elle l'avait perdu sur le podium. Ensuite il lui était facile de faire croire qu'on lui avait volé.

Elle s'interrompit, car le serveur venait d'apporter les consommations.

Elle reprit avec son horrible petit gloussement :

— C'était presque amusant, tout ça ! Elle était loin de se douter que c'était un stratagème afin de mouiller son père Alexandre et faire croire que c'était lui qui avait volé le collier.

Elle se pencha vers Julia comme pour lui faire une confidence :

— Victoria était vraiment à cran, il lui fallait de l'argent pour se faire désintoxiquer en Suisse. Mais voilà, on n'est pas arrivé à incriminer le père, il avait un alibi en béton. Ça a été un fiasco.

Victoria, qui avait deviné l'entourloupe, ne voulait plus rendre le collier, elle en connaissait la valeur et s'est mise d'accord avec les bijoutiers afin qu'ils le récupèrent, ainsi que l'argent de l'assurance... Ils lui avaient promis une grosse somme, davantage que celle que nous lui proposions...

— C'est donc vous qui l'avez tuée ?

— Non, c'est le dénommé Camille Lambert qui est de la MILAD (mission de lutte anti-drogue) et qui travaillait avec nous... Je n'étais pas sur mes gardes. Je me demandais comment il fallait s'y prendre avec mon coéquipier... Et il a tout compris ! Il nous observait, et... nous nous sommes trahis. Il a compris le complot qu'on mijotait contre Alexandre... Il a accosté Victoria pour lui révéler que nous étions des espions et qu'au lieu de travailler à la solde d'un état, nous travaillions pour notre compte...

Elle lui a dit qu'elle allait tout dire à l'IGPN[1] et qu'elle le dénoncerait à lui aussi. Il a craint que les policiers ne la croient et les démasquent. Il l'a menacée avec son arme pour qu'à l'avenir elle se taise, et le coup est parti accidentellement...

— Mais pourquoi l'avoir transportée dans ma

____

[1] Inspection Générale de la Police Nationale

chambre ?

— Je lui ai dit que je vous connaissais et qu'il serait facile pour lui de convaincre la police que vous étiez bel et bien la coupable d'un meurtre.

— Vous aviez votre vengeance !

— Oui, mais à condition que mon coéquipier la transporte dans votre cabine ! Et puis, nous avons eu la chance que vous tombiez en catalepsie après le coup de téléphone, c'était inattendu, mais une vraie aubaine pour nous. S'il n'y avait pas eu cet officier pour vous venir en aide et l'incendie, vous seriez à l'heure actuelle sous les barreaux.

— Et maintenant… reste à apporter la touche finale. Elle caressait le fil de la lame du couteau d'une façon assez désagréable… avec une sorte de délectation qui ne plaisait pas à Julia.

Elle se leva et s'approcha de Julia. D'une voix douce, elle dit :

— Vous allez me suivre !

La lame du couteau brilla… Julia sentit la pointe sur le côté de sa hanche…

Sorti de je ne sais où, Flam, dans toute la vigueur de sa jeunesse, bondit sur Nicole. Tel un tigre, il se jeta de tout son poids sur la blonde et, lui faisant perdre son équilibre, lui saisit le poignet qui tenait le couteau.

Surprise au moment où elle s'y attendait le moins, elle se retourna et contre-attaqua. Néanmoins, du point de vue de la force, Flam, habitué des luttes de combat, lui tordit le poignet en un rien de temps et le couteau tomba sur la chaussée.

Le chauve arriva sur ces entrefaites et arracha Nicole des mains de Flam qui ne résista pas, craignant d'empirer la situation.

Julia était soulagée d'une grande peur. Elle se sentit vaguement réconfortée et apaisée. Cette ancienne connaissance était capable du pire… par vengeance. En un instant, elle avait vu dans les yeux de Nicole cette lueur si étrangement malveillante comme dans son souvenir, l'air qu'avait affiché le barman lorsqu'il parlait de l'italien. Allait-il être la prochaine victime… ?

Nicole avait-elle menti en accusant Marc ?

— Nous devons rejoindre le paquebot !

Dans son cerveau, une voix martelait :

— Il ne s'agit pas de Marc… jamais… ça ne tient pas debout… pas un policier ! C'est forcément le barman. Il l'a pratiquement avoué… ces yeux bizarres, ambrés… sa jalousie pour Victoria ! »

Et voilà, elle sortit son portable pour revoir le panoramique de la chambre. Comme dans un cauchemar, elle scruta l'ombre qui se profilait dans le miroir de la salle de bain, et elle vit le visage du barman s'y refléter de manière fugitive. Il ne devait pas être seul, mais bien avec le grand chauve et Nicole… Ils avaient dû s'y mettre à trois pour cacher Victoria dans la cabine de Julia.

C'était plus plausible, Marc n'avait rien à faire dans cette histoire… Par contre, il enquêtait sûrement sur le meurtre…

Elle fit part de ses doutes à Flam pendant le retour en taxi au paquebot. Il lui dit qu'en effet, il avait trouvé des traces de sang dans un charriot de linge sale. Il avait récupéré et mis de côté ces linges dans sa valise.

Ces linges seraient des preuves indéniables de la mort de Victoria. Les légistes analyseraient les taches de sang.

Ils sortirent à corps perdu de l'intérieur du taxi et coururent à fond sur la passerelle menant à l'intérieur du paquebot.

Renzo et son père étaient menottés, face contre une cloison du salon du paquebot. Julia et Flam furent soulagés de les voir encore vivants.

Julia fut impressionnée par l'inspecteur Camille Lambert dit Marc qui avait averti la police de Nice afin de mener cette épineuse enquête. Plus tard, il lui avoua qu'il avait eu peur pour sa vie à elle. Il avait parlé à Alex. Il était ainsi remonté jusqu'aux Italiens qui voulaient faire tomber celui-ci avec la drogue. Ils le trouvaient gênant.

Julia mit au courant la police ainsi que le commandant Thierry et Marc des faux aveux de Nicole.

— Tout cela paraît tellement incroyable ! intervint Marc. Cette Nicole pouvait vous donner le coup de grâce. On vous aurait retrouvé le cou tranché et vous n'auriez jamais pu témoigner du meurtre de Victoria. En ce qui me concerne, je suivais la trace des Italiens et non celle du couple ou du barman. Dans le genre du policier un peu minable, je me pose un peu ! On m'avait missionné avec ce couple afin de suivre la trace de trafiquants de drogue.

Marc n'avait pas commis ce meurtre, alors qui l'avait commis ? La réponse semblait plus que nette : quelqu'un ou quelqu'une qui déteste Julia !

Et qui détestait Julia ? Nicole, bien sûr... Victoria en avait fait les frais...

— Ne vous bilez pas Julia, nous allons les retrouver, ils n'ont pas tant d'avance que ça. La police est avertie dans toutes les frontières et les aéroports...

19

UN JOUR, TU RENCONTRERAS L'AMOUR

Le commandant Thierry Lang profitait amplement de sa permission d'une semaine, il avait rejoint Julia à Paris afin de passer ces quelques jours en sa compagnie.

Thierry posa le magazine de moto qu'il lisait le temps que Julia prépare le repas. Il la regarda amoureusement et la souleva dans ses bras musclés. Elle fit mine de protester, en pure perte.

— Thierry ? Attends. Le dîner…

— C'est lui qui attendra, murmura-t-il.

Julia respira son odeur musquée en enfouissant son visage au creux de son cou. Elle s'abandonna lascivement à la bouche de Thierry.

C'était une sensation unique. Meilleure que les éclairs au chocolat qu'il avait amenés pour le dessert.

— Je t'aime, Thierry. Depuis la soirée sur le paquebot et ce tango endiablé. Depuis l'incendie. Julia n'oublierait jamais ce voyage éprouvant, mais qui lui avait fait rencontrer l'amitié avec Gladys et l'amour avec Thierry.

Nous avons toute la nuit et toute la vie devant nous… Julia faisait l'expérience du vrai bonheur. À eux l'aventure…

★★★

En ce qui concerne Gladys, elle avait repris ses activités de Greffier et accepté une invitation avec Flam dans un restaurant japonais. Flam était friand de sushis et Gladys, bien qu'elle n'en ait jamais mangé, se laissa convaincre.

Elle qui était allergique au poisson, ne se méfia pas et fit un malaise avec des bouffées de chaleur au visage, le gonflement des yeux, des lèvres… Un vrai monstre à voir…

Il l'accompagna aux urgences, un peu piteux…

— Je dois être affreuse, dit-elle ?

Cela n'est pas bien grave, tu vas bien vite guérir, je veux dire, si tu acceptes de m'épouser…

La jeune femme, qui n'arrivait presque pas à avaler sa salive, s'étrangla et fut prise d'une quinte de toux.

— Gladys ? Ça va ?

— J'ai bien entendu, tu me demandes en mariage ?

— Hum… Je sais, je devrais m'y prendre autrement, je ne suis pas romantique.

— Tu t'y prends à la légère ? Tu ne t'imagines pas à quel point je peux être emmerdeuse !

— J'ai déjà fait l'expérience de travailler avec une emmerdeuse comme ma patronne Julia. Bien sûr, je ne suis pas aussi « sexy » que le bel Italien !

— Je dois avouer que si tu apprends à danser le tango, je m'en contenterai…

— Tu as pu remarquer que j'ai plusieurs facettes et qu'il me sera facile de changer de look.

— Oui, je sais… tu peux faire un « passe-muraille » magnifique.

— Sans blague ? Je pourrai venir chez toi sans que tu t'en rendes compte ?

— Eh oui ! Mais je préférerais malgré tout te voir et te toucher !

— Bien, nous savons tous les deux où est notre avenir !

— Tu veux dire… du mariage, oui. Monsieur « Capitaine Flamme », attention de prendre feu ! Il nous faut encore un petit moment de réflexion !

— Combien ? Un jour ou deux jours ?

Gladys rit aux éclats, ce qui la fit encore tousser.

Il s'avança vers elle pour l'embrasser sur son front rougi :

— Pour me faire pardonner, je t'invite pour notre lune de miel à faire une croisière en paquebot ! D'accord ?

— Oh là là ! D'accord ! Je choisirai la destination…

Livre 2
Gladys prend le relais

Il faut reconnaître que la croisière avait renforcé l'amitié entre eux trois, Julia, Gladys et Flam. Ils étaient dorénavant inséparables.

1
PROMETTEZ-VOUS

Le printemps pour Julia, détective privée, s'annonçait heureusement assez douillet. Jusqu'à présent les sentiments avaient fait pour elle le grand huit… mais cette croisière dangereuse en plein mois de janvier, lui avait fait trouver l'amour.

Julia aimait l'amour, la comblait-il ? Ou bien peut-être l'avait-il déçue ? Comblée, elle ne se lassait pas d'en entendre parler par le beau Commandant de bord Thierry Lang. Déçue par tant d'autres, elle voulait croire encore à sa réalité. Pourtant, elle avait tout connu : le patron allumeur, l'amant beau parleur, mais dissimulateur, celui qui ne voyait en elle que le plan Q, l'échangiste qui se tape plusieurs nanas et leurs conjoints en prime, l'homme marié qui va quitter son épouse… « Je vais divorcer, je ne m'entends plus avec elle … » Elle avait essayé de plier ça par quelques séances d'hypnotisme, qui l'avaient laissée dubitative… et désargentée… c'est ballot !

Alors l'érotisme avait repris pleinement sa place avec son Commandant. Son moral était en hausse, bien qu'elle soit comme un fleuve à la fois paisible et agité, pouvant ressentir dans la même journée obstination, colère ; somme toute, humeurs changeantes. Le printemps permettait à cette tendance de s'exprimer relativement souvent. Il fallait qu'elle apprenne à accepter les choses comme elles sont.

Voilà, la vie n'est que la vie. Elle s'était aperçue dans son école de police qu'elle tirait vite et bien. Inspectrice privée, elle en gardait une fierté un peu malsaine, non compatible avec la modestie féminine. À présent, après avoir côtoyé bien des misères, elle en arrivait à avoir une certaine indifférence pas tellement différente de celle des voyous.

Quant à Gladys, l'intuition, l'imagination et la conscience d'elle-même lui avaient fait trouver à elle aussi les clefs de l'amitié et d'un bonheur à portée de main avec Flam, le collaborateur zélé de Julia.

Le dit Flam ou « Capitaine Flam » (son nom de code), avait été adopté par un couple français, dont le patronyme Dupont, pour cet asiatique de souche, n'était pas vraiment flatteur.

Ses parents adoptifs avaient choisi comme prénom Daniel, ce qui faisait « D. D. » comme initiales. Il était donc habitué à ce qu'on le surnomme soit « D.D. », soit Flam, et il pensait que ça lui portait bonheur.

Physiquement, il ne cassait pas des briques, mais il avait les dents incisives du haut particulièrement écartées. Julia qui était un peu superstitieuse l'avait engagé à cause de ce défaut dentaire qui porte bonheur.

Il l'avait séduit par ses grandes qualités... C'est avec une fine perception, non seulement de ses exigences, mais également de celles des autres qu'à l'heure actuelle, elle ne pouvait plus se passer de ce collaborateur zélé. Cela faisait de lui un ami sympathique, ni susceptible, ni rancunier. Et Flam ne renâclait jamais au travail.

Il logeait dans un ancien hôtel de la rue Louis Blanc à Paris qui était affecté aux immigrés en attente de papiers.

Cela ne l'importunait pas. Impassible, il se fondait dans la masse des Roumains et Africains avec son physique passe-partout et sans âge. Dès qu'il avait serré la main de Gladys, il avait senti un courant électrique qui était passé entre eux. Il était un peu inquiet sur le plan émotionnel et cette nouvelle rencontre l'avait perturbé, car elle avait mal commencé aux urgences d'un hôpital, pour intoxication alimentaire de Gladys.

Flam avait pensé à suivre des cours de flirt pour pouvoir déceler rapidement si la mayonnaise prenait. À l'heure actuelle, il s'en serait mordu les doigts, s'il n'était pas sorti avec une fille aussi épatante que Gladys. Elle n'avait pas tenu rancœur à Flam de l'allergie au poisson qu'elle avait faite à cause de son invitation au restaurant japonais.

Il avait découvert avec elle la complicité, ce qui le rendait content, satisfait et finalement heureux. Il faisait des projets de mariage. Peut-être cette nouvelle amitié réciproque allait renforcer le système immunitaire de Gladys.

Gladys suivait son bonhomme de chemin en tant que Greffière en Chef dans la justice… Auparavant, elle allait avec le courant, elle n'imposait pas sa volonté. Elle faisait sans cesse les mêmes gestes monotones, recommencés jour après jour :

— J'ouvre mon ordi, clic, clic, je regarde en premier ma messagerie : pas de bonjour, pas de civilité de la Directrice de Greffe… vous me ferez un rapport sur les statistiques du mois… patati-patata… des heures à passer sur des chiffres, des ratios… Enfin, quoi, soi-disant la communication… Beurk ! Le désert en matière de relations humaines.

Elle ne fonçait pas comme Julia, toutefois cette amie dynamique et sincère la stimulait énormément. Elle avait rêvé de trouver sa voie… la peinture et l'écriture lui avaient facilité ce choix. Ses tableaux étaient comme elle, pas de signification véritable, des taches de couleurs harmonieuses qu'on avait terriblement besoin de continuer à regarder… afin de se reposer…

Elle puisait dans les couleurs, les formes, une sorte de beauté si rare dans sa vie, puisqu'elle était si proche du burn-out.

En rentrant, à cause de cette croisière stimulante et d'un tas de trucs qu'elle avait faits avec Julia et Flam, elle sentit en reprenant son travail qu'il lui serait impossible de supporter une journée de plus tous ces collègues et magistrats exigeants, sans égard pour autrui. Également, elle avait envie de devenir une autre, de jouer un rôle différent, de prendre un visage nouveau…

Il n'est jamais bon de quitter sur un coup de tête son emploi. Aussi, elle décida de les prévenir qu'elle était malade et elle alla chez le médecin pour se faire prescrire un arrêt de travail. Ainsi, personne ne lui reprocherait rien. D'ailleurs, ils ne se souciaient pas suffisamment d'elle, pour chercher à en savoir davantage et elle ne leur enverrait pas d'autres nouvelles.

Cette soudaine rébellion marquait un tournant décisif dans son existence ennuyeuse. Elle se confia à Flam et Julia afin de faire partie de leur équipe. Julia et Flam essayaient de la dissuader de quitter ainsi la justice, en la mettant au courant de leurs difficultés financières.

— C'est beau Gladys de rêver d'enquêtes fantastiques, de mers coralliennes, de grands voiliers ailés, de châteaux féeriques... pour oublier le fade quotidien. Tu veux aborder des terres inconnues, tu veux rencontrer des personnages uniques, dont les sentiments, les passions demeureront inoubliables... Sois plus terre à terre, le métier de détective n'est pas toujours très reluisant, lui lança Flam.

— Je vais y réfléchir, répondit-elle.

Elle passa sa main sur son visage, et s'aperçut qu'elle pleurait de mécontentement, comme une petite fille.

2
MAISON À VENDRE

Bien que sur le plan astrologique, l'année s'annonçait solaire, qu'elle ne pouvait apporter que vitalité, puissance et originalité, il fallait être prudent avec le métier de détective que pratiquaient Julia et Flam pour les pronostics à venir. En effet, les affaires étaient rares en ce début d'année contrecarré par les manifestations à Paris des Gilets jaunes qui s'éternisaient et Julia se demandait s'il ne fallait pas qu'elle change d'activité. Auparavant, elle avait travaillé dans l'immobilier, mais avec la crise actuelle, c'était un peu cuit. Malgré tout, à peu près tout ce qu'elle avait essayé l'avait intéressée.

Certaines enquêtes lui avaient semblé plus difficiles à solutionner que d'autres, mais ça lui était égal. Elle n'aimait pas s'ennuyer, elle avait sans arrêt la bougeotte. Elle disait en riant à Thierry qu'elle était comme ces « lapins crétins » des films d'animation pour enfants, toujours en mouvement à faire des bêtises.

Aussi le commandant Thierry ne désapprouvait pas son mode de vie, mais il s'était mis en tête qu'il fallait qu'elle l'épouse, qu'ils achètent une maison à la campagne et qu'elle prenne un emploi stable de fonctionnaire, s'il le faut dans la police ou la gendarmerie.

— Là encore, très peu pour moi, se répétait-elle. Tant pis si je dois vivre au jour le jour, je m'en accommoderai.

Lorsque Julia se confia à Gladys pour la mettre en garde de quitter son emploi, elle lui fit part des vues à son sujet de Thierry...

Gladys avait entendu dire au tribunal qu'il se vendait aux enchères une propriété en campagne, en province, mise à prix très bas…

Il y avait déjà eu une séance qui s'était déroulée sans preneur, peut-être à cause de la mauvaise réputation du lieu dont la route d'accès était mal entretenue.

— Si tu veux, Julia, je vais me renseigner sur cette vente en allant consulter le cahier des charges. Si tu trouves le prix à votre portée à Thierry et à toi, tu peux faire une proposition à l'amiable.

— Tu dis qu'elle est hantée ? Non ? s'inquiéta Julia…

— Ce ne sont que des superstitions, de mauvais commérages, répondit Gladys, réfractaire aux mauvais sorts.

Julia, qui était donc absorbée par son travail de détective privée, n'avait pas le temps de prendre les mesures nécessaires pour s'occuper de cette vente.

Ce fut donc la diligente Gladys, toujours à présent en arrière-garde, qui s'en occupa.

Pour parler franchement, Gladys avait des compétences étendues dans la justice et était entourée par un réseau d'administrateurs judiciaires et financiers. Que ce soit Julia ou Flam, il ne leur venait pas à l'esprit de comprendre tous ces tracas administratifs qu'une vente d'immeuble pouvait occasionner. Gladys s'en chargea donc.

Elle, en revanche, ne savait pas grand-chose sur l'univers de Julia et Flam, celui des gangs de la drogue, des mille et un dangers de la vie à la qui perd gagne, des combinards du mariage, du divorce, des accidents, des meurtres, de la foire d'empoigne, etc.

Elle ne savait pas non plus que son Flam désinvolte pouvait jouer ses maigres économies sur un cheval outsider, dans les dernières minutes de la dernière course de l'après-midi. Il consultait sans arrêt une page de pronostics sur Internet tout au long de la journée et négligeait parfois son travail afin de jouer au P.M.U. Il cachait à tout le monde même à Julia sa prédisposition, plutôt son addiction au jeu :

— Le jour où Gladys découvrira le pot aux roses, ça va faire mal ! C'est cheum, se disait Flam.

Thierry avait dit à Julia :

— Que va-t-il se passer pour Gladys si elle perd son travail ?

— Pas de panique ! Elle ne cherchera pas un autre job, elle vivra avec nous.

— Ah, ça non ! s'exclama Thierry.

— Pourquoi non, Thierry ? Tu seras souvent absent avec ton rôle de commandant en second sur les croisières et Gladys fera office de gouvernante pour notre foyer, mais aussi de secrétaire. Elle s'entend à merveille avec Flam. Elle n'est nullement gênante, car elle est discrète, organisée et sait tout arranger.

— J'ai l'impression que tu veux avoir notre propre maison, la maison de nos rêves, Julia. Et nous la voulons pour nous deux, et plus tard pour nos enfants.

— Oui, dit Julia, je comprends bien ton point de vue. Mais tu sais que je ne suis pas très ménagère et... Gladys est un vrai cordon bleu... Et puis, elle a des dons de décoratrice, ce qui n'est pas négligeable pour restaurer la maison.

— Ah ! Tu t'es vraiment entichée d'elle.

— Non, mon Thierry chéri, je n'aime que toi, murmura tendrement Julia.

La question resta en suspens, car Julia dit :

— Gladys a déniché un architecte qui est en train avec son géomètre de faire le plan de la maison. Il travaille avec un gars qui a un drone afin de faire le tour de la propriété et prendre des photos du site.

— Lui ont-ils été recommandés ?

— Gladys m'a dit que les travaux de déblayage du terrain, la démolition de certains pans de la vieille masure ont commencé. Dès que le permis de construire et les plans seront approuvés, les fondations et canalisations seront posées. Gladys va se charger du contrôle des travaux et à ce moment-là nous la retrouverons sur place...

Thierry poussa un soupir avant de répondre vaincu :

— Ouah, c'est cela oui. C'est tout à fait ça. Ce terrain vous a tout à fait ensorcelé. Tu m'as bien dit qu'il y avait une malédiction sur cet endroit ?

— Ne fais pas ton militaire arrogant, une maison n'est pas une illusion, c'est une réalité à laquelle nous tenons pour unir nos existences.

— Comme tu parles bien, mon amour ! Oublions tous ces tracas et allons nous promener… On va aller visiter de loin le chantier après l'incendie de Notre-Dame… ils ont mis des échafaudages tout autour.

— En effet, ils ont tourné un documentaire sur l'avancement des travaux et les architectes des monuments historiques craignent que la coupole abimée par l'incendie ne s'écroule.

— Ouah ! Ils ne donnent pas cher de la structure des murs si ça s'écroule… les arcs-boutants sont abîmés… approuva Julia.

— Ensuite nous irons manger dans un petit restaurant italien du quartier Saint Honoré.

Ils se préparèrent pour cette sortie.

Julia portait une robe en popeline d'été couleur guimauve, soigneusement choisie au défilé *Michael Kors* avec ses sandales effet daim à talons hauts de chez *Zalando*.

— Je suis contente que tu aies acheté ce costume en lin tilleul. Il met en valeur tes beaux yeux pervenche.

— J'ai l'impression de ressembler à un dandy fortuné de quatre-vingt-dix kilos et des poussières, mais du moment que tu m'aimes…

Thierry faisait l'erreur de croire que Julia pouvait changer sa vie alors que les portraits de Flam et Gladys qui étaient entrés dans la vie de Julia devaient obligatoirement faire partie de leurs deux vies.

Il pouvait faire l'erreur de penser qu'ils pouvaient en sortir facilement, mais il n'en était rien, car eux-mêmes n'en avaient pas l'intention.

Lorsque Julia, Flam et Gladys étaient partis en croisière ensemble, croyez-le ou non, Julia s'était retrouvée avec une morte dans son lit de cabine. Thierry et Flam et Gladys s'étaient unis afin de résoudre l'énigme du meurtre sur le bateau.

Néanmoins, avec la sagesse et le self-control de Thierry accumulé tout au long de ses quarante-deux ans, il était sûr au moins qu'ils auraient la tranquillité dont ils avaient rêvé dans cette maison.

3
LA CRÉMAILLÈRE

Au bout de quelques mois, la maison restaurée était, pour ainsi dire, terminée.

Gladys n'était pas restée contemplative, elle avait su gérer la montagne de choses que cette rénovation impliquait. Bref, c'était tout un univers de créativité, de bricolage qui aidait Gladys à traverser cette période de doute et de remise en question.

Quand Julia et Thierry virent la maison, ils furent enthousiasmés. Un grand bonheur transpirait de tous leurs pores, car il faisait cet été-là aussi... une chaleur caniculaire.

Mais cette maison : notre maison... comme souligna Julia, était fraîche à l'intérieur comme dans une chapelle.

— Elle vous plaît ? demanda Gladys qui s'était occupée pendant tout ce laps de temps du suivi des travaux.

— C'est épatant ! s'exclama Thierry, saisi par la beauté des lieux et de l'environnement champêtre.

— Ça nous a coûté un bras, même deux, mais le résultat est probant. Allez, Thierry, dit Flam, prenez-la dans vos bras et faites-lui passer le seuil comme la tradition l'oblige.

— Mais nous ne sommes pas mariés ! s'exclama Julia, il va tomber sous mon poids.

— Pas du tout, te rappelles-tu que je t'ai déjà porté pour te sauver de l'incendie pendant la croisière !

Ce faisant, Thierry prit Julia dans ses bras et faillit

trébucher en passant le perron aux pierres un peu disjointes.

— Tu vois, il ne t'arrivera rien de mal tant que je pourrai te porter ! dit Thierry en riant. Mais tu vas devoir me masser, ce soir avant de dormir.

Flam rit sous cape en regardant Gladys.

— Non, t'avise pas à faire de même, je suis plus grosse que toi. Et puis c'est vieux jeu !

Flam qui pesait tout mouillé soixante-quatre kilos, malgré tout, se jeta sur Gladys pour vouloir la porter. Mais il n'y parvint pas. Alors, Flam mit ses pieds sur ceux de Gladys afin qu'elle le transporte à l'intérieur en le soulevant tout en marchant comme un éléphant. C'était grotesque et pitoyable, mais infiniment rigolo et tout le monde en profita, pour s'esclaffer et pour se moquer d'eux.

Ils firent le tour des pièces de la maison qui étaient pour la plupart encore vides. Gladys avait fait mettre en place une magnifique cuisine équipée avec tout l'électroménager nécessaire.

Elle avait su s'approprier l'espace du salon en le rendant chaleureux. Elle avait osé les mélanges récup' et le confort high-tech. Elle avait multiplié les plantes en vases ou en peinture afin d'égayer des murs manquant de couleur.

L'ancien nom était « La butte » et dans le coin, tout le monde l'appelait comme ça.

— On ne peut pas changer le nom, même si certains sont plus poétiques dirent-ils, en cassant la croûte sur une planche dressée sur deux tréteaux, sur la terrasse qui dominait les coteaux verdoyants. Ils avaient apporté du vin blanc de Jurançon, des bières bien glacées et du saucisson de sanglier d'un charcutier de la vallée d'Ossau des Pyrénées atlantiques.

Il y avait eu des vignes plantées jadis en contrebas et Gladys avait fait soigneusement mettre de côté les vieilles barriques du chai qui jouxtait la maison.

Sans crier gare, une vitre fut fracassée par un projectile. Un éclat entailla le front de Gladys qui cria, surprise. La première seconde de stupeur passée, tout le monde se leva pour vérifier d'où cela pouvait bien venir.

Gladys porta sa main à sa coupure dont un filet de sang

coula dans ses yeux.

— Tu as mal… m'amour ? dit Flam en lui proposant un mouchoir en papier. Il paraissait, tout comme les autres, très troublé…

— Un coup de carabine à air comprimé, dit Thierry. Ils veulent nous faire déguerpir !

— Oui, dit Julia, pourquoi ?

— Pour le plaisir de faire du mal ! dit Gladys en s'essuyant le visage avec sa serviette de table mouillée.

— Est-ce que c'est parce que nous sommes étrangers à ce village ? dit Flam. Les gens qui n'ont vu que le clocher de leur église détestent les étrangers…

— Non, la raison est peut-être ailleurs. J'ai appris qu'ils détestaient les gens qui vivaient ici, dit Gladys…

— Ne t'emballe pas Gladys, ne fais pas le procureur général des Assises, ironisa Julia.

— Buvons un coup, je vous en prie, supplia Thierry. C'est peut-être un gosse qui chassait les merles avec sa carabine. Il aurait pu faire d'autres dégâts physiques plus graves, en crevant un œil à quelqu'un.

— Oui, j'espère que ce n'est que ça. Qu'on n'essaie pas de nous chasser en nous faisant peur, tempéra Flam.

Flam avait appris à composer avec une culture où il est déconseillé de trahir ses émotions.

— Le seul accident qu'il y ait eu pendant les travaux est un électricien qui s'est enfoncé une pointe dans le front en prenant les mesures de la cheminée. Je l'ai appris par l'architecte lors des travaux. Alors, vous voyez, rien de bien sérieux ni tragique.

— Tant mieux, rien de plus grave que ça ?

— Bien, alors personne ne nous chassera d'ici, affirma Julia. D'ailleurs, j'adore les histoires de fantômes.

Julia lançait ainsi un défi au mauvais sort. Le mélo, les mauvais pressentiments, ce n'était pas trop son truc…

4
CONNAISSANCE AVEC LE VOISINAGE

Au diable les avertissements des oiseaux de mauvais augure ! Le lendemain tout le monde avait retrouvé sa gaieté naturelle et tout le monde fut absorbé par l'installation, la découverte des alentours et les nouveaux voisins.

Gladys avait aperçu un voisin solitaire qui était venu rôder autour de la maison en rénovation, monté sur son cheval de trait. Il ne s'était pas approché et les cinquante mètres qui les séparaient ne l'avaient pas empêchée de remarquer les signes d'une grande tristesse qui émanait de sa personnalité.

Sa propriété était à sept cents mètres de la leur et elle se disait que ce serait bon de le trouver chez lui afin de faire plus ample connaissance, de se rendre compte sur place.

— Je pense que je vais me présenter à notre voisin, dit-elle à Flam.

Gladys mourait d'envie de connaître la maison de son voisin qui avait dû abriter bien des passions et émotions.

Elle prit un bâton pour marcher dans le sentier plein de nids de poule et se dirigea nonchalamment avec Didi, son border-collie femelle vers cette propriété voisine qui n'était pas trop éloignée de la leur. Une inspiration pour deux expirations, comme le lui avait appris son père. Une respiration régulière pour une foulée efficace, lui disait-il lorsqu'elle l'accompagnait à la chasse au sanglier. Elle courait déjà à huit ans dans la boue, les fourrés et les bois des coteaux qui entouraient la ferme familiale.

Dans les fourrés qui bordaient le chemin, des mésanges espiègles sifflaient des trilles joyeux.

Elle s'approcha et découvrit une grande allée qui serpentait à l'ombre d'arbres immenses, certainement vieux de plusieurs siècles.

De là débutait une voûte qui ne laissait pas filtrer le soleil, et des ombres étranges semblaient sans cesse danser devant elle. Le temps paraissait depuis longtemps immobile, en contraste avec les temps modernes, trépidants.

Elle aperçut une bâtisse de caractère, très spacieuse, qui devait dater du début du dix-neuvième siècle. Un architecte rétro et inspiré avait imaginé un bâtiment sortant du dix-huitième siècle. Les gargouilles menaçantes du toit semblaient chasser les mauvais esprits.

La demeure semblait inoccupée et une sorte de jardinier des dimanches prénommé Marcel Auclair, était en train de tondre la pelouse devant son perron.

— Bonjour, dit-elle de son ton le plus avenant. Je suis venue faire connaissance.

— Vous êtes les nouveaux propriétaires de la maison là-haut, pas vrai ? Celle qui vient d'être rénovée dans la clairière ?

— Oui, répondit Gladys qui lui trouva un air plutôt faux jeton. Nous sommes deux couples qui emménagent en cohabitation. Nous sommes ici depuis quelques jours, c'est donc un peu à nous de vous faire bon accueil. Je suis Gladys Castille.

— C'est beau, on en a plein la vue de ce réaménagement dans le coin. Je suis allé y jeter un coup d'œil l'autre jour. Mais quel dommage d'avoir abattu tous ces arbres ! Certains étaient plus que centenaires.

— Oui, mais certains châtaigniers étaient rongés par la vermine et menaçaient de tomber. Ça fera du bois pour la pâte à papier…

— C'est tout de même dérangeant, ici on ne veut rien changer. La nouveauté, on l'accepte dans les villes, mais pas à la campagne.

Puis, avec une sorte de curiosité soudaine, il demanda à Gladys :

— Vous n'êtes pas de la région, non ? C'est en tout cas

ce que j'ai entendu dire au village.

— Oui, dit Gladys, nous sommes parisiens… ou plutôt nous l'étions pour notre travail, mais nous avions besoin de calme et de solitude.

— Eh bien, en espérant pour vous que vous vous y plairez.

— Vous pensez que nous n'allons pas nous y plaire ?

— Eh bien… faut aimer la solitude pour vivre si haut perché, perdu au milieu de tous ces bois.

— Nous sommes venus ici pour être seuls, non pour entretenir des rapports de voisinage, dit-elle. Ne nous en veuillez pas…

— Vous allez continuer à l'appeler « La Butte » ?

— Ah ! Alors comme ça, vous connaissez son nom ?

— Je trouve que c'est un nom qui lui va bien. D'ailleurs, au village on continuera à l'appeler ainsi, où bien vous ne recevrez pas de courrier.

— Pas de nouvelles, bonnes nouvelles ! dit Gladys, ce serait épatant de ne plus recevoir de factures. Comment s'appelle le cavalier que j'ai aperçu l'autre jour ? C'est le propriétaire des lieux ici ?

— C'est le Comte Roger de Latrémoulière. En effet, il est un peu original. Il vit comme il y a trente ans. Il se sert de son cheval ou d'une carriole afin de se déplacer par ici lorsqu'il revient du Mexique…

— Du Mexique ?

— Oui, c'est un grand propriétaire terrien qui élève du bétail sur des centaines d'hectares dans la pampa mexicaine. Il a hérité ce manoir de la postérité de plusieurs générations. On lui connaît pas mal de succès il mais n'est pas du genre sentimental. Lorsqu'il est absent, un couple d'individus d'une ferme voisine à un kilomètre de là, lui sert de domestiques et de palefrenier, ce sont les Daguet. C'est comme ça qu'on les appelle, c'est le nom du lieu-dit.

— Ne vous inquiétez pas, vous serez bien tranquilles sans voisin, fit Marcel.

Sur ce, ils se saluèrent et elle continua à pied son exploration en clopinant vers le village qui se situait à trois kilomètres de là.

Le village était ce qu'on peut appeler un village-dortoir. Il n'y avait qu'une sorte d'épicerie-bar qui servait de petit dépannage en denrées de première nécessité. L'endroit n'était pas folichon pour de jeunes ménages en peine de sorties et de culture, mais n'avait rien de sinistre.

C'était la campagne désertée par les commerces, l'industrie… pas une âme dans les rues, pas un bruit. À l'heure actuelle, à la ville comme à la campagne, tout est réglementé, même les aboiements des chiens et le chant du coq.

L'individualisme actuel fait qu'il faut se contenter de ce changement.

Gladys remarqua sur une porte ancienne une plaque en cuivre gravée du nom du docteur local, Joseph Marinier. Le fait qu'elle brillait, donc nettoyée et polie, faisait croire au passager malade que le docteur n'était pas un fantôme, qu'il exerçait bien.

Elle entra, plus par curiosité que par nécessité, car sa blessure au front ne méritait pas de point de suture. Flam lui avait collé un pansement américain.

Dans la salle d'attente, peu de monde, simplement un octogénaire bedonnant qui reniflait et une mère avec son bébé. Ils la dévisagèrent en se redressant, tentant de deviner qui elle était, surpris qu'une étrangère au village vienne visiter le docteur. Le docteur, assez âgé, sortit de son cabinet en se frottant les mains avec un gel antibactérien puis fixa Gladys dans les yeux et fit rentrer la jeune mère au bébé.

Le gros homme bedonnant dit en souriant à Gladys :

— Vous pouvez être sûre que la prochaine personne qui entrera dans son cabinet sera vous !

— Vous croyez ?

— On peut parier !

— Non, je vous remercie. Mais vous étiez là avant moi ?

En effet, dès que le médecin sortit à nouveau, ce fut à Gladys. Le vieux monsieur lui fit un clin d'œil… résigné.

Sur son bureau, un désordre, sans doute organisé, de revues et de prospectus médicaux en tout genre débordait par côté. De l'autre côté, un ordinateur portable qu'il mit en route, lorsque Gladys lui dit qui elle était et où elle habitait. Gladys pensa que c'était pour mettre à jour son dossier médical, que nenni, il tourna l'écran vers elle et lui montra une carte géographique du lieu d'où elle venait. Il pointa son doigt sur l'écran...

Suite à cela, il fut un instant pensif. Il l'interrogea et se leva pour scruter sa blessure. Comme Gladys s'y attendait, il la trouva bénigne et ne lui posa pas de question. Il lui refit un pansement pour remplacer l'autre. Comme Gladys était un peu embarrassée, elle justifia sa visite en lui disant :

— Cette petite blessure n'est en fait qu'une excuse pour vous connaître, docteur ! Je peux à l'avenir avoir besoin de vous pour un traitement ou un problème de santé.

— Je suis heureux d'avoir fait votre connaissance, moi aussi. Vous pouvez dorénavant faire appel à moi, je sais à présent où vous habitez... Je soignais les anciens propriétaires... et leurs chiens. Oui, je suis à mes moments perdus, bien qu'ils soient rares, guérisseur aussi pour animaux.

— C'est bien de me le dire, j'ai aussi des animaux. J'ai l'impression que dans ce village, les gens finissent toujours par se retrouver, car les maisons ne sont jamais très loin les unes des autres...

— Oui, comptez sur moi pour vous épauler en cas de maladie.

Gladys sortit, sa feuille de soins en main, heureuse de connaître une sommité du corps médical dans un si petit bourg.

Elle repartit, toujours en se concentrant sur son souffle, ses pas, la distance de plus de trois kilomètres à parcourir. Les rayons du soleil ne dardaient plus aussi forts qu'en début d'après-midi, mais la côte à la forte pente qu'elle dût monter pour revenir, lui sembla bien pénible avec cette chaleur.

Elle s'arrêta, ferma les yeux et inspira profondément afin de diminuer le rythme cardiaque qui s'emballait. Elle se dit qu'elle était en communion complète avec ce paysage champêtre si radieux.

5

UNE RENCONTRE ÉNIGMATIQUE

Julia, Flam et Thierry repartirent au bout de quelques jours à leurs différentes tâches… Gladys resta seule dans la maison.

Elle ne pouvait pas dire qu'elle était acceptée dans cette contrée, car elle ne voyait pas grand monde, à part la visite quotidienne du facteur. Mais au bout de quelques semaines, il lui fut donné de faire la connaissance de son voisin si furtif.

Elle était en train de jardiner, un peu échevelée comme une sauvageonne quand le comte s'annonça du haut de son altier cheval. Elle l'accueillit donc en flattant la croupe du bel étalon et il descendit d'une façon tout à fait leste et élégante.

C'était un bel homme, et lorsqu'elle croisa son regard saphir, elle cessa pour ainsi dire de respirer. Cet homme-là était exactement l'homme dont elle avait rêvé : la quarantaine, grand, l'allure sportive, carré, distingué… Une onde la traversa.

Il avait une peau mate. Un brun naturel qui servait d'enveloppe à un réseau parfait de muscles entraînés, avec des jambes longues, plutôt musclées et des pectoraux marqués, épaulés.

Puis, il se produisit une chose incroyable : sans doute, pour la première fois depuis longtemps, il lui sourit, plus sympathique que la fois où elle l'avait vu de loin.

— C'est quelle race ? demanda-t-elle.

— C'est un "trait breton", dit-il d'un ton assez

débonnaire. Il est chez moi depuis sa naissance et n'a de cesse que de vouloir se promener avec moi…

Ses dents parfaitement alignées apparurent dans un autre sourire musculaire.

— Oui, c'est une grande compagnie qu'un cheval. Pour moi, ce sont mes deux chiens "border-collie" qui me donnent leur affection, répondit Gladys.

Il eût tôt fait de découvrir ainsi les principaux centres d'intérêt de Gladys en parlant de chiens de troupeaux et de jardinage. Il lui proposa de monter à cheval avec lui si elle était intéressée. Il avait deux « anglo-saxons » qui ne demandaient qu'à être montés.

— En effet, j'ai été surprise par le nombre de personnes qui montent à cheval dans le coin. Les sentiers forestiers ne manquent pas de charme ! ajouta-t-elle.

Ils arrivèrent à parler des superstitions qui entouraient cette propriété.

— J'espère que les gens du village ne vous ont pas trop effrayé avec leurs histoires de fantômes. Les militaires aimaient y camper lorsqu'ils faisaient des manœuvres en pleine nature. Pendant des années, ils ont squatté la maison en délabrement.

— J'ai été un peu effrayée, en effet. Nous avons été menacés par un coup de carabine et j'ai été un peu blessée par un éclat de verre au front.

— Une menace ! s'exclama-t-il, la mine sceptique.

— Eh bien, c'est comme ça que nous l'avons ressentie.

Gladys lui expliqua l'histoire de la vitre mystérieusement fracassée le jour de la crémaillère.

— Vous auriez dû prévenir la gendarmerie, décréta le comte paraissant plutôt intrigué. Quelle malveillance ! Serait-ce quelqu'un qui a un grief contre vous tous ou bien contre l'un d'entre vous ?

— Non, ce n'est pas possible, puisque nous sommes étrangers à la région et que presque personne ne nous connaît.

Il se risqua à lui avouer :

— Ces bois qui entourent votre propriété sont creusés de trous profonds comme des gouffres… Il y a eu des disparitions mystérieuses au pays. Des spéléologues ont cherché à les exploiter, mais n'ont rien trouvé de très probant.

Il la mit en garde en chuchotant presque à son oreille :

— Je vous interdis d'y aller toute seule, c'est très dangereux…

Gladys se crispa. Elle commençait à entrevoir pourquoi la maison avait si mauvaise réputation.

Il prit donc congé après avoir visité la maison rénovée qu'il jugea moderne et lumineuse. En partant, il l'invita à venir lui rendre visite et lui dit qu'il lui téléphonerait bientôt.

Sur ce, il s'éloigna au pas lourd de son cheval. Gladys l'avait conquis. Cela sautait aux yeux qu'elle lui avait fait une bonne impression. Peut-être que l'univers du comte vacillerait ? Gladys rougit à cette pensée.

Car elle sentait instinctivement qu'il était un de ces hommes qui constituent un point de mire, un centre d'attraction, sans effort apparent de leur part ; ils imposent le respect et mènent leur vie selon des lois qu'ils décrètent eux-mêmes. Cet homme possédait cette autorité innée, et on lui obéissait naturellement.

— Je le trouve très agréable, pas du tout condescendant malgré son titre de noblesse, dit Gladys en téléphonant le soir même à Julia. Il me tarde de voir à quoi peut bien ressembler l'intérieur de sa demeure.

— J'ai appris qu'un de ses ancêtres avait fait construire une chapelle de toute beauté attenante à la maison d'habitation. L'intérieur est décoré de différents marbres provenant de toutes les régions de la France.

Il lui tardait surtout de le revoir. Elle avait vécu un moment vraiment important… elle s'en rendait compte et elle ne voulait pas en parler à Flam.

Cette rencontre était tout simplement fabuleuse, vibrante de promesses. Ses sens s'étaient éveillés au doux son de la voix de Roger, pimentée d'accents étrangers, à son regard singulier qui provoquait une étrange sensation à ceux sur lesquels il se posait.

La soirée était calme sous un ciel étoilé, Gladys mangea sur la terrasse, sans façon, avec les doigts, une tranche de jambon de Bayonne avec deux portions de *Vache qui rit.*

Ensuite, comme elle avait un appétit de loup, toute la boîte de fromage y passa. En dessert, elle goûta à de petites tomates sauvages qui s'accrochaient à un grillage, elles étaient succulentes… Elle mangea comme quatre…

Elle avait échappé au train-train quotidien et elle jouissait de la liberté que lui offrait sa nouvelle vie. C'était une solitaire qui n'était pas censée être seule…

6

L'INCENDIE

Le lendemain s'annonçait un peu comme les autres s'il n'y avait pas eu la nuit mouvementée... En effet, Gladys fut réveillée vers deux heures et demie du matin par les klaxons hurleurs d'un camion de pompiers.

Elle ouvrit les yeux et vit sur les murs des lueurs qui dansaient pareilles à des flammes. Comme elle n'avait pas fermé les volets et avait laissé les fenêtres ouvertes, car il faisait chaud, une odeur âcre de fumée s'engouffrait dans la chambre.

Elle courut à la fenêtre et resta stupéfaite de voir la petite maison de charbonnier sur la colline qui était à deux cents mètres de là, brûler. Les flammes s'élevaient comme une torche et avait déjà carbonisé le toit lorsque les pompiers défirent leurs lances. Elle descendit sur la terrasse afin de mieux voir et elle resta ainsi une bonne demi-heure avant de constater que le feu était circonscrit. Elle éprouvait des sentiments contradictoires à la vue de ce désastre, mêlés de peur et de curiosité...

Elle réfléchissait, songeuse :

— Avaient-ils sous-estimé les prédictions des villageois qui pensaient que cet endroit était maudit ?

La plus grande erreur qu'elle pouvait commettre était de sous-estimer les avertissements de ces adversaires mystérieux... Était-ce un acte criminel ? Était-ce vraiment dirigé contre elle ou contre tous ?

Elle se sentait tout d'un coup, très seule. Avait-elle l'excuse de la naïveté comme le prétendait implicitement

Julia ?

Alors, elle se demandait si elle devait lui en parler ainsi qu'à Flam. Devait-elle en faire un mystère ? Elle savait qu'ils n'étaient pas des individus à accepter de telles manœuvres d'intimidation, si tel était le cas.

Elle se recoucha en refermant volets et fenêtre, en pensant qu'elle irait jusqu'au village le lendemain matin, afin d'aller aux nouvelles. Le restant de la nuit fut émaillé de rêves morbides.

C'est avec soulagement et délectation qu'elle prit son petit déjeuner le lendemain matin, avec une tasse de thé et du pain grillé, de la confiture de prunes sauvages qu'elle avait faite dernièrement.

Il faisait toujours beau. Elle se surprit à gratifier son miroir d'un sourire rayonnant en pensant qu'elle était trop émotive… car enfin, c'était la canicule, et le feu pouvait prendre n'importe où, avec les herbes sèches…

Elle se rappela avoir vu deux jeunes garçons en bicyclette s'arrêtant devant cette petite masure désaffectée. Peut-être qu'ils se cachaient afin de fumer et qu'ils auront jeté par mégarde, un mégot mal éteint ?

Elle prit son vélo électrique pour aller jusqu'au village, car le chemin lui avait paru long à pied. Elle entra dans l'épicerie qui faisait office de bar et de bureau de poste.

Elle se sentit épiée par trois hommes qui étaient accoudés au zinc afin de siroter de bon matin un apéro. Elle acheta le journal local et quelques emplettes… Au moment de payer, l'épicier lui dit :

— Vous n'allez rien trouver dans le journal de ce qui s'est passé cette nuit.

— Comment cela ? dit-elle, ne voulant rien faire voir.

— Vous n'avez pas vu l'incendie qui a eu lieu près de chez vous ?

— Oui, mais rien de grave ?

— Si l'on n'avait pas découvert un cadavre complètement calciné !

— C'est-à-dire ?

— Nous n'en savons pas d'avantage. C'est un pompier qui en a parlé à un fermier des alentours qui était présent au sauvetage. Vous comprenez, il avait peur pour ses récoltes attenantes.

Une expression indéfinissable passa sur les traits de Gladys. Elle finit par se reprendre et répondit avec une gravité presque amicale :

— J'espère que l'on va vite trouver celui qui a fait ça ! Ça fiche la trouille !

— Oui, surtout vous ! Enfin, je veux dire, vous êtes aux premières loges !

Elle sortit précipitamment, assaillie à nouveau par le doute. Était-elle en sécurité ?

7

L'INVITATION

Sur ces entrefaites, son téléphone portable sonna, c'était Roger…

— Gladys, que faites-vous ?

Gladys fut réconfortée par la voix harmonieuse de Roger qui l'invitait à déjeuner pour ce midi. Elle s'empressa d'accepter son invitation.

Elle arriva directement chez Roger étant donné qu'il était déjà plus de midi. En donnant un coup de frein, le gravier crissa et avertit son hôte de sa présence… Il sortit sur le perron.

À sa vue, Gladys sentit ses joues s'empourprer. Lorsqu'il lui prit des mains le guidon de sa bicyclette pour la ranger, il lui baisa le poignet. Il lui sembla que l'air entre eux frémissait et ondoyait sous l'effet de cette tension si électrique. Et brusquement, elle s'angoissa, intimidée par cette force vertigineuse devant laquelle les ressources de sa volonté paraissaient si insignifiantes…

— Monsieur le comte, auriez-vous l'obligeance dorénavant de ne plus me recevoir avec le baise-main ?

— Et vous, chère amie, auriez-vous l'amabilité de m'appeler Roger, tout simplement ? Aussi je vous embrasserai sur les deux joues ! En toute amitié, bien sûr… En règle générale, je maîtrise assez bien mes instincts de prédateur titré. Jusqu'à l'heure du dessert, bien sûr !

Par ces mots plaisants, Gladys se dérida et entra dans la maison en riant. Elle se sentit en sécurité et put admirer, en traversant le vestibule, la beauté et le luxe de cette maison. Peut-être la maison d'un sorcier…

Elle ne savait pas où donner du regard et il en profita, sans un mot, pour lui ôter sa veste d'été en cotonnade. Elle était habillée d'une robe légère à bretelle, imprimée de motifs fleuris dans les tons de rose-fuchsia.

Cette attention plut à Gladys et la jeune femme s'arrangea pour se laisser aller un peu contre lui de manière délibérée. Dans le même mouvement, elle rejeta en arrière ses longs cheveux bruns, lavés et parfumés de la toilette du matin, dégageant ainsi leur subtil parfum.

La réaction de Roger ne se fit pas attendre. Elle sentit la pression de ses doigts se resserrer sur ses bras. Puis il se pencha, son souffle chaud enflammant sa nuque. Gladys lutta contre la tentation de se retourner et eut la force de se dégager de son étreinte. Il ne fallait pas qu'elle fasse une erreur en sous-estimant les capacités charmeuses de son voisin.

Dans le salon, comme apéritif, Roger avec des gestes précis, assurés, déboucha une bouteille de champagne.

— Vous en boirez volontiers une goutte ? À vous, Gladys ! À votre beauté, à votre santé !

Avec délectation, Gladys prit aussitôt la flûte et en but une gorgée. Aussitôt vidée, elle fut vite remplie adroitement par Roger. Le liquide, aux effets euphorisants qui pétillait dans son verre, lui offrit la surprise d'un doux délassement.

Tout lui semblait parfait. Le cadre, le luxe de la vaisselle en porcelaine, le bois de la table cirée à l'encaustique au miel. Elle avait hâte de savourer les plats préparés par la cuisinière qui n'était autre que la fermière d'à-côté...

— Vous avez l'air songeur, observa-t-elle. Vous êtes tout à coup bien muet.

Il eut l'air amusé par l'audace de Gladys, si directe...

— Je ne vous ai vue qu'à deux reprises jusqu'ici. Je pensais avoir affaire à une bohémienne aux cheveux en broussailles et aujourd'hui...

— Aujourd'hui ? s'enquit-elle, en ne dissimulant pas sa curiosité.

— Vous voilà soudain bien avide de compliments ! Mais je ne vais pas vous en priver. Aujourd'hui, je découvre une femme infiniment désirable...

Gladys le considéra avec une gravité presque amicale :

— Mmm... Peut-être aussi bien inquiète ?

Roger hocha la tête avec fermeté.

— Vous n'avez rien à craindre de moi. Je suis un peu affamé, mais de là à ne pas vous sentir en sécurité ?

— Sécurité et nourriture, voilà tout ce que je demanderais s'il n'y avait eu, cette nuit, cet incendie si près de notre maison... Je pense que cet incident me pousse, au contraire, à rechercher votre compagnie.

— Un instant, Demoiselle, que voulez-vous dire ?

Gladys secoua la tête.

— J'ai peut-être trop d'imagination, mais j'ai peur que cela soit dirigé contre ma maison. Pouvez-vous comprendre cela, Roger ?

— Oui, je suis désolé Gladys... Je comprends mieux à présent votre angoisse après l'avertissement de l'autre jour... Il n'y a peut-être aucun lien ? Vous devez me trouver bien odieux de plaisanter sur votre sécurité ?

— Non, pas du tout... moi aussi, je suis sceptique. Au fond de moi, je ne veux pas y croire et d'ailleurs, je n'en ai pas parlé à Julia qui est détective privée ainsi qu'à Flam, son collaborateur. Sans vouloir me faire un film, j'ai appris tout à l'heure au village que les pompiers avaient trouvé un corps carbonisé à l'intérieur de la masure.

Roger marqua une brève hésitation, semblant surpris...

— Vous pensez que c'est un crime ?

Gladys baissa la tête, frustrée de ne pas pouvoir répondre.

— Vous ne savez peut-être pas ? Je n'ai pas toujours exercé ce métier d'éleveur, vous savez. J'ai fait des études de droit et exercé pendant un laps de temps assez court, le métier d'avocat. Je me suis mesuré à la justice, tout comme vous au nom d'un idéal vide de sens commun. Heureusement, je me suis vite aperçu de l'inanité de mes engagements.

— Je ne comprends pas...

— Pour chaque cas que je plaidais, je voulais apporter de l'aide et du soutien, mais j'ai réalisé que je gravissais la montagne de Sisyphe et qu'il me faudrait abandonner la foi qui m'animait au départ. Je côtoyais des malfrats, des menteurs, des pédophiles, des conducteurs récidivistes en état d'ébriété que je retrouverai dans les mêmes conditions un mois ou deux plus tard, devant le même tribunal… J'ai côtoyé l'univers carcéral et les déviances de tous ordres… Je peux, tout comme vous, témoigner de la fragilité des frontières entre la marginalité et le supposé normal.

— C'est donc la paix que vous recherchiez. Je comprends vos motivations. Vous ne vouliez plus vous battre contre des moulins à vent ? Vous vouliez faire corps avec la nature et les animaux que je place au-dessus de tout dans l'univers. À l'heure actuelle, vous n'œuvrez pas dans l'abstrait, vous participez à nourrir l'humanité

— Oui, je n'ai pas besoin de faire semblant d'avoir de bons sentiments, ou bien de n'avoir aucun scrupule, les animaux ne nous jugent pas…

— Vous aviez peur de commettre des erreurs ?

Le front de Roger se rida et son regard se troubla. Ainsi, Roger n'était pas un homme en armure. Gladys sentait avec soulagement qu'il pouvait être faible et qu'il se remettait en question, lorsque des épreuves l'atteignaient.

— Vous connaissez quelqu'un qui n'en commet pas ? Je tire parfois les tarots, mais mon entêtement ne me permet pas d'en recevoir leur vérité.

— J'aimerais beaucoup, qu'au contraire, vous soyez devin afin de découvrir ce qui se cache derrière tout ça.

— Croyez en moi, Demoiselle, nous allons nous revoir souvent pour enquêter sur ces incroyables événements.

Cette conversation les avait entraînés tous deux vers une rencontre ordinaire, loin du précipice de la passion qu'imaginait Gladys… Le repas se passa sans autres préliminaires de flirt. Bien qu'elle appréciât le repas, elle y goûta du bout des lèvres, elle fut d'une réserve tout affichée.

En repartant, elle pensa qu'il se serait agi d'une liaison sans lendemain, d'une passade dépourvue de toute signification, n'étant pas du même monde.

Roger avait beaucoup bu pendant le repas, il avait vidé la bouteille de champagne et en avait rouvert une autre qu'il avait bue jusqu'à la dernière goutte. Gladys n'avait pas manqué de le souligner. Était-il aimable ? Ne possédait-il pas, quelque chose de veule, quelque chose qui ne demandait qu'à basculer du mauvais côté ?

Elle reprit le chemin de sa maison en pensant que la rencontre était accomplie, elle savait quoi penser du caractère de son hôte. Mais hélas… il restait encore dans son esprit cet homme séduisant qu'elle avait vu de loin sur son cheval rustique. Il pouvait être attirant, il fallait faire attention !

Roger s'était montré tel qu'il est et la rencontre lui laissait un arrière-goût d'amertume et de résignation…

Il s'était trompé sur le compte de Gladys, se laissant facilement abuser par son assurance, son allure un peu provocante. Aujourd'hui, au contraire, il l'avait sentie craintive. Tous les événements qu'elle avait éprouvés depuis son installation dans cette contrée inconnue la dépassaient. Elle se sentait seule et il fallait qu'il la rassure, qu'il marque des points dans l'avenir… : « Bon sang, cette fille-là a vraiment du chien… ».

8

LE RETOUR DE FLAM

Gladys reçut un coup de fil de Flam qui s'étonnait, après plusieurs appels, qu'elle ne réponde pas. Elle trouva une excuse pour justifier son absence de réponse et reconnut en son for intérieur qu'il se montrait d'une grande gentillesse. Il était ce messager disponible, cet accoucheur d'âmes qui pouvait enchanter son quotidien si fade...

Il est bon pour moi, se disait-elle en reposant le combiné. Elle s'émerveillait encore qu'il soit pour elle comme un ange gardien placé sur son chemin. Au fond, elle regrettait d'avoir mis tant de mauvais esprit à croire qu'elle pouvait se passer de lui... Elle pensait à présent que ses craintes ne l'ennuieraient pas.

Il n'était pas comme son singulier voisin qui ne cherchait à plaire qu'à lui-même et qui pouvait agir seulement dans son propre intérêt. Si elle avait succombé à son pouvoir de séduction, elle aurait été comme une pauvre mouche prisonnière des fils d'une toile d'araignée.

Le soir, elle mangea un repas plus substantiel. Comme elle avait été contrariée de ce qu'elle avait appris au village, elle n'avait pas eu d'appétit chez le comte. Elle pensa que c'était excellent pour sa ligne, car elle commençait, en vivant toute seule, à avoir de petites poignées d'amour qui poussaient sur ses hanches.

Quelques jours passèrent sans avoir de véritables nouvelles de cet incendie. On aurait dit que le journal local était autiste. Juste un entrefilet qui soulignait le caractère énigmatique de la découverte d'un corps de femme carbonisé… Ce matin, comme tous les autres, paraissait à Gladys insolite et incongru.

Repoussant toutes ses craintes, Gladys finit donc par relater l'événement à Flam qui, bien sûr, en comprit l'importance. Il prit donc quelques jours de congé et revint à la maison.

À la simple évocation de son retour, Gladys sentit son estomac se nouer. Ses nerfs lui jouaient des tours et elle se demandait si elle avait bien fait de l'inquiéter avec cette histoire. Repoussant toutes ses craintes, Flam se montra compréhensif et son visage s'illumina en écoutant le récit de cette nuit épouvantable.

— Je pense qu'il y a du travail pour nous deux ! avoua-t-il avec un grand sourire.

— Comment as-tu deviné ? Je suis disponible pour te donner mon aide ! « Seul, on marche plus vite. Ensemble, on marche plus loin… », dit un proverbe africain. En attendant, ce n'est pas toi qui devais m'initier au flirt après avoir pris des cours ?

— Vraiment ? Je n'ai pas eu le temps d'en prendre, mais ne t'inquiète pas, je ne suis pas un néophyte.

Gladys ne s'interrogea pas sur ses capacités à combler son amant. Elle n'y pensa plus et laissa son corps prendre le relais sur le lit défait.

— Oui, dit Flam. C'est doux. Infiniment doux.

Flam se réveilla le lendemain en sentant contre sa joue un souffle chaud. Pas celui de Gladys, assurément. Lorsqu'il ouvrit les yeux, il vit une langue rose sortir d'un énorme museau. Didi le dévisagea, la gueule ouverte comme si elle souriait, l'air joueur.

— Berk ! grogna-t-il en repoussant le museau baveux de Didi, la femelle border-collie qui lui léchait la joue.

— Désolée, déclara Gladys. Cette maraude s'est habituée à me réveiller le matin. Elle a dû succomber à ton charme, elle aussi.

Soudain, Flam se leva. Ce n'était pas le moment de se laisser aller à la paresse ! Il devait aller inspecter les lieux où s'était passé l'incendie… Peut-être trouver des indices ou encore mieux, des pièces à conviction ?

Il se doucha de la tête au pied. Il se coiffa, d'habitude,

c'était un exercice qui le rendait légèrement morose à cause de ces fichus cheveux blancs qui gagnaient insidieusement du terrain... Mais pas ce matin. La nuit ayant été extrêmement agréable grâce à la douceur de Gladys, il était réconcilié avec lui-même...

Dans la délicieuse fraîcheur du matin, c'était le moment idéal pour s'offrir une séance de footing. C'était un moment de plaisir exactement comme il l'avait espéré : merveilleux.

Une bienfaisante sensation de se refaire une santé de fond en comble.

9
FLAM ENQUÊTE

Flam était de ceux qui ont pour mission d'enfermer les hommes derrière les barreaux, surtout les criminels qui sont en dehors des lois.

En route pour les lieux de l'incendie, son portable sonna, c'était Julia…

La voix excitée de Julia résonna immédiatement à son oreille :

— Flam ?

— Oui…

— Je viens d'avoir Gladys au téléphone, elle m'a tout raconté. Tu ne trouves pas louche que la radio ou la télé ne parle pas de ce corps carbonisé qu'ils ont trouvé ?

— Oui… Je pars en reconnaissance.

— Et alors ? Tu vas enquêter ?

Flam eut un soupir las.

— Bien sûr… C'est louche, tu as raison, tout reste encore très opaque dans ce fait divers.

— Oui, peut-être qu'il y a anguille sous roche, admit Julia qui avait du goût pour la logique et la cohérence… Tu me tiendras au courant, je peux t'aider à recoller les morceaux !

— Je vais voir si la crim est dans le coup. Pour l'instant, je crois que c'est la gendarmerie du coin qui s'en occupe. Je ne sais pas si elle me laissera nous immiscer dans une affaire comme ça.

Sur ce, Flam raccrocha…

Une pluie fine tombait sur les ruines de la masure incendiée. On pouvait se rendre compte de la force des flammes qui avaient embrasé ces murs qui avaient pour ainsi dire explosé.

Des pierres avaient été projetées à un ou deux mètres de là sous l'intensité de la chaleur.

À l'intérieur, le sol délavé par les litres d'eau déversés par les lances des pompiers ne révélait aucune empreinte de chaussure ou tout autre indice exploitable.

Ce n'était peut-être pas là qu'il fallait chercher. Dans un coin, Flam donna un coup de pied dans une sorte de chiffon carbonisé qui traînait au sol et découvrit un portefeuille noirci… Il avait dû échapper à la sagacité des gendarmes enquêteurs, étant aussi noir que le sol. Et puis, ils n'avaient pas dû bien chercher. Ils n'enquêtaient peut-être pas sur un meurtre ?

Il en sortit un permis de conduire en mauvais état, mais où l'on distinguait le nom de famille, une certaine Nigel. Le prénom n'était pas trop lisible, il se finissait par « ol » : peut-être Carol ?

Il y trouva aussi une photo craquelée de bébé qui semblait être une fille.

Il se dit en sortant de là que ce qu'il avait trouvé était d'une importance capitale. Il devait y avoir un véhicule caché dans les environs, car étant donné que ce coin était éloigné et désert, il fallait un moyen de transport pour arriver jusque-là.

Flam n'avait pas de scrupules à mener son enquête en marge de la gendarmerie, mais il lui faudrait, tôt ou tard essayer d'examiner le dossier, surtout l'autopsie… Elle prouverait les causes de la mort.

Il devait avant tout voir si cette mystérieuse femme avait de la famille et la rencontrer, afin d'être officiellement mandaté pour l'enquête.

★★★

À une cinquantaine de mètres, il découvrit un bois et suivit un sentier où pouvait s'engager une voiture. Son flair ne le trahit pas.

— Bingo !

Juste à deux cents mètres de là, un 4X4 gris clair, flambant neuf, était garé là, sans doute pour un rendez-vous secret… Il n'était pas fermé et Flam eût tôt fait d'en faire l'inventaire…

Il enfila une paire de gants en latex qu'il avait toujours sur lui. En fouillant, il découvrit dans la boîte à gants de la voiture, un paquet de factures avec l'adresse de l'intéressée. Au milieu de ce tas de lettres, il mit la main sur une lettre de rupture signée d'un certain Roger.

L'encre de certains mots était décolorée comme si quelqu'un avait projeté de l'eau dessus ou bien avait versé des larmes. Elle était datée de plusieurs mois et Flam fut surpris que ce Roger se fût donné la peine d'écrire une lettre au lieu de se servir de la messagerie d'un ordinateur.

— Sans doute un romantique vieux jeu, pensa Flam !

Après en avoir fait le tour : il put se rendre compte que la propriétaire du véhicule devait avoir un bébé en bas âge, car sur la banquette arrière, trônait un siège pour enfant.

Dans le coffre, des paquets de couches et du lait en poudre pour bébé avec différents achats de nourriture comme yaourts, légumes, produits d'entretien lui laissaient entendre qu'elle avait fait des provisions… Peut-être pour aller rendre visite à quelqu'un du coin ?

Il refit le tour de la voiture, elle était assez poussiéreuse comme si elle était stationnée depuis plusieurs jours dans le bois. Des feuilles mortes étaient collées sur le pare-brise… Il en déduit que cela faisait au moins cinq à six jours qu'elle était là. C'était donc bien le véhicule du cadavre calciné, la date correspondait.

Un scénario commençait à se dessiner dans la tête de Flam. Cette fille aurait-elle été butée par un ancien amant qu'elle aurait poursuivi de ses charmes et qui ne voulait plus d'elle ? Était-elle tombée enceinte et n'aurait-il pas voulu endosser la paternité ?

Il lui fallait en savoir davantage avec les indices recueillis par la gendarmerie.

En revenant vers sa voiture, il aperçut le jardinier Marcel Auclair qui, les mains dans les poches, se promenait accompagné de son chien non loin de là…

Flam se présenta et Marcel révéla à celui-ci qu'il avait

fait la connaissance de Gladys, dernièrement, et qu'il était le jardiner du comte D'Ambroise…

Flam se rappela qu'elle lui en avait vaguement parlé, mais qu'il l'avait écouté d'une oreille distraite.

— Vous êtes enquêteur privé ?

Dans sa voix avait percé une intonation bizarre.

— Oui, vous savez quelque chose ?

— Monsieur le Comte a reçu la visite d'une jeune femme la veille de l'incendie.

— Vous êtes sûr que ça s'est passé la veille de l'incendie ? demanda Flam.

— Tout à fait sûr, affirma Marcel. Il avait quelque chose de simiesque avec son front bas, ses énormes arcades sourcilières et son corps massif et puissant. Vous croyez que ça a quelque chose à voir avec la mort de cette femme dont on parle dans le journal ?

Il s'était un peu penché en avant pour poser la question, les traits soudains tendus.

— Je ne sais pas. J'en suis au tout début de mon enquête, mais il aurait fallu que vous alliez voir la gendarmerie pour en témoigner !

— Je ne veux pas y aller, car je ne veux pas porter tort à monsieur le comte, c'est mon patron… Mais vous croyez qu'il peut y avoir un lien entre eux et l'incendie ?

— C'est à voir. Ça peut tenir debout cette coïncidence…

— Alors, je ne vous ai rien dit ! Marcel mit son doigt sur sa bouche…

Flam se dit qu'il n'en tirerait plus rien, valait mieux éviter le sujet.

Sur ce, ils se séparèrent.

★★★

Flam gara sa voiture au village. Il voulait passer au bar, car de bon matin, des habitués étaient déjà accoudés au comptoir.

Il s'y installa, lui aussi, et le barman qui n'était autre que l'épicier lui demanda ce qu'il désirait boire. Il avait une bonne bouille ornée d'une grosse moustache en vadrouille. Flam commanda un « jaune », ça faisait prolo sympa. Et puis c'était le seul apéritif que supportait son estomac vide.

Dans sa tête, depuis tout à l'heure, tournaient les paroles du jardinier et il voulait en savoir davantage.

Un client partit... Les minutes s'écoulaient, le moustachu étant occupé avec une cliente de l'épicerie. Un moment passa encore avant que le gros moustachu s'intéresse à Flam.

— Je suis un ami des nouveaux propriétaires de la « Butte ».

Le gros moustachu sembla soulagé.

— Avec cette histoire de cadavre carbonisé, on a plein de journalistes et d'étrangers qui rôdent dans le coin.

— Ouais ! Une drôle d'histoire cet incendie... mon amie en est toute retournée. Ils ont trouvé des suspects ?

— Oh ! Non..., tressaillit le colosse. C'est l'omerta. C'est insupportable cette attente...

— Louisou, toi qui fais le ménage à la gendarmerie, t'as des nouvelles ? souffla le gros.

Louisou était le genre de mec qui n'avait aucune confiance en lui. Il avait dû avoir de l'acné juvénile, toute son adolescence.

Alors, Louisou eut un petit soupir malheureux... Mais il avança un pion :

— Je suis aussi frustré que vous, mais... Je crois que l'autopsie a révélé une chose exceptionnelle !

— Non. Tu ne nous en avais pas parlé ?

— Je ne savais pas trop, c'est secret.

— Tu as entendu quoi ?

Flam se sentait comme oppressé, sous tension, le gars allait-il parler ?

— Oh ! Et puis merde ! La presse sera bientôt informée. À l'intérieur du corps, ils ont trouvé une flèche.

— Une flèche d'arc ?

— Ouais ! La nana serait morte de ça avant d'être immolée... Donc, ils pensent que c'est un meurtre.

Une cliente vint interrompre les révélations de Louisou pour demander sa note. De toutes les façons, il n'avait pas l'air d'en savoir davantage.

Flam se dépêcha de terminer son apéro bien que le gros moustachu lui en ait proposé un autre... Il fallait qu'il ne fasse rien voir. Les habitués du zinc qui avaient entendu

Louisou, avaient leurs yeux qui s'étaient agrandis… Ils le fixaient et étaient suspendus à ses lèvres.

— D'accord, pour la route ! répondit Flam qui ne tenait pas l'alcool d'habitude, mais qui ne voulait pas se faire remarquer…

Il but une longue rasade, comme un alcoolo entraîné à lever le coude et s'essuya la bouche d'un revers de main.

Les autres se détournèrent donc de lui et continuèrent à discuter avec Louisou.

Sur ce, Flam après avoir englouti le deuxième verre, les laissa, un peu éméchés, plantés là à le regarder s'éloigner vers sa voiture.

Flam pensait qu'il avait une grande chance de s'être trouvé au bon moment dans ce bar… Il n'avait pas eu besoin de se découvrir, il avait pris toutes les précautions qui s'imposaient.

À l'heure actuelle, il avait une voie à explorer. Il se sentait tout guilleret en remontant vers la maison où l'attendait Gladys. C'était peut-être dû à l'alcool qu'il avait absorbé…

Il fallait malgré tout qu'il parle de tout cela avec Julia et Gladys… ça méritait quand même qu'ils y regardent d'un peu plus près. Cela nécessitait de creuser dans les relations de cette supposée Carol et les endroits qu'elle fréquentait.

10

CRISE DE FOI

Flam rentra, groggy, et eut un peu de mal à articuler afin de raconter son histoire…

— Sans vouloir s'exciter comme des fous sur le cas du comte, faudrait y aller voir de plus près ? T'aurais pas un alka-seltzer ?

Gladys secoua la tête et chercha des yeux la présence d'une boîte sur l'étagère au-dessus de l'évier. Elle la dénicha très vite et remplit un verre d'eau.

— Voilà, laisse le comprimé effervescent fondre ou bien tu vas finir comme un volcan !

Flam avala illico presto son breuvage.

— Va falloir que tu ailles fouiner du côté du « Comte de mes de… ».

— Tu crois que ça va donner quelque chose ? Il risque d'…

— Ça peut finir par payer, car si j'y vais en tant que flic, je n'aurai aucune chance.

— Tout ça n'a pas une chance sur dix de nous mener quelque part.

— Peut-être. Mais n'y en aurait-il qu'une sur mille… il faut tenter.

— T'as raison, si c'est lui le tueur, il n'y a qu'une chance sur un million de le coincer, cette chance, il ne faut pas la laisser passer.

Il y eut un silence. Flam fixait son verre où un dépôt crémeux décorait la base :

— Si t'es d'accord. Va le relancer, tu ne risques rien avec moi. Je surveille…

11
LE TOURBILLON DES PASSIONS

Gladys avait peur, en reprenant contact avec le comte, de prendre un risque. C'était Flam qui lui avait exposé l'affaire et le rôle qu'elle aurait à y jouer. Il lui avait suggéré d'être amicale avec le comte, de lui inspirer de la confiance. Et puis, également à cause d'une petite phrase de Flam laissant entendre qu'il s'agissait d'une affaire sérieuse, bien plus importante que toutes celles qu'il avait « traitées » jusque-là. Et effectivement... Quand ils avaient compris tous les trois avec Julia que c'était un crime, ils en avaient quasiment eu le tournis.

Gladys, en retournant à pied vers la demeure du comte, respirait à pleins poumons l'air de la campagne et essayait de se détendre.

Elle entendit derrière elle, sur le chemin, un bruit de sabots et en se retournant elle aperçut Roger chevauchant sur son « trait breton »...

— Bon sang, ça fait plaisir... J'avais fini par croire que je ne vous reverrai plus !

Gladys hocha la tête. Il fallait qu'elle contienne son impatience de savoir.

Elle se sentait fébrile.

— J'ai fait des confitures et de la sauce tomate en conserve et je venais vous en apporter quelques pots.

Roger descendit de sa belle jument, embrassa Gladys sur les deux joues et l'escorta jusqu'à chez lui en l'invitant à rentrer.

— Vous boirez bien un thé...

Elle resta un petit instant à le considérer de ses yeux clairs comme pour chercher à lire quelque chose dans les siens puis, sans un mot, elle s'assit dans un canapé profond en se demandant comment elle allait pouvoir l'interroger.

Il déposa la théière fumante devant elle et dit :

— Vous avez l'air soucieux.

— C'est parce que j'ai un souci, soupira-t-elle.

— Ah ?

Elle sucra son thé, songeuse. Autant y aller bille en tête se dit-elle et elle se lança :

— Je suis venu vous demander un service...

— Ah ? fit-il de nouveau.

Le ton était neutre, mais une petite ride méfiante s'était creusée entre les sourcils de Roger.

Il ne marchera pas, se dit Gladys.

Cependant elle entreprit d'exposer :

— Pour un certain nombre de raisons, je suis de plus en plus persuadée que l'on veut nous mêler, mes amis et moi, à une histoire tordue avec cet incendie. Qu'en pensez-vous ?

Roger faisait pensivement tourner sa cuillère dans la jolie tasse à thé japonaise en porcelaine transparente.

— Pourquoi êtes-vous si angoissée ? Il est vrai que je ne vous ai pas tout à fait dit la vérité sur la propriété que vous avez achetée en commun. Personne ne vous a rien dit ?

— Hein ? Non. Gladys le fixait d'un air effaré.

Roger déposa lentement la cuillère dans la soucoupe puis murmura en se levant pour se rapprocher de Gladys :

— Et si je vous disais que c'était le lieu de rendez-vous de tous les homos de la région ? Ils y organisaient des parties fines...

Gladys continuait à le dévisager, l'air moins ahuri, mais beaucoup plus méfiant.

— Vous auriez dû poser des questions au notaire sur les supposées mystérieuses disparitions des personnes qui habitaient la maison.

— Nous avons acheté la maison à la barre du tribunal. Pourquoi nous serions-nous méfiés ? Nous ne savions rien des anciens propriétaires ni de leurs fréquentations.

Il reprit avec lassitude :

— Vous auriez su ça, vous n'auriez pas acheté... et je

ne vous aurais pas connue. Maintenant, c'est normal que je vous mette au courant et que vous posiez des questions, c'est important que vous sachiez !

— Terriblement important, confirma Gladys.

Il marqua un temps de réflexion et poursuivit :

— Il paraît que ce que les gens de ce genre faisaient là-bas était assez extravagant. La propriétaire, très sympathique a souvent insisté pour que j'y aille, simplement pour regarder, sans participer, histoire de ne pas mourir idiot.

— Toutefois…

— Toutefois ? … s'inquiéta Gladys.

— Eh bien, me voir aurait rendu ces messieurs méfiants ? Certains me connaissaient peut-être. J'ai des relations dans les sphères de la police des mœurs… Vous vous rappelez que je vous ai dit que je travaillais auparavant comme avocat ?

Silence… Le regard de Gladys s'était perdu dans le vide.

— Je vois à présent pourquoi nous avons si mauvaise réputation…, poursuivit-elle enfin. Au village, ils ne m'adressent même pas la parole.

Quelques secondes passèrent, interminables, puis elle haussa les épaules et lâcha simplement :

— Heureusement que j'ai la chance de vous connaître, vous avez eu raison de tout me dire.

Roger s'était encore un peu plus rapproché de Gladys pour caresser son bras et sous sa main, il le sentait parcouru de brefs frissons nerveux.

Sa robe légère avait une échancrure qui laissait voir le côté de ses seins à la courbe pleine.

Il les fixait…

— Il fait chaud, vous aimeriez vous rafraîchir dans la piscine ? dit Roger.

Il avait parlé d'un ton posé. Il ne paraissait ni provocant ni insensible. Simplement tenace et résolu. Il en avait sacrément envie…

— J'ai besoin de passer avec vous un moment agréable, détendu…

— Qui êtes-vous ?

— L'homme que je veux être…

— Mais je n'ai pas de maillot...

— Qu'à cela ne tienne, nous ne sommes que tous les deux. Je vous y conduis.

Il lui prit la main et Gladys la trouva ferme, en même temps que douce.

Devant eux se trouvait la piscine. Elle avait à peu près la moitié de la taille d'une piscine olympique. Sur le côté gauche, une cuisine d'été était équipée d'un joli bar moderne avec une plancha. Un sauna et un jacuzzi s'ouvraient sur le côté. Roger attrapa deux flûtes à champagne et ouvrit une bouteille. Il tendit un verre à Gladys.

Il lui proposa d'ouvrir la fermeture éclair de sa robe. Gladys obtempéra. Elle était conquise par le décor et le calme de la scène, comme hypnotisée.

Les yeux de Gladys exprimaient une sorte de trouble craintif. Mais elle n'essayait pas de se dégager...

— Ne soyez pas mal à l'aise, souffla Roger en laissant glisser sa robe jusqu'à ses pieds.

Roger, les yeux un peu fixes, scrutait la silhouette de Gladys tendue dans le soleil.

La lumière et l'ombre sculptaient voluptueusement l'élan des seins dressés, la cambrure des reins, le ventre offert avec son mont de Vénus proéminent couvert d'un mousseux frisottis.

Roger se déshabilla sans complexe. Gladys découvrit son torse tatoué en couleur comme un livre d'images. Son sexe long et gros avait à son extrémité un anneau, son nombril aussi était percé...

Gladys eut un petit soupir crispé, mais se laissa entraîner nue vers le sauna. Tandis que Roger manœuvrait la poignée de la porte pour y entrer, elle resta immobile, la nuque raide... Ils entrèrent et Roger, tout en refermant la porte, la poussa doucement vers une couchette en teck superposée qui formait un bizarre labyrinthe.

Roger reprit Gladys par la main et dit :

— La chaleur est légèrement oppressante, nous n'y resterons que le temps de nous aimer.

— Vous avez tout prévu, dites-moi, murmura Gladys.

Dans la vapeur d'eau, Roger prit un préservatif sur une étagère et ouvrit l'emballage avec ses dents.

Subitement, elle fut troublée dans sa chair par la puissance de ce désir. Elle s'ouvrit. Dès que son ventre fut contre le sien, il se glissa entre ses cuisses en la pénétrant d'un seul coup, lui arrachant ainsi un gémissement de plaisir.

— Roger ! Oh… non, pas trop vite ! haleta-t-elle en cambrant les hanches pour mieux le ressentir.

Gladys était perdue, elle cessa de penser et laissa son corps prendre le relais. Elle s'abandonnait. Roger se délectait de l'étroitesse du sexe de Gladys. Son ardeur était telle qu'il ne put résister plus longtemps. Il tenait à ce que Gladys jouisse en même temps que lui.

Le sexe de Gladys se contracta alors qu'il éjaculait. Ils avaient terriblement chaud. Leurs corps suaient et semblaient collés l'un à l'autre.

Roger avait fini, mais elle continuait à jouer avec lui, le torturant de caresses. Courtisane, experte. Alors il se contenta d'empaumer un sein de Gladys qui s'offrait et de le caresser… Un sein à la fois merveilleusement ferme et moelleux.

Puis, Roger roula sur le côté. Il se leva et aida Gladys à se relever aussi et il l'entraîna vers le bassin de la piscine où ils plongèrent ensemble.

Leur peau était cramoisie et les yeux bleus de Roger brillaient d'une flamme qui, faute d'amour, pouvait être du désir intense.

Gladys lui sourit et s'enroula autour de lui afin d'être reprise une fois de mieux dans l'eau. Roger la fouilla sans retenue. Cela dura davantage…

Elle plongea, et il se raidit aussitôt. Sous l'eau, une bouche avide s'empara de lui, allant et venant avec une science consommée.

Roger avait le sentiment de ne plus exister que par son sexe, d'où se propageait à travers tout le corps, des ondes chargées de délices.

Il émit un grognement long et grave, comme celui d'un animal sauvage.

— Roger est-ce que je vous plais ?

— Oui, confirma-t-il, je vous aime Gladys.

Gladys renversa la tête en arrière et lâcha un petit râle étranglé, son corps encore agité de soubresauts instinctifs.

Peu de temps après, elle quitta Roger allongé sur un matelas flottant au milieu du bassin, la bouteille de champagne en main, buvant au goulot, semblant cuver une béatitude mêlée de stupeur...

Gladys correspondait parfaitement au type de femme qui le remuait intérieurement...

Mais cette passion, entre eux, où allait-elle les mener ? Qu'allait-il advenir de lui ?

12
MALAISE EN VUE

Sur le chemin du retour, elle n'avait pas voulu qu'il la raccompagne.

Elle avait vécu avec Roger une intimité charnelle mystérieuse et profonde, à laquelle nul n'aurait accès. À chaque pas, son rêve côtoyait le pire des cauchemars. Était-elle déchue ?

Elle se disait qu'il n'y avait pas plus ambigüe que lui : il mettait en œuvre ses fantasmes sans aucun complexe. Elle n'avait pas résisté à ses désirs, car cet homme, c'était le feu sous la glace. Il avait soufflé la tempête dans son corps. Il était à la fois familier et en même temps terrifiant, car elle sentait qu'elle était incapable de résister à son appel sexuel…

En un regard, il en avait fait sa chose… D'un coup, elle avait tout oublié, trop consentante, sa mission de renseignements s'étant volatilisée.

Il fallait qu'elle récupère, son esprit ne devait plus fonctionner d'une façon affolée et incohérente. Toute la magie de leurs étreintes s'était dissipée, remplacée par un sentiment d'angoisse intense.

Malheureusement pour elle, il se trouvait toujours au cœur de sa suspicion et de celle de Flam et Julia… Elle se sentait perdue.

Il n'y avait que lui qui savait, plus pervers, on ne fait pas…

Mais était-il vraiment pervers ? Au fond, elle ne connaissait rien de lui. C'était une liaison étrange. Peut-être était-ce le début d'une histoire d'amour ? Ce serait assez étonnant.

Une sorte de fébrilité l'avait gagnée lors de son retour jusque chez elle. Ses jambes étaient un peu flageolantes, tant elle avait joui. Pour s'apaiser, il fallait qu'elle réfléchisse à ce qu'elle allait dire à Flam… C'était vraiment un problème. Elle était mal à l'aise vis-à-vis de lui.

Il semblait attaché à elle et cela avait quelque chose de touchant, d'assez flatteur aussi. Il ne fallait pas lui dire la vérité, rester évasive.

Lui dire peut-être qu'elle avait l'intuition que ce n'était pas le Roger de la lettre, qu'ils s'étaient monté la tête contre lui, sans raison.

Elle ouvrit la porte, il était là, à l'attendre…

— Ah ! te voilà. Je commençais à me faire du souci… J'allais y aller.

Bien que Gladys lui rendît son sourire, elle restait très tendue.

Il allait le sentir alors elle s'éclipsa vers la cuisine en prétextant qu'il fallait qu'elle prépare le repas. Son cœur battait la chamade… Quel supplice !

Elle n'avait pas pensé aux conséquences de ses actes, la situation lui donnait un sentiment d'irréalité, d'absurdité aussi.

Flam empoigna une chaise de la cuisine par le dossier, et s'assit, Gladys lui tournait le dos. C'était plus facile pour parler.

Il lui posa des questions sur l'entrevue avec le comte. Gladys lui décrivit vaguement le comte comme un accro au champagne, sans plus.

Ses mains s'étaient mises à trembler et, alors qu'elle épluchait des pommes de terre, elle s'entailla un doigt de la main. Flam prit cela pour un signe de stress dû à la pression de la rencontre avec le comte.

— Du calme ! jeta Flam. Tu ne risques plus rien.

Il lui donna un baiser qui eut pour effet de soulager Gladys, au moins pour un moment. Elle aurait peut-être plus tard des remords.

Après lui avoir raconté ce que Roger lui avait dit sur les propriétaires précédents, Flam l'informa de l'enquête que Julia avait menée avec les renseignements qui lui avaient été fournis.

— Ah oui ? Explique-moi !

— Julia a eu l'intuition que cette Carol pouvait être fichée par la police. Elle a donc martyrisé les fichiers du système informatique de la police pour rechercher les renseignements concernant cette fille. Elle a vraiment du flair, elle a trouvé ce qu'elle cherchait... une conduite en état d'ivresse. Aussi elle a téléphoné et pris contact avec la mère qui n'avait pas de nouvelles de sa fille depuis plus d'une semaine. C'est la mère qui garde l'enfant... une fillette.

— Hein ? Que lui a-t-elle dit ?

— Que sa fille avait un bébé de six mois d'un concubinage avec un mec fiché au grand banditisme ! Qu'il avait écopé depuis son adolescence de quatre arrestations, dont une pour vol à main armée. En tout, à trente-huit ans, il a dû tirer dans les neuf ans.

— Il vivait avec elle récemment ?

— Ouais. En liberté conditionnelle, il a vécu quelques jours avec elle dans l'appartement de la mère.

Gladys pivota doucement vers lui et demanda :

— C'est un client intéressant. Comment il s'appelle ?

— Chassagne.

— Est-ce qu'elle saurait aussi où on peut le trouver ?

— Non. Elle est restée muette à ce sujet. Il a semblé à Julia qu'elle avait peur de parler.

— Elle lui a dit à quoi il ressemble ?

— Non, c'est Julia qui a trouvé sa fiche d'identité anthropométrique. Elle va me la passer par fax. Sur le bras droit, il a des tatouages ethniques jusqu'au coude.

Gladys commençait à mieux respirer, l'idée que Roger avait quelque chose à voir dans ce crime s'éloignait de son esprit. Il fallait impérativement qu'elle domine ses sentiments. Elle avait à présent envie de savoir qui était le coupable, grâce à ce que Julia avait découvert.

Flam, lui aussi, retrouvait cette impression grisante de se glisser dans la vie de cette inconnue, de pénétrer ses secrets, par bribes, par des petits bouts qui, rajoutés les uns aux autres, lui donneraient le sentiment de la connaître mieux que personne. Ses pensées s'ordonnaient...

— C'est le genre de truand dont on ignore tout de ce

qui peut le motiver ou l'influencer. Il devait les tenir par la peur...

— T'as raison, précisa Gladys. Tu ne crois pas que la mère veut protéger coûte que coûte, la vie de sa petite fille qui n'est encore qu'un bébé ?

—Elle ne parlera jamais à la police, lâcha-t-il.

★★★

La nuit, Gladys n'avait pas trouvé le sommeil. Elle s'était réveillée à plusieurs reprises, immobile, sur le côté gauche, à écouter la respiration régulière de Flam.

Trop de choses dans sa tête et trop de tension au fond de son ventre s'étaient ajoutées à son sentiment de culpabilité. Elle songea qu'elle avait été comme l'oiseau fasciné par le cobra et qui se prête de lui-même à la morsure.

Au matin, Flam était calme et Gladys se sentit réconfortée et apaisée bien qu'elle n'ait pas trop dormi.

Quand il se leva, elle avait déjà préparé le petit déjeuner, Flam demanda : ça va ?

— Ça va, répondit-elle simplement.

— J'ai fait sortir nos monstres, dit-il en riant.

Gladys aimait cette force farouche et inflexible, cette énergie que rien n'entamait et qui parfois la surprenait encore.

Ils déjeunèrent en silence, Flam réfléchissait...

— Tu m'as dit que tu avais eu la visite des gendarmes le lendemain de l'incendie ?

— Oui ? fit-elle en portant sa tasse de thé à ses lèvres.

— Tu m'as dit qu'il y avait une gendarmette, plutôt sympathique qui t'avait parlé d'une façon tout à fait amicale ?

— Oui ?

— Tu pourrais aller en visite à la gendarmerie, sans les alerter, afin de demander à cette fliquette où en est l'enquête.

Gladys répondit comme une de ces héroïnes de romans policiers dont elle avait le plaisir de lire en cachette.

— T'as raison. Il faut se renseigner... Je vais lui dire ce que j'ai appris sur les anciens proprios... à savoir les disparitions…

— Ouais. Il y a dû y avoir des enquêtes, un suivi.

Gladys fit rentrer Didi et Toy pour leur donner leurs croquettes. Didi se mit aussitôt à aboyer d'impatience, exigeant de sa maîtresse qu'elle lui porte un peu d'intérêt.

13

DES HORMONES EN VADROUILLE

Roger était entré dans sa vie. Oh, elle savait bien que tous les hommes ne se ressemblent pas… Mais elle redoutait de tomber une fois de plus amoureuse de quelqu'un qui ne pouvait pas la respecter.

Ce n'était pas parce qu'il avait couché une fois avec Gladys qu'il devait s'imaginer qu'il y aurait une deuxième fois. Oui, mais…

Roger avait envie de faire l'amour avec elle.

Là, tout de suite. Et tout le temps. Dans l'heure qui suivait, s'il le pouvait. Et plusieurs jours durant…

Il se moquait que ce soit une bonne idée ou pas. La raison n'est pas visiblement la loi des hormones.

Il avait envie d'elle, tout simplement. Il la voulait, elle. Et pas une autre.

Il fallait qu'elle parte avec lui au Mexique, car des problèmes dans sa propriété là-bas exigeaient qu'il s'y rende en urgence.

Néanmoins, elle l'intriguait, lui laissant un sentiment désagréable de frustration. Il s'interrogeait.

Quelque chose ne tournait pas rond, se dit Roger pour la énième fois.

Tout aussi bizarre était sa passion pour Gladys, ce déchaînement de désir cadrait mal avec son attitude passée avec les autres femmes qu'il avait connues.

Elle gardait une certaine distance morale comme si elle refusait à l'évidence de s'abandonner à lui. Pourquoi ? De quoi avait-elle peur ?

Elle avait prétendu qu'elle n'attendait rien de l'avenir ? Comment devait-il le prendre ?

C'était un rentier, mais aussi un travailleur acharné. Donc il gagnait bien sa vie. Très bien, même. Il était plus que millionnaire et pouvait ainsi assurer une existence confortable à une femme.

— Je crois qu'il est grand temps pour moi de me marier. Je vieillis. J'en ai assez de ces aventures sans lendemain, de cette vie de célibataire sans attache. J'ai envie d'autre chose, d'être en couple…

Il réfléchissait tout haut, il fallait qu'il rentre à nouveau en relation avec Gladys. Il fallait qu'il éclaircisse la situation, elle lui cachait quelque chose. Il fallait qu'il découvre ses secrets, avait-elle un autre amant ?

Elle lui avait dit qu'elle avait un problème de bricolage. Elle ne pouvait pas suspendre ses tableaux, car elle n'avait pas de perceuse. Il avait donc une excuse pour aller chez elle avec sa boîte à outils.

Il avait ainsi trouvé le moyen, en tout cas, de la remercier, en lui donnant un coup de main pour son installation. Et puis, ils pourraient refaire l'amour. Et peut-être plus, se prit-il à espérer…

Lorsqu'il arriva chez elle, Gladys était sur le palier, elle s'apprêtait à sortir afin d'aller à la gendarmerie. Flam était parti se promener avec Didi et Toy.

Roger émit un sifflement de contentement.

Gladys, surprise, ouvrit alors la bouche et, comprenant qu'elle s'apprêtait à lui dire qu'elle n'était pas disponible, il voulut se détourner rapidement après l'avoir saluée sans demander son reste. Il reviendrait plus tard…

— Je ne veux pas vous déranger. Je voulais simplement vous proposer mes services. De toute façon, je dois y aller.

— Tout de suite ? Vous êtes sûr que vous n'avez rien à me dire ? demanda-t-elle comme si elle discutait avec l'un de ses voisins.

— Oh… euh… quoi donc ? Vraiment, non. Enfin, oui…

— Oui ou non ?

— Et bien… j'avais pensé que je pourrais commencer à installer un ou deux tableaux… et puis… mer..credi ! Autant vous le dire… je pars tantôt pour le Mexique, je veux que vous veniez avec moi.

Il remarqua en vitesse que Gladys, ce matin, était d'une grande beauté.

Elle avait tressé ses beaux cheveux noirs et elle était même allée jusqu'à se maquiller d'une simple touche de rouge sur les lèvres, une ombre de blush sur les yeux…

Bref, des petites choses sans importance, mais qui, visiblement, firent impression sur Roger dont les yeux s'illuminèrent.

Elle alla vers lui en s'approchant de son visage, l'embrassa sur le coin de la bouche pour lui dire « au revoir »…

De la bouche de Gladys émanait un doux parfum d'eau de rose… effluves aphrodisiaques irrésistibles. D'ailleurs, il ne résista pas…

Il se mit à l'embrasser encore et encore, faisant courir ses lèvres sur son cou, ses mains se glissant sous son sweat. Il le releva et approcha sa bouche de sa poitrine nue, car elle ne portait pas de soutien-gorge. Il suça avec tendresse d'abord, ensuite avec ferveur, la pointe de ses seins.

— Viens, maintenant… Tu me rends fou !

Gladys se figea, elle ne pouvait pas le laisser poursuivre. Elle le repoussa avec détermination, mettant ses mains en avant.

— Assez, Roger, je dois partir maintenant. Je suis pressée…

— Non, je…, haleta-t-il. Chut ! N'essaie pas de me fuir…

— Non… ou dois-je comprendre oui ? chuchota-t-elle.

— Cesse de me tourmenter et dis-moi plutôt si tu acceptes de partir avec moi. Ne réfléchis plus… De ce pas, je vais prendre les places d'avion !

Gladys essaya la solution air furieux. Il fit la moue.

— Ça t'enlaidit, remarqua-t-il, à mon avis, ce qui te va le mieux, c'est ton joli sourire. Essaie, rien que pour me prouver que je me trompe.

Gladys sourit timidement.

— Tes désirs, Roger, ne sont pas des ordres. Tu me prends au dépourvu, je ne suis pas libre en ce moment.

— As-tu la moindre idée de l'effet de ton rouge à lèvres sur mes hormones mâles ? dit-il, pour la taquiner un peu.

— Quand comptes-tu partir ?

— Demain, mon régisseur a besoin de moi.

— Mauvaise nouvelle… Désolée pour ce contretemps, dit-elle, maintenant aimable. Je ne peux pas prendre de décision si précipitée, j'ai des responsabilités pour la maison…

— C'est cela qui te tracasse ? dit-il avec brusquerie… Ce n'est pas important…

— Pour toi, bien sûr ! Nous nous reverrons à ton retour, je dois partir maintenant… À bientôt !

Qu'était-elle censée faire ? Elle s'écarta de lui, monta dans sa voiture et démarra en trombe.

Elle écrasa une larme sur sa joue, elle n'était pas apte à recevoir cet amour qu'il voulait lui donner…

Elle s'était sentie extraordinairement en phase avec lui, comme une rose délicate et fragile, s'ouvrant au printemps après des mois d'hiver de solitude…

Mais si la vérité était tout autre, si c'était un meurtrier ?

Au volant de sa voiture, Gladys se massa l'épaule gauche de la main droite, dans un de ces gestes typiquement féminins qui surviennent dans l'adversité, et sans que cela soit lié à une sensation de froid ou à une douleur.

14
LÀ OÙ LES GENDARMES RIENT

Gladys s'engagea sur le chemin de la gendarmerie qui se situait dans une petite ville, une dizaine de kilomètres plus loin.

Elle se gara devant le bâtiment, il fallait qu'elle reprenne ses esprits.

Hier, cela avait été torride avec Roger, elle avait brandi sa volupté comme un atout. Il recherchait alors, sans nul doute, une partenaire sexuelle et elle avait ravi ses sens.

Pourtant, il lui demandait de partir avec lui, donc elle n'était pas pour lui qu'une femme avec laquelle il coucherait ? Une femme de plaisir ?

Elle avait compris qu'il voulait s'engager auprès d'elle. En fait, pouvait-elle lui faire totalement confiance ?

Au fond, depuis cette nouvelle rencontre, elle ne regrettait plus d'avoir fait l'amour avec lui.

Gladys s'arracha à ce rêve dont il était impossible de savoir s'il était noir ou rose, et entra dans la gendarmerie.

Elle aperçut la gendarmette à l'accueil avec laquelle elle avait sympathisé.

— Je viens prendre des nouvelles... Comment allez-vous ?

La gendarmette lui dit qu'ils avaient le sentiment que leur enquête piétinait et n'aboutissait qu'à des résultats décevants. L'identité de la victime avait été difficile à trouver. Elle mit cela sur le compte d'un manque d'effectif récurrent depuis des années dans leur secteur.

— Ça rend dingue, ce manque d'effectif ! lui retourna

Gladys.

— Oui. La gendarmerie, ça n'est pas « Bernard Arnault ».

Heureusement pour eux, un chercheur de champignons avait découvert la voiture, la plaque d'immatriculation leur avait permis de voir qu'elle était étrangère à la région. C'était une affaire mystérieuse et aucun élément suspect à l'intérieur du véhicule ne désignait le meurtrier.

Gladys lui raconta ce qu'elle avait appris sur les antécédents de la maison qu'elle habitait dorénavant.

— Est-ce que par hasard, puisque vous êtes là depuis longtemps, vous auriez entendu dire quelque chose ?

Elle s'en souvenait effectivement.

— Oui. De temps en temps en faisant une virée par-là, on embarquait un ou deux mecs qui étaient de la « contre allée » et qui n'arrivaient pas à temps à s'échapper dans les bois. Ils étaient inculpés d'un outrage aux bonnes mœurs, rien de plus…

— J'ai entendu dire qu'il y a eu des disparitions ? C'est suspect non ?

— Je ne me souviens plus très bien. Il n'y a pas eu de plainte, mais les propriétaires des lieux n'ont plus réapparu. Ils n'étaient pas nets. Dans le village, des bruits courraient que c'était une secte satanique…

— C'est louche ? Donc, il n'y a pas eu de recherches ?

— Pas que je sache… De toutes les façons, on s'est toujours demandé s'ils ne dealaient pas aussi de la drogue. Ils faisaient des fêtes costumées et masquées où se retrouvaient des initiés. On n'a jamais su ce qui s'y passait. Ils avaient des cerbères pour garder les lieux.

— Des videurs ?

— Oui. Si vous voulez ?

— Vous ne connaissiez donc pas leur identité ?

— Si. Là encore, on n'aurait rien su, s'il n'y avait pas eu un alcotest au petit matin.

— Vous avez un nom ?

— Oui, c'est moi qui ai rédigé la déposition, un certain Chassagne… Mais cela ne vous concerne pas ?

— Euh ! Non… Il y a des chasseurs dans le coin ?

— Pourquoi ?

— Parce que j'ai reçu un éclat de verre provoqué par un tir de carabine.

— Vous n'êtes pas venue nous le dire ?

— J'ai pensé que cela n'avait pas d'importance. C'était avant l'incendie.

— Je vais prendre votre déposition, ça a son importance…

Gladys suivit la gendarmette dans son bureau, afin qu'elle prenne sa déclaration.

Il ne fallait pas qu'elle la suspecte de mener sa propre enquête.

Gladys s'était comportée prudemment, car la gendarmette était suspicieuse. Elle n'aurait pas cautionné les méthodes de Flam et Julia, même si la police à Paris appréciait leurs résultats, lorsque ceux-ci collaboraient à des enquêtes en tant que consultants. À l'inverse, les gendarmes n'auraient pas aimé que l'on marche sur leurs plates-bandes.

La gendarmette ne lui avait pas parlé de l'élément crucial de l'autopsie, soit la flèche retrouvée dans les poumons de la victime. Elle lui avait caché aussi son identité. Très discrète, la fliquette, aux ordres d'en haut…

Pas besoin de faire un dessin à Gladys, il ne fallait pas jeter le discrédit sur le village. Il y avait de quoi donner des sueurs froides au maire du village, à ses administrés. Il y avait eu assez de désaxés dans le coin. De quoi ruiner la réputation de tranquillité et de sérieux du village.

S'il y avait une fuite, la presse ne lésinerait pas sur les gros titres. Le métier de journaliste est d'informer. Mais les faits divers étalent des vies au grand jour, y compris celles des innocents, des parents, de la famille. C'est l'immuable problème de l'information.

Gladys pensait qu'elle en savait presque plus qu'eux. D'après les propos de la gendarmette, il semblait qu'ils n'avaient pas retrouvé le téléphone portable de la victime pour localiser ses appels…

15

PROMENONS-NOUS DANS LES BOIS

Il fallait que Flam recherche avec elle d'autres indices aux alentours. La victime avait pu courir assez loin dans le bois en essayant d'échapper à son prédateur... Elle avait pu être tuée ailleurs que là où on l'avait retrouvée carbonisée.

Elle retourna rapidement chez elle où l'attendait Flam après avoir fait des achats alimentaires dans une petite supérette.

Il l'aida à ranger les courses tout en écoutant le compte-rendu de sa visite à la gendarmerie.

— J'ai moi aussi été rencardé par Julia qui mène son enquête de son côté, dit Flam qui rapporta à Gladys :

— Julia était retournée dans la cité H.L.M... Elle avait revu la mère de la victime et celle-ci, contre l'assurance de Julia de ne rien révéler aux journalistes, lui avait confié des secrets inhérents à la personnalité de sa fille.

La jeune femme, à l'âge de treize ans, avait été violée par un amant de la mère qui était veuve. Il avait été condamné, à huis clos, en assises, à cinq ans d'emprisonnement. À partir de là, tout s'était mis à partir en vrille pour sa fille.

Elle n'avait plus voulu revenir au collège et s'était mise à squatter et se droguer avec une bande de jeunes voyous qui se servaient d'elle en la prostituant. À cause des sévices sexuels qu'elle avait subis, elle était devenue une jeune femme marginale et rebelle.

Puis elle avait rencontré ce Chassagne, repris de justice,

dont elle est tombée enceinte à l'âge de dix-sept ans.

Elle l'aimait avec passion, celle de la jeunesse qui n'est pas capable de prévoir l'avenir.

Alors, la mère n'avait pas caché à Julia que ce Chassagne avait une emprise délétère sur sa fille.

Pendant sa grossesse, il avait semblé à la mère que sa fille, qui était retournée vivre chez elle, s'était remise sur le droit chemin. Elle avait subi une cure de désintoxication. L'instinct de survie lui avait fait comprendre qu'il fallait qu'elle arrête ses conneries.

Depuis qu'elle avait accouché, elle avait repris ses agissements délictueux en passant des petites annonces sur Internet pour des rendez-vous tarifés. C'était Chassagne qui la maquait…

Sur ces entrefaites, Julia avait été interrompue dans sa conversation avec la mère, car la police s'était présentée à sa porte pour une perquisition à son domicile… Le divisionnaire Bellemains qui connaissait bien Julia s'était étonné de la voir avant eux sur les lieux.

Elle avait dû donner comme raison que la mère l'avait contactée afin de retrouver sa fille qui n'avait pas donné de nouvelles depuis plusieurs jours.

Quant à eux, ils avaient retrouvé l'adresse de la propriétaire de la voiture grâce à son numéro d'immatriculation.

Flam poursuivit :

— J'ai fait venir sur Internet un détecteur de métaux dernier cri afin d'aller faire une virée dans le bois où j'ai trouvé la voiture. Peux-tu me filer un coup de main ?

— Bien sûr, avec plaisir !

Flam était son ami. Et tant qu'elle saurait interdire à son cœur de vouloir davantage, il n'y aurait pas de problème.

Pour les investigations à venir, il ne fallait pas qu'elle oublie qu'ils faisaient équipe. Il n'avait pas peur de se frotter aux coups durs, aux affaires compliquées, surtout celles qui réclament une prédisposition hors pair. Des désaxés, il en avait vu… mais là, les détails, c'était assez maigre.

— Gladys, tu as compris ? Les sauveurs, ça va être nous…

Gladys se mit au garde à vous :

— Wonder-Woman obéira à tes ordres, patron !

— Hou là ! Tu n'es pas encore une super héroïne ! Prudence. Chaque meurtre a un mobile et chaque mobile a une vérité… Julia nous aide à remonter dans le temps, néanmoins tout est à découvrir. L'affaire est délicate.

Gladys soupira, amusée.

À Flam, elle pardonnait tout, même une pointe d'insolence dans la répartie. Elle avait senti tout de suite qu'il avait l'âme droite.

Ils partirent afin d'enquêter. Dans le bois, ils se retrouvèrent tous les deux, en compagnie de Didi. La voiture de la victime n'était plus là, elle avait été déplacée par les services d'ordre.

Fort heureusement, Flam avait eu la présence d'esprit de s'approprier un foulard dans la voiture de Carol. Il le fit renifler à Didi qui tout de suite tira sur sa laisse, Gladys la lâcha.

Elle partit en trombe, à l'affût d'une piste. Nos enquêteurs durent prendre leurs jambes à leur cou pour parvenir à la suivre.

Ils coururent pendant de longues minutes à sa poursuite.

Arrivé devant un roncier, Didi s'immobilisa en reniflant. Flam prit son coutelas pour dégager ce qui ressemblait à une sorte de soupirail de cave. Par le passé, Flam pensa que cet endroit avait dû servir à conserver le lait ou le fromage au frais.

L'entrée était étroite et basse et disparaissait de la vue sous la végétation. Didi ne fit qu'un bond pour s'y introduire. À l'intérieur, on entendait ses aboiements résonner. Cela voulait dire qu'il y avait un dédale de couloirs. Ce n'était donc pas une cave à fromage, mais bien l'entrée d'une sorte de souterrain.

Flam avait tout prévu pour cette filature, sauf de faire de la spéléologie. Ils n'avaient pas emporté de corde et le détecteur à métaux était superflu.

Il se racla derechef la gorge puis se lança :

— Tu vas m'attendre là avec l'équipement. Je vais voir de quoi il retourne ! Didi a l'air d'avoir trouvé quelque chose.

Gladys intervint, peu rassurée :

— Fais attention, je ne suis pas sûre que ça ne soit pas dangereux...

— Ne t'inquiète pas. Tu sais bien que la vie est absurde, mais parce qu'elle est absurde, il faut la vivre intensément ! dit Flam en riant pour désamorcer l'angoisse de Gladys. Je vais te ramener Didi.

Flam, muni de sa lampe frontale, s'introduisit prudemment dans l'entrée de ce dédale.

Gladys avait effectivement peur pour Flam. Elle se disait en outre qu'elle n'avait pas les capacités nécessaires pour couvrir de tels exploits.

Elle n'était pas certaine du bien-fondé de ces recherches. Elle n'avait pas la possibilité matérielle de tirer Flam d'un mauvais coup. Seule et sans arme, elle comprenait qu'elle n'avait aucune chance. C'était peut-être sans compter sur l'expérience de son ami.

Elle attendit, pendant un laps de temps qui lui sembla interminable, que Flam ressorte avec Didi.

Une petite pluie fine s'était mise à tomber et les feuilles des arbres ruisselaient sur elle. Elle détestait la pluie, à plus forte raison dans un bois, l'humidité la transperçait. Elle n'avait pas pensé à enfiler des bottes en caoutchouc.

Cela faisait plus d'une heure qu'elle attendait ainsi, dégoulinante d'eau et elle n'en pouvait plus, lorsque Didi réapparut et se jeta sur elle, en lui léchant les mains. Comme à son habitude, la chienne avait l'air de bonne humeur et cela réconforta Gladys.

Quelques minutes après, la tête ébouriffée de Flam émergea. À le voir ainsi, sauf, son bonheur était tel, son soulagement si profond qu'elle émit un ouf de satisfaction, en se tenant la poitrine.

Il sortit du soupirail à quatre pattes et s'ébroua, un peu comme l'avait fait Didi. Il cligna des yeux à la lumière du jour, un peu aveuglé.

Gladys s'abreuvait à la tendresse de Flam, rassurée par sa force et son humanisme. Elle comprenait qu'elle avait besoin de sa générosité, de sa patience. Elle s'imaginait une mission auprès de lui...

— On doit y aller. Je te raconterai plus tard. Rentrons !

— Vraiment ! Gladys se retint pour ne pas se jeter à son

cou, d'émotion…

— J'ai faim ! Allons manger ! Tout va bien, s'exclama-t-il.

Flam sentait pourtant soudain son cœur s'emballer, non parce qu'elle le troublait, mais parce que le risque qu'elle avait pris pour lui semblait vouloir dire qu'elle l'appréciait beaucoup.

Il lui prit des mains le détecteur et lui sourit comme soulagé.

— Je commence à y voir plus clair.

Gladys soupira :

— Tant mieux ! Tu me diras ?

16
UNE RÉVÉLATION

La veille, Gladys avait préparé un tourin à la tomate. Flam adorait la soupe. Elle avait cueilli les tomates mûres qui avaient résisté à la chaleur de l'été. Gladys n'avait pas voulu les traiter à la bouillie bordelaise composée de sulfate de cuivre et les pieds de tomates avaient séché. C'était un détail pour elle, elle avait su trouver dans la nature la « ache » et le pourpier sauvages afin de compléter la recette. Les pieds de piment d'Espelette avaient donné abondamment et elle fit, en vitesse, des œufs brouillés aux piments, le temps de réchauffer la soupe.

Flam se taisait, malgré l'impatience de savoir qui tiraillait Gladys. Elle savait qu'il ne fallait pas le brusquer, il raconterait lorsque son estomac serait rempli.

Ce ne fut pas long, car il avait une faim de loup et enfourna son repas en avalant :

— Tu as trouvé long l'attente ?

— Oui, je commençais à me faire du mouron… Alors, qu'as-tu trouvé ?

— Un réseau de souterrains avec quatre petites cellules…

Gladys suspendit la cuillère qu'elle s'apprêtait à porter à sa bouche, attentive :

— Des cellules ? Gladys n'aimait pas lorsque Flam parlait par énigmes.

— Oui, dit-il, des cellules avec menottes, appareils électriques de torture, fouets, caméras, etc.

— Ça alors ?

— Une salle d'informatique climatisée, dernier cri…

En disant cela, Flam souriait mollement, mais une ride creusait son front.

— C'est une affaire inquiétante. On n'est pas armé pour ce genre de chose, tout au moins si la gendarmerie locale se dérobe… et elle se dérobe.

— Alors, qu'est-ce que l'on va faire ? Si tu ne peux rien, va le dire toi-même à la police.

— Franchement, Gladys, je ne peux pas en parler si tôt. Le lieu semble abandonné depuis fort longtemps. C'était une infrastructure, une organisation mafieuse. Peut-être un gang de la prostitution et j'ai, en réfléchissant, une petite idée sur son fonctionnement.

— Eh bien, dit Gladys, en plissant les yeux, qu'as-tu trouvé de plus ?

Il laissa tomber la voix, reprit presque en chuchotant :

— Il faut que tu saches que le souterrain bifurque à gauche et à droite, en deux bras. L'un en direction de notre maison, l'autre en direction de la maison de notre voisin, la vieille pipe de Roger… Il t'a dit qu'il ne côtoyait pas les gens d'en face… Je pense qu'au contraire il sautait sur toutes les saucisses à pattes qui passaient par là…

Gladys eut un mouvement d'épaules. Elle sentit en elle un grand découragement… Elle avait intimement cette sensation d'avoir été pour Roger à la fois une proie et un appât.

— Eh bien, à mon avis, continua Flam, ce souterrain ne date pas d'hier. Il a dû être construit au dix-septième ou dix-huitième siècle… Au moment des guerres ou de la Révolution française… Il doit y un avoir une issue dans notre cave, qui a été comblée.

— Oui, avant que les travaux de rénovation ne démarrent, répondit Gladys, troublée. C'était une sorte de chais et on a retrouvé des barriques sous le hangar dehors.

— Ouais, dit-il avec un accent bonhomme, tout cela est bien joli. Il faut que je sonde le mur de la cave et découvre l'issue du souterrain. Ainsi je parviendrai plus facilement aux lieux délictueux.

— Tu crois que c'est raisonnable ?

— Je veux récupérer le disque dur informatique où sont

stockées les données personnelles, afin de voir ce qu'ils manigançaient. Ils sont partis en catastrophe de là et ils ont laissé un ordi...

— Il va te falloir du gros outillage pour abattre la cloison.

— T'as raison, il va falloir que je m'y mette. J'irai acheter le matériel à Bric-dépôt. L'architecte n'avait rien détecté ?

— Il n'a rien dit. Tu penses qu'il était de mèche avec les anciens propriétaires ?

— Tu m'as dit qu'il les connaissait.

— Je ne sais pas vraiment. Il a paru évasif lorsque je lui en ai parlé...

— Ouais ! Plutôt mystérieux pour un gars qui a dû voir le trou derrière les tonneaux.

— Il était peut-être déjà colmaté ?

Gladys hocha la tête. Elle ne savait plus trop que penser. Flam, au contraire, avec une lucidité un brin cynique dit :

— Tout est possible et rien n'est évident.

Pour l'Asiatique qu'il était, cette entité un peu mystérieuse, lointaine, indéchiffrable était comme un jeu de piste. Ce qui était loin de lui déplaire.

— Je t'ai dit que j'avais rencontré notre voisin ce matin en partant pour la gendarmerie. Il m'a annoncé qu'il partait bientôt pour le Mexique.

Flam la fixa, son visage aigu, tendu :

— Alors, il faut faire vite, sinon il va nous échapper !

17
INSTINCTS DE CHASSEUR

Le soir, dans le lit, Flam ne contrôlait plus ses nerfs mis à dure épreuve. Il fallait qu'il fasse l'amour pour se calmer. Sa main prit donc possession de l'entrejambe de Gladys et ne le quittait plus.

Flam avait glissé deux doigts entre les lèvres ruisselantes à la recherche du délicat bourgeon exhibé et le titillait lentement sans presque bouger les phalanges. Il était si expert à ce petit jeu que Gladys s'émerveillait toujours de son savoir-faire.

Gladys ronronnait de plaisir lorsque celui-ci glissa sous le drap en plaquant son visage dans l'écartement de ses cuisses, faisant l'exploration du sexe béant. Le plaisir irradia en vagues langoureuses le ventre de Gladys et un spasme violent la fit se cabrer.

Flam se dégagea, son corps nu enduit d'huile de monoï glissa sur elle. Incendié par l'érotisme de la scène, il déploya son membre durci.

Il s'enfonça dans un long gémissement en elle qui recommença à onduler des hanches. La main de Gladys dans le creux des reins de Flam le poussait sans cesse en elle. Gladys abandonnée, ne luttait plus contre cette soumission, cette faiblesse de la chair. Elle était seulement désirable.

Ils auraient pu chanter, comme le refrain d'une chanson sur les ondes du radio-réveil : « Dans la vie, ça va, ça vient… ».

Partie de Paris, Julia avait roulé toute la nuit afin d'arriver au plus vite sur les lieux. Flam lui avait fait son rapport, par téléphone, la veille. Elle ne tenait plus en place, elle avait la bougeotte. Il fallait à tout prix qu'elle enquête avec lui sur cette affaire mystérieuse…

En route, le matin, elle avait acheté une perceuse perforeuse professionnelle sans fil dernier cri, dans un supermarché de bricolage. Il ne fallait pas perdre de temps.

Elle réfléchissait : Était-ce une histoire malsaine d'un regroupement spécial d'homos des deux sexes ? Elle n'en était pas sûre, mais avec ce qu'avait révélé la gendarmette à Gladys, probable… Était-ce un lupanar caché avec ces leurres repérés dans les cellules par Flam ? Ça devait être une ambiance de folie, là-dessous !

Elle déroulait le fil de ses déductions, mais avec la fatigue, elle éclata de rire au volant. Elle se trouva idiote, elle secoua le menton. Il faudrait tout de même qu'elle aille se reposer un peu, arrivée à destination… Elle puisait trop dans ses ressources… Et puis, ce comte ? Un ancien avocat. Elle l'imaginait virulent, grand parleur et débatteur, toujours sur le qui-vive. Il ne devait pas rater une occasion de faire des effets de manche, afin de ruiner la plaidoirie de l'adversaire… Ou bien, au contraire, un nul, bègue, fils à papa, sans avenir dans l'avocature…

C'était passionnant de s'imaginer toutes ces choses.

Elle bâilla, harassée… :

Vivement que j'arrive à bon port !

★★★

Vers la moitié de la matinée, Julia arriva donc à la maison.

Flam se mit tout de suite au travail avec le marteau piqueur. Il avait pris le temps de sonder le mur de la cave dès l'aube.

Il y avait bien une partie du mur ouest qui sonnait creux. Les bons usages, il s'en moquait. Il se sentait dans son droit d'accéder à ce souterrain.

Julia s'était étendue sur un vieux canapé afin de se reposer un peu de son trajet de nuit. Avec le bruit infernal du chantier qui remontait de la cave, il lui était impossible de s'endormir, toute la maison tremblait...

— Tu ne crois pas que Flam risque de faire écrouler la maison ? interrogea Gladys, apeurée.

— T'inquiète, il sait ce qu'il fait, répondit Julia, fataliste. Il a dans son pédigrée chromosomique des ascendances de samouraï japonais !

— Véridique ? Il ne m'en a pas parlé !

— Je plaisante ! railla Julia. Mais sache qu'il est prêt à tout ! C'est le péril jaune !

Sur ces entrefaites, Flam ayant fini, remonta fourbu...

Il apparut, comme un fantôme, couvert de poussière et assoiffé, se massant les épaules...

— On boit l'apéro avant d'aller dans les catacombes ? C'est ouf, mais il faut faire la même chose via la sortie chez le séducteur ténébreux... Je dois prendre des forces.

— T'as raison, tout accuse le comte, constata paisiblement Julia.

— Mobile sexuel, également mobile d'argent ? Vous avez raison patronne, c'est sérieux, nota Flam. Vous le savez, on ne sait pas tout.

— Ouais, dit Gladys, tout ça, ce n'est pas de l'eau de roche !

Flam se secoua pour faire tomber la poussière.

— Hé, cria Gladys, la poussière !

Flam sourit.

— T'as raison. Je vais me secouer dehors. Excuse-moi, je suis un mauvais exemple.

— Oui, tu salis tout, dit Gladys avec une pointe d'agacement.

— Notre hypothèse est peut-être fausse, dit Julia avec douceur : c'est peut-être trop simple, le comte assassin. On ne sait même pas s'il sait se servir d'un arc.

Le temps d'aller explorer le souterrain, Julia et Flam laissèrent Gladys seule à déblayer l'entrée du tunnel. Gladys n'en menait pas large. Que devait-elle faire ? Devait-elle avertir Roger de cette irruption intempestive chez lui que projetaient nos deux détectives ?

Dès qu'ils auront fini de perquisitionner le souterrain, Flam va passer à l'action... pensait-elle.

Elle se passa la main dans les cheveux, elle avait l'impression d'être la dernière des imbéciles. Elle n'était pas sûre, jusqu'à présent de s'être rendu compte du sérieux de la situation. Et pourtant… elle avait un pincement au cœur pour ce Roger qui lui avait dit qu'il l'aimait.

Quelle histoire à dormir debout… ça la tourneboulait. Il ne fallait surtout pas qu'elle vende la mèche et sabote le travail de Flam et Julia.

Elle était consciente que ce n'était pas qu'un incident technique. Le sujet, c'était la mort d'une femme et peut-être plus.

Elle réalisait que sans aveux ou preuves, elle serait toujours dans le doute.

— Mon Dieu ! gémit-elle, j'espère que Roger est déjà en partance pour le Mexique !

***

Roger avala une gorgée de champagne brut *Canard-Duchêne*, cela avait pour effet de lui clarifier la voix et surtout les idées.

Il était assis en première classe dans un jet privé qu'il avait pris soin de commander, car il était pressé de partir.

Dans la première tranche de sa vie, à l'adolescence, période où tout est encore flou, il n'avait pourtant pas basculé vers l'homosexualité.

Question de classe sociale ou de hasard, il n'avait jamais rencontré de femme comme Gladys. Même lorsqu'une véritable biche simple et directe comme l'hôtesse de l'air qui le servait, était passée près de lui, il n'avait rien remarqué.

Il s'était ainsi replié sur lui-même. Il avait fait ensuite appel à des cover-girls patentées, ce qui l'avait laissé dominateur et viril.

En effet, pendant une longue période de sa vie, il avait eu du mal à condescendre à considérer son prochain comme un être humain, peut-être à cause de cette éducation à l'hypocrisie bourgeoise dont il avait été l'objet. Il faisait alors la preuve d'un déterminisme social.

Pourtant c'était sans compter sur cette espèce de chaleur humaine irradiante qui le caractérisait. Il était beau, par son regard, par son côté force et muscles. La vie au grand air, les chevauchées dans la pampa mexicaine à rassembler les vaches, l'avaient renforcé.

Il n'avait pas regardé Gladys comme l'on regarde une statue dans un musée… Elle était pimentée et irrésistible.

Il repassait dans sa mémoire la séquence des seins étonnamment développés qui montaient et descendaient devant lui, encore turgescents des caresses qu'il avait prodiguées.

Elle n'était pas comme ces femmes qu'il avait connues, habituées aux réceptions et aux cocktails. Elle était sincère, intelligente et avait un véritable don pour la peinture et la décoration.

Gladys n'avait pas répondu à sa demande, cependant il était obstiné et il ne baisserait pas les bras comme ça. Il lui laisserait le temps.

Le temps pour lui était compté. Des examens médicaux sérieux en Amérique avaient révélé un cancer des poumons à un stade avancé ; il attendait, fataliste, une fin toute proche.

Dans un premier temps, il avait refusé tout traitement de chimiothérapie et maintenant, il revenait sur sa décision… Cette nouvelle rencontre lui redonnait le goût de vivre et de profiter de la présence d'une femme à ses côtés. Ce serait un drame pour lui si elle ne répondait pas à ses attentes. Maintenant, il était urgent qu'il se soigne. Il en était conscient…

Il lui envoya un texto mystérieux en forme de haïku japonais sur son portable. Il voulait célébrer avec elle, la beauté fugace de cet instant de vie qu'ils avaient vécu. Ce sentiment éphémère, mais si fort, qui faisait de lui l'esclave de ses désirs.

18
LES DÉLICES D'UN SOUTERRAIN

Gladys était en train de vider sa quatrième brouette de gravas derrière la maison, lorsqu'elle entendit le bruit d'un moteur de voiture qui s'arrêtait.

Elle ôta en vitesse ses gants de bricoleuse et courut pour atteindre le devant de la maison.

Gladys sentit sa gorge s'assécher lorsqu'elle aperçut la gendarmette qui sortait de la voiture. Elle tenta de remettre ses pensées en ordre. Elle observa la gendarmette qui s'arrangeait la casquette. En fait, dans d'autres circonstances, elle n'aurait pas été impressionnée par elle, mais là c'était bête, elle se sentait coupable... Elle devait cacher son activité...

— Bonjour, que me vaut votre visite ?

Chez toutes les filles, c'est bien connu, il y a toujours une comédienne qui sommeille. Elle n'oubliait pas qu'à quelques mètres sous terre ses deux acolytes étaient censés remonter à la surface et apparaître. Elle mesurait les conséquences de leurs actes. Elle n'avait qu'un souhait, c'était de fausser compagnie à la gendarmette.

— Nous revenons à la suite de votre déposition. Je pense qu'il y a du grain à moudre dans cette anicroche.

— Ça ne me dit vraiment rien, chuchota Gladys.

— Vous m'avez laissé penser que vous étiez dans le collimateur de quelqu'un ?

Gladys la jaugea à nouveau et feignit l'hésitation, elle attendait la suite...

— Voilà, nous pensons avoir retrouvé l'homme que

fréquentait la victime de l'incendie.

— Ce fameux Chassagne ?

— Vous avez une mémoire d'éléphant pour vous rappeler du nom.

— Ce nom m'avait frappé, alors je me le suis rappelé.

La gendarmette se racla la gorge.

— C'est un gars du milieu et l'on se demande ce qu'il pouvait faire dans un trou pareil. Il ne devait pas plaire aux gens d'ici !

— C'est très intéressant. Vous m'avez dit qu'il était garde du corps des propriétaires d'ici…

— C'est exact, il excellait dans le maniement de l'arbalète. Un ancien sportif de haut niveau.

— C'est donc pour cette raison qu'il était recruté ? Gladys adressa une moue mi-fâchée, mi-ironique à la gendarmette qui acquiesça.

— C'est ça ! Je venais vous rassurer en vous disant qu'on l'avait retrouvé en Catalogne. Il est sous le coup d'un mandat d'arrêt international. L'autorité judiciaire a fait une demande de remise…

— Vous pensez que c'est lui qui a tenté de nous intimider ?

— Je l'espère, car il est très adroit. Il se sert aussi d'une fronde avec dextérité. Vous n'avez pas retrouvé d'impact de balle ?

— Non… Nous n'avions pas pensé à ce procédé. Je vous remercie beaucoup d'être venue me rassurer.

— Bien, à présent, vous n'aurez plus d'ennui.

La gendarmette avait clamé cela presque en chantant, en regagnant sans tarder son véhicule de service. Elle démarra en trombe, Gladys lui adressant un sourire de soulagement.

Non seulement elle était rassurée par la nouvelle, mais aussi parce que Flam et Julia ne s'étaient pas montrés pendant cette visite impromptue. Ç'aurait été un désastre !

★★★

Flam apparut dans l'encadrement de la porte du chai :

— Merde ! Qu'est-ce que la poulaille faisait ici ?

— Tu ne t'en doutes pas un peu, non ?

Julia se sentait aussi mal à l'aise. Elle fixait Gladys de son regard impérieux. Elle pensait : pourvu qu'ils ne se doutent de rien !

Gladys fit la grimace… puis se mit à rire aux éclats.

— Bande de froussards ! Elle ne se doute de rien. Elle est clairement venue pour me tranquilliser. Ils ont retrouvé la trace de Chassagne.

— Comme je le craignais, ils ont été plus rapides que nous… dit Julia, avec un large sourire, à présent détendue. On a eu chaud !

— C'est parfait, au contraire, répondit Gladys. Je n'aurais pas aimé me retrouver en tête à tête avec lui !

— À propos, dit Flam, nous avons rapporté le disque dur de l'ordinateur laissé pour compte dans la grande salle informatique. Julia va le décoder et voir ce qu'il a dans le ventre.

Julia donna un baiser à Gladys.

— Au fond, je suis moi-même soulagée. C'est chouette que la fliquette t'ait tenue au courant. Ne nous tracassons plus pour la suite…

★★★

Flam repartit dans le bois presque aussitôt avec le détecteur de métaux.

Il voulait avant que la nuit le surprenne, examiner autour de la zone où, auparavant, était stationné le véhicule de la victime.

Le terrain avait été foulé par divers afflux de promeneurs, d'amoureux, de chasseurs, de chercheurs de champignons, etc.

Ce n'était pas évident de trouver quelque chose d'important, car le détecteur s'affolait sur des canettes de bière en métal, des capsules et tout un tas de ferraille sans valeur. Il n'arrêtait pas de biper et Flam se disait qu'un grand nettoyage de cette déchetterie, au grand jour, ne serait pas du luxe.

Il fut attiré par un sac poubelle en plastique noir qui semblait avoir été à demi enterré et lorsqu'il approcha le détecteur, celui-ci s'affola davantage.

Il ouvrit avec précaution le sac et découvrit un tas de

vêtements de femme comme un pantalon en jean, un chemisier et des sous-vêtements : soutien-gorge et culotte. Au fond du sac en plastique, une sacoche de femme, en cuir noir.

Flam siffla de plaisir, il était content, il semblait qu'il avait trouvé ce qu'il cherchait...

Il découvrit un petit répertoire manuscrit, , au nom de Carol, rempli de noms et d'adresses, très utile pour quelqu'un qui perd son portable. Un cœur rouge dessiné, un peu enfantin, décorait la couverture. Sur les dernières pages, des relevés de compte manuscrits indiquaient sa disposition à recevoir des sommes en liquide.

C'était un trousseau de clefs qui avait fait biper l'appareil. Nul doute que c'étaient les clefs de l'appartement de la mère de la jeune femme... Un rouge à lèvres grenat et un nécessaire à maquillage miniature, un paquet de lingettes.

Flam pensa que c'était indispensable pour une petite rincette après l'acte... Malheureusement, pas de portable en vue !

Il était dépité, car le portable de la victime serait un indice primordial pour l'enquête. Il fallait qu'il ratisse encore davantage les alentours de cette décharge sauvage.

Il spéculait sur le travail informatique de Julia. Dès qu'elle aura analysé le disque dur, ils détermineront le profil comportemental et psychologique des suspects. Ensuite, ils s'étaient mis tous deux d'accord pour rapporter toutes ces preuves à la criminelle. Ils envisageaient de se faire missionner par un juge, afin de réaliser un coaching avec la police. Ils feront subséquemment partie de l'enquête en tant que profileurs.

Flam trompait son monde sous ses airs discrets. Il avait obtenu un doctorat en psychologie. Il était également à même de maîtriser impeccablement le droit criminel. En ce sens, il était capable de mener la vie dure aux criminels du vice, grâce à son action discrète et rapide.

Si c'était bien ce Chassagne qui avait exécuté un contrat afin de tuer cette jeune femme, tous les trois le confondraient... puis remonteraient à son donneur d'ordre.

Ils auront alors assez récolté d'indices pour réaliser une

ébauche de ces meurtriers.

La somme des preuves les enverra devant la justice pour des mises en examen. Si les preuves et témoignages sont confondants, ils seront jugés et mis en prison.

Sous le poids de tant de responsabilités, il haussa les épaules. Il se faisait tard… il reviendrait demain…

19
LE PIÈGE

Lorsque Roger descendit de l'avion à Barcelone avec sous le bras un attaché-case, il était manifestement dans un état d'ivresse fort avancé... Pendant tout le trajet, il avait bu son champagne avec une sorte d'avidité, comme s'il voulait oublier tout ce qui l'entourait en se réfugiant dans l'alcool.

Arrivé au terminal, soudain il s'immobilisa, tandis qu'une expression d'inquiétude se lisait sur son visage.

L'homme qui venait de faire son apparition dans l'aérogare avait les traits de Chassagne. Il portait un sweat-shirt à capuche, à l'effigie du Barça. Il était de grande taille, à l'allure sportive.

— Bonjour, Monsieur le Comte, dit Chassagne en braquant sur lui un regard à faire peur.

— L'autre le fixa, stupéfait.

— Mais..., parvint-il à balbutier, vous deviez m'attendre à l'hôtel ?

Chassagne hocha la tête, il était trop calme, ses yeux étaient froids et durs, comme lorsqu'il s'apprêtait à tuer.

De la musique lénifiante de jazz jaillissait des haut-parleurs de l'aérogare.

— Je suis votre exterminateur et je suis venu vous demander des comptes.

— Où est Carol ? questionna Roger.

— Elle est morte et incinérée. Une seule flèche a suffi, une flèche en plein cœur...

Il eut un rire bref.

— Vous ne savez pas ce qu'est un cœur, n'est-ce pas ?

Il permet de vivre, mais aussi d'aimer, dit-on… On dit aussi « mourir d'amour ». C'est ainsi qu'ont péri José, l'ancien propriétaire de la maison aux partouzes, et Mauricette, devenue une putain respectable… Suivez-moi, car c'est ainsi que vous allez mourir.

— Non ! hurla soudain Roger, pas moi ! Je n'ai rien fait, moi… Je ne suis au courant de rien…

Bien qu'il y eût du brouhaha dans l'aéroport, certaines personnes se retournèrent pour regarder de leur côté.

Chassagne saisit aussitôt le bras de Roger.

— Tais-toi, suis-moi, salopard ! Si, tu es responsable ! Tu as accepté de venir ici, tant pis pour toi. Si tu ne payes pas, tu vas souffrir.

Roger songeait qu'il fallait qu'il tente quelque chose… Il ne s'était pas imaginé que cela allait mal tourner dès le début de la rencontre. Heureusement qu'il avait son révolver sur lui.

— Je me sens mal, je crois que j'ai trop bu dans l'avion… Je dois aller aux toilettes.

— On n'a pas le temps… Suis-moi !

Chassagne le poussait vers la sortie de l'aéroport en lui parlant doucement à l'oreille.

— Vous vous souvenez, mon cher comte ? Ils étaient quatre… J'en ai tué trois en direct. Vous me devez beaucoup d'argent, car sans argent on ne parvient pas à acheter sa liberté et des complicités pour disparaître…

Chassagne eut un rire ironique :

— Et la plus précieuse des complicités, je l'avais trouvé en la personne de Carol. Elle m'a été utile, beaucoup plus que vous le prévoyiez, vous et vos acolytes. Malheureusement, elle a voulu être trop gourmande. Elle a fait cavalier seul. Elle vous faisait chanter et j'ai dû vous en débarrasser.

Roger hocha la tête. Il réfléchissait, son cerveau turbinait à toute vitesse. Chassagne avait fait signe à un taxi qui venait de s'arrêter.

Il fallait qu'il tente quelque chose d'autre… n'importe quoi, mais quelque chose qui permette de gagner du temps.

— J'en ai marre ! s'exclama-t-il. Moi je n'y comprends rien, à votre histoire… J'étais leur avocat et on m'invitait aux partouzes… et maintenant, après le chantage de Carol, je me retrouve à nouveau menacé de mort ! C'est un comble… Je n'ai rien organisé avec eux… Je n'ai pas demandé qu'on les tue… Et puis, si je ne vais pas aux toilettes, je vais dégobiller dans le taxi !

Roger fit demi-tour pour rentrer de nouveau dans le hall de l'aérogare. Les w.c. étaient à côté de la sortie et Chassagne n'eut pas d'autre solution que d'être entraîné à sa suite à pas de géant. Ce n'était pas sans rechigner :

— Faites vite. Vous me faites perdre un temps précieux… J'attends après mon pognon pour partir loin d'ici. Ça fait des jours que j'attends ! N'allez pas croire que vous allez vous enfuir ?

Roger s'engouffra dans les toilettes hommes qui étaient libres et mit sa tête sous le robinet. Chassagne en profita pour aller aux urinoirs, à côté. Roger profita des quelques minutes où Chassagne lui tournait le dos pour pisser…

Il plongea immédiatement la main dans sa ceinture et en sortit un petit automatique. À l'instar du héros de la série *Au nom de la loi,* Josh Randall qui tirait plus vite que son ombre ; il ouvrit le feu.

Sans hésiter, il visa Chassagne et appuya sur la détente… Trois décharges : l'une à la tête, l'autre entre les omoplates, et la troisième dans les reins. Il avait détaché de son poignet son attaché-case pour tirer au travers et ainsi amortir le bruit des détonations, tel un silencieux. Il avait pris soin de bourrer l'attaché-case de journaux avant de partir de chez lui. Il se doutait du traquenard.

Il comptait se débarrasser de ce dangereux individu qui lui réclamait le prix de son travail de liquidateur.

Chassagne tourna sur lui-même, la main toujours sur son sexe, une expression d'incrédulité sur le visage qui se teintait de rouge. Le sang giclait sur la faïence blanche de l'urinoir.

Roger ne perdit pas de temps à fixer le cadavre. Il s'enfuit à toutes jambes après avoir jeté l'attaché-case. Les toilettes sentaient la poudre et le sang.

Personne n'avait rien remarqué, les décibels assourdissant des avions qui décollaient et la musique ambiante avaient couvert les éclats de l'arme. Son jet privé l'attendait sur le tarmac, il pouvait repartir aussitôt…

20

UN TISSU DE MENSONGES

Nos trois détectives pouvaient à présent remonter la piste des lascars qui avaient habité précédemment leur maison.

Ils pouvaient tourner autour de cette espèce de tissu tressé qu'était l'énigme et tirer grâce au disque dur de l'ordinateur, un fil qui défaisait le tissu.

Ils entrevoyaient les personnages, leurs motivations, leurs activités illégales. Enfin, ils pouvaient imaginer quel était leur petit commerce…

Sans aucun doute, un commerce orgiaque plutôt lucratif. Ça devait faire un bail que tout avait commencé, car il y avait du monde qui était convié.

Ça grouillait là-dessous. Un bel état d'esprit ! Ils faisaient bon marché de la vie humaine.

Dans chaque cellule, les scènes de viols et d'échangismes se succédaient, devant un public de voyeurs et d'exhibitionnistes. De vieux messieurs aux cheveux blancs, peut-être des notables fortunés, servaient de monture à des demoiselles qui ne devaient pas dépasser les quatorze ans. Mais la plupart des participants étaient masqués. On ne pouvait pas savoir de qui il s'agissait…

Gladys, elle, savait… Elle avait reconnu un homme nu, entravé à une roue par des chaînes qu'une amazone bardée de cuir flagellait. Il avait beau être masqué, ses tatouages le trahissaient. Elle reconnut l'aigle noir enserrant dans ses griffes une flèche qui décorait son torse. Un magnifique tatouage très artistique qu'elle avait vu sur le torse de

Roger lors de l'épisode de la piscine.

Prestement, son pseudo bourreau jetait sa cravache, refermait sa main sur la virilité de l'homme distendue, pour se caresser, avec une technique qui dénotait une grande pratique. On la voyait se presser contre lui. Alors il se mettait à aller et venir à un rythme lent, pénétrant de plus en plus avant dans le corps offert.

Gladys ne put plus longtemps soutenir du regard cette scène qui lui parut interminable.

Ils avaient l'air d'être plongés dans un monde d'extase sans fin. Elle eut un petit rire amer, offusquée.

— Je crois que je vais aller préparer le repas !

Elle sortit à reculons du bureau, comme le font les écrevisses. Réfugiée à présent dans la cuisine, elle se mit à pleurer. Elle avait sur le cœur un poids, comme un sac de pierres.

Elle avait feint devant eux d'être insensible à tout ça, de considérer que cela faisait partie d'un autre monde. Un monde de plaisir dont le Divin Marquis se serait délecté… Au fond d'elle-même, elle constatait qu'elle avait eu affaire à un menteur patenté, elle était très déçue…

Avec son assurance naturelle, il lui avait dit qu'il s'était reconverti en un éleveur notable au-dessus de tout soupçon…

De préférence, il lui semblait qu'au vu de ces fameux tournages, sa reconversion était tout à fait réussie dans la pornographie.

— La rumeur publique ne s'était pas trompée, poursuivit Julia. D'après les gendarmes, on prétendait dans les environs qu'ils invitaient des putes à venir se livrer à des jeux qui n'ont rien d'innocent.

Flam hocha la tête.

— Eh bien, voilà des choses fort édifiantes ! Ces petits scénarios d'amateurs vérifient le bien-fondé de toutes ces rumeurs. De toutes les façons on avait bien compris avec le décorum du labyrinthe !

Ils visionnèrent l'une après l'autre toutes les saynètes jusqu'à la dernière.

— Édifiante, la dernière… dit Flam en se retournant pour parler à Gladys.

Mais elle avait fui en catimini, sans qu'ils s'en rendent

compte, tant ils étaient concentrés sur ce qu'ils visionnaient.

— Oui, édifiant n'est pas un moindre mot ! répondit à sa place Julia.

— Si tu as compris comme moi, la nana que l'on voit courir nue dans la forêt et qui se sauve, c'est Carol ! Elle avait dû tomber sous la coupe de ces partouzeurs qui s'en sont débarrassé...

— Peut-être une histoire de chantage ?

— Ouais ! C'est possible... Faut pas non plus mépriser ce Chassagne. Il se peut que ce soit lui qui filmait la scène de la poursuite dans le bois ?

— Tout le monde a sa part d'ombre, mais ce Chassagne, il en a une sacrée couche !

Tous deux éclatèrent de rire. La pression diminuait.

— Faut arrêter ! Pitié, j'en peux plus ! s'exclama Julia.

— Oui ! Je fais un transfert des documents sur une clef USB. Je pense qu'il va y avoir des réticences pour les investigations s'ils mettent à jour un réseau de pédophilie où sont mouillés des notables locaux. Malgré tout, demain, nous irons voir les gendarmes avec notre découverte, proposa Flam en se frottant les yeux.

— Ça ne va pas être une mince affaire de découvrir les identités des participants. Ce sont des pratiques SM qui peuvent déraper, répondit Julia.

— T'as raison ! C'était un lieu privé et secret qui touchait au milieu de la prostitution...

— Ça sera la loi du silence.

La journée avait été bien remplie. Ils avaient eu le flair qu'ont de grands policiers. Ils exigeaient la vérité, mais il resterait toujours une part de mystère.

★★★

Flam et Julia s'étaient mis d'accord pour porter le dossier à la crim...

Ils faisaient partie de ce genre de personnes qui ne bluffent jamais sans nécessité, parce qu'ils faisaient le poids, tout naturellement. Et surtout parce qu'ils étaient animés par une fierté sentencieuse, comme celle des matadors dans les corridas.

Une fierté ou plus fort encore, un orgueil…

Ils calculaient comment présenter toutes ces révélations sans écorner leurs réputations.

— En tout cas, il va falloir défendre cette maison comme une place forte, dit Julia… On risque d'avoir tous les agités de la crim au sous-sol. On ne sera plus chez nous.

— T'as raison, c'est nous qui allons en faire les frais ! Faut réfléchir ! lâcha Gladys, pas convaincue par la décision des deux autres de révéler ce qu'ils avaient découvert.

— Faut bousiller tout ce beau monde ! proclama Flam en s'enfilant l'un après l'autre, deux verres de *Ricard* presque sans eau.

— Si tu continues à t'envoyer derrière la cravate des apéros pendant tout le repas, dit Julia, tu vas clignoter comme un phare dans la tempête.

Gladys se dérida en entendant ces paroles. Elle qui regardait ailleurs pendant le repas, parce qu'elle avait peur qu'on devine qu'elle avait un secret, se mit à rire. Son cœur s'apaisait à constater comment Flam et Julia prenaient la vie avec optimisme.

Si elle revoyait Roger, elle lui cracherait à la figure.

— Vous avez une idée pour le Roger de la lettre ? dit-elle.

— Non. Flam l'observa, méditatif, puis il lui rendit son regard avec la plus totale considération.

— La nuit porte conseil, on n'en est pas à un jour près… Ce comte me préoccupe. Il y a des scènes tournées dans un salon. Demain, on défoncera la porte qui donne chez lui et qui n'est que fermée à clef. Tu es sûre qu'il est absent ?

— Ça se peut qu'il soit en cavale ? suggéra Julia.

— C'est entendu, pensa Flam. Nous irons voir demain !

21
BATTEMENTS DE CŒUR

Gladys n'arrivait pas à trouver le sommeil. Elle se glissa hors du lit et alla jusqu'à la cuisine se faire chauffer un verre de lait.

Elle sortit sur la terrasse avec son lait chaud pour respirer. Elle s'effondra, le cœur serré, sur un vieux canapé défoncé qui avait dû appartenir aux anciens propriétaires et qui était resté là, pour être mis plus tard aux encombrants.

Son angoisse s'accrut lorsqu'elle aperçut au loin, dans la direction de la maison de Roger, les phares d'une voiture. Elle se secoua et regarda l'heure sur son portable, trois heures moins le quart. Il fallait qu'elle y aille. Si Roger était revenu, elle était curieuse de connaître ce qu'il allait lui dire…

Elle passa sur sa nuisette un déshabillé en soie rouge, orné de motifs chinois que Flam lui avait offert et enfourcha illico sa bicyclette. Elle pédala en direction de la maison de son voisin.

Coûte que coûte, elle voulait connaître la vérité.

Les roues de son vélo crissèrent sur le gravier, pouvant annoncer ainsi à Roger sa venue. Elle avait la gorge serrée lorsqu'elle gravit les marches du perron. Sa décision était prise, il fallait qu'il parle.

Elle entrouvrit la porte. La maison était silencieuse, mais la lumière éclatante du lustre en cristal de l'entrée éclairait jusqu'au salon. Gladys jeta un coup d'œil, Roger s'y tenait couché dans la pénombre, sur un canapé, sirotant un verre de champagne.

Elle avança droit sur lui, échevelée par sa course, en ayant la certitude qu'elle aurait gain de cause.

Il tourna la tête et lui dit, tout à fait serein, d'un ton caressant :

— Tu n'arrives pas à dormir ? Viens boire un verre !

Consciente que sa voix n'était pas normale, la bouche amère, Gladys s'approcha en le regardant dans les yeux.

— Ça suffit, fit-elle. Tu dois passer aux aveux !

Roger, surpris, se souleva sur un coude. Il lui montra une place à côté de lui en tapotant l'assise afin qu'elle s'asseye.

— Quel ton inquiétant ! Tu as tes ragnagnas ?

Maintenant le contexte était différent, son ton ironique ne convenait pas à ce qu'elle devait lui annoncer. Elle intervenait directement dans une affaire importante pour lui. Dans une attitude de dénégation, elle resta face à lui, debout...

Son déshabillé s'était entrouvert, sa nuisette transparente laissait jaillir ses seins et son sombre buisson. Sa dégaine était tout à fait sommaire, mais dégageant une attraction incroyablement sulfureuse.

Elle essaya de refermer le peignoir en serrant la ceinture lorsqu'elle croisa le regard de Roger.

Les yeux bleus de Roger ne cillèrent pas, comme s'il se moquait d'elle et de son emportement. Il sentait qu'il allait avoir une érection de maréchal, toute sa fatigue envolée.

— OK, dit-il. Tu as les cartes en main. Qu'est-ce que tu veux savoir ?

— Mes amis et moi-même avons découvert le souterrain où vous pratiquiez vos orgies.

— Mes orgies ?

— Oui. Vous ne pouvez plus nier vos agissements avec vos voisins... Je vous ai reconnu... Et puis, ce n'est pas tout, mes amis ne savent pas que je vous ai reconnu, je suis dans une foutue merde à cause de vous. Qu'est-ce que vous avez l'intention de faire ?

Roger lui adressa un regard glacial, un peu méprisant.

— Rien, fit-il. Je ne peux rien modifier.

Gladys avait les nerfs solides, mais là, c'était vraiment trop. Il se moquait d'elle, elle explosa :

— Vous êtes un fieffé menteur, un salopard !

Roger ne se laissa pas troubler.

— OK ! Calme-toi, viens t'asseoir près de moi… Je vais t'expliquer…

Brusquement, il se leva à demi et lui enserra le poignet afin de la tirer près de lui. Elle résista un peu, mais ne put rien faire contre la force de Roger. Elle s'assit tout contre lui.

— Bois un verre, lui dit-il, sans lâcher son poignet.

— Vous me faites mal !

— Pardonne-moi, mais il faut que tu sois tout à fait détendue !

Il fallait que les résolutions de Gladys vacillent. Roger avait certes raison de calmer sa colère. À l'intérieur, c'était un vrai volcan…

— Pourquoi es-tu sûre que c'est moi ?

— Je t'ai reconnu à ton tatouage. L'aigle enserrant une flèche.

— En effet, ce tatouage, je ne suis pas le seul à le porter. As-tu bien regardé la flèche ?

— Je n'ai pas fait attention.

— Et bien, lui dit-il en défaisant sa chemise… regarde ma flèche !

— Je ne vois pas ce que tu veux me dire. Je vois une flèche, un point s'est tout !

— Eh bien tu regarderas celle du gars qui était dans les sous-sols. Sa flèche est brisée, affirma Roger.

— Comment tu sais ça ?

— Parce que celui qui la porte est mon frère jumeau !

La cuisse de Gladys était contre celle de Roger qui se demandait à présent s'il n'allait pas la sauter séance tenante.

L'atmosphère n'était pas encore assez sereine et Roger laissa s'écouler quelques minutes, en invitant Gladys à absorber le liquide pétillant. Il prévoyait qu'elle allait maintenant se détendre un peu.

— Tout va très bien se passer pour toi et pour moi ! Mon frère, à présent, est au Mexique, dans notre ranch, à l'abri de ses ennemis.

— Comment ça ?

— Il était embarqué dans une mission pour la CIA, afin

d'infiltrer une grosse affaire de transport d'héroïne et de narcotiques depuis un laboratoire clandestin au Mexique. Il était venu en France afin de découvrir l'organisation qui écoulait la marchandise. Nos chers voisins étaient de ceux qui blanchissaient l'argent de la drogue. Les partouzes et les jeux n'étaient qu'une couverture. Il s'est infiltré intentionnellement dans leur souricière…

Roger se rendait compte qu'il était en train de révéler à Gladys des secrets. Mais après tout, Gladys était une partenaire maintenant qui n'allait sûrement pas le dénoncer.

— Je n'ai rien à voir avec la drogue ni les partouzes qui se faisaient à ce moment-là. J'étais au Mexique, moi-même jouant le rôle de mon frère sur place afin de ne pas éveiller les soupçons. C'était risqué, je me faisais passer pour lui là-bas et lui démontait le réseau français en se faisant passer pour moi. Personne ne se doutait que nous étions deux.

— Ton frère faisait semblant de marcher dans la combine ?

— Oui, il participait aux ébats pour être au-dessus de tout soupçon. Tu sais, il est célibataire et vacciné ! Il jouait à la roulette russe avec sa peau. Il a failli se faire liquider.

— Par Chassagne ?

— Comment tu sais ça ?

— Mes amis sont enquêteurs et décidés à retrouver le meurtrier de la fille immolée.

— Et ils ont compris que c'était ce Chassagne ?

— Oui. Je respire mieux avec ce que tu me révèles.

— Ils ne doivent rien dire… La plus grande prudence s'impose. La crim est au courant de tout. Demain j'irai les trouver, c'est moi qui les payerai.

— Je dois les convaincre de ne rien dire, alors ?

— Oui, tout va bien se passer. Tu sais, aujourd'hui j'ai résolu le problème de Chassagne. Tu dois me faire confiance. Je t'aime…

Gladys sourit, elle se frotta doucement contre Roger qui glissa sa langue entre les lèvres qui s'entrouvraient. Son bassin donnait de petits à-coups, à la façon d'une chatte réceptive aux caresses. Puis, il entreprit de se déshabiller, dézippant la fermeture éclair de son jean. Les doigts de

Roger pincèrent la poitrine de Gladys, agaçant ses mamelons, relayés par sa bouche.

Gladys poussait de petits soupirs, maintenant enhardie, massant doucement la virilité de Roger. La poussée d'adrénaline qu'il avait déjà ressentie tout à l'heure allait calmer la rage qu'avait eue Gladys contre lui.

Le ventre nu de Gladys se colla au sexe de Roger, ses bonnes résolutions fondant comme neige au soleil. Le magnétisme sexuel de Roger agissait comme les autres fois sur elle.

Au-dessus d'eux, leurs cœurs unis étaient leur ciel…

★★★

Après avoir terminé leurs ébats, ils se regardèrent quelques secondes en silence, ne sachant quoi se dire.

— Qu'est-ce qu'il y a ? demanda-t-elle.

— Tu dois, toi aussi, me dire la vérité ! fit-il, avec une sorte de malice non dissimulée.

Elle nota qu'il était très perspicace comme s'ils se connaissaient depuis longtemps.

— Oui, j'ai un homme dans ma vie, murmura-t-elle. Tu t'en doutais ?

Nouveau sourire, encore plus provocant de Roger. Ce n'était pas une déception d'amour-propre pour lui, il ne croyait plus depuis longtemps aux contes de fées.

— Bien sûr, précisa-t-il, je suis moi-même un peu fouineur. Je n'ai jamais pensé que tu étais seule. Mais je suis heureux de t'avoir accueillie comme si tu l'étais. Tu ne dois avoir aucune crainte vis-à-vis de moi, je ne suis pas un homme possessif.

Gladys eut un rire léger, et recroisa les pans de son déshabillé avec un froissement de soie agaçant.

— Tu penses toujours m'emmener au Mexique ? demanda-t-elle mi-figue, mi-raisin.

— Non, vois-tu, je suis conscient que tu ne me suivras pas.

— Alors, quand pars-tu ?

— Dès que j'aurai solutionné cette histoire avec tes deux acolytes. Je vais régler l'affaire moi-même.

Roger pensait que c'était rageant de se quitter ainsi.

Mais au fond, malgré sa résignation morose, il ne voulait pas lui révéler sa maladie. Il ne voulait pas voir de pitié dans les yeux de Gladys.

★★★

Flam et Julia ne résisteraient pas à l'attrait des cinquante mille euros que Roger leur promettrait demain… pour leur silence.

Le petit jour se levait lorsque Gladys revint en pédalant comme un automate. Elle n'avait jamais été aussi bien dans sa peau. Pas de remords, à part peut-être un goût amer dans le cœur, mais en paix avec elle-même.

Elle tourna doucement la poignée de la porte, pas un bruit, la maisonnée était endormie. Elle monta directement à la salle d'eau afin de se doucher. Elle jeta sa nuisette et sa robe de chambre dans le panier de linge sale.

Elle rejoignit Flam dans son lit. Il allait se réveiller bientôt.

Son corps brûlant de la douche chaude, elle s'endormit sur le champ avec de petits soupirs et de brusques sursauts comme une chatte qui rêve.

Lorsqu'elle se réveillera, il faudra qu'elle prépare le déjeuner.

Dorénavant, rien ni personne ne la surprendra, comme dans la chanson, elle « déjeunera en paix ».

Roger ne tardera pas…

22

IRRUPTION DANS UNE DRÔLE DE RÉALITÉ

Flam se réveilla quelques minutes plus tard en bâillant, bien décidé à ce que l'idée qui trottait dans sa tête depuis hier, prenne forme.

Il fallait qu'il s'introduise chez le comte. S'il était là, il devait savoir peut-être des choses. Et il était éventuellement possible de les lui soustraire.

Il sortit sans bruit de la chambre. Alors, dans sa petite tête de mule, bien qu'il se soit dit que souvent les choses sont simples… Il prit soin de se munir de son révolver. Il ne prit pas la peine de déjeuner, il vola simplement une pomme dans le compotier, en passant par la cuisine.

Dix minutes plus tard, il ouvrait précautionneusement la lourde porte de l'accès au souterrain qui menait à la maison de Roger. Il se tripatouilla les cheveux avec inquiétude.

Ça sentait le moisi, la crasse, la vinasse. C'était comme chez eux, une cave à vin. Une descente de tuyaux de cuisine jouait à la trompette bouchée derrière les rayonnages de bouteilles poussiéreuses.

Flam, dans une clarté opaque, évita un chat noir qui avait entrepris de le prendre pour point de chute. En effet, il sauta d'un bond, depuis le vasistas entrouvert, côté jardin. Flam qui ne s'y attendait pas, tressaillit, plus surpris qu'apeuré.

Les battements de son cœur se calmèrent dans la seconde et il entreprit de continuer sa progression dans la pénombre. Le chat avait disparu, il y avait donc une issue ouverte à cette cave.

Malgré tout, il se sentit un peu désemparé lorsqu'il atteignit une grille en fer forgé. Il souleva le loquet et fut soulagé de voir qu'elle n'était pas fermée par un cadenas. Maintenant, il lui était possible de remonter l'escalier intérieur et de visiter la maison.

Lorsqu'il ouvrit furtivement la porte en haut de l'escalier, il prit quand même le temps de s'éponger le front avec un kleenex.

Il examina la pièce, c'était l'entrée. Il fut surpris de constater que le lustre en cristal était allumé.

Il plongea la main dans sa poche et en sortit la lettre qu'il avait trouvée dans la voiture. Elle était signée d'un certain Roger. Il prévoyait de trouver des papiers administratifs, un journal ou autre, qui authentifieraient l'écriture du comte. Tout s'éclairerait avec netteté alors.

Par routine professionnelle, il entreprit de visiter, le cœur de nouveau battant, les pièces de la maison. Il fallait qu'il trouve le bureau.

Il n'avait rien pour justifier ce qu'il faisait en toute illégalité puisqu'il n'avait pas de mandat de perquisition.

Il parcourut du regard le salon situé à l'est et qui maintenant était baigné de lumière, exposé au soleil levant. Un désordre de verres renversés sur la table basse, des débris de verre sur le sol, donnaient à supposer qu'il y avait eu une rixe.

Flam n'avait pas besoin de lexique pour comprendre qu'il y avait eu du rififi cette nuit-là. Le comte devait se trouver dans les lieux.

Les coussins du canapé traînaient par terre et le chat noir se léchait les pattes sur un fauteuil recouvert de velours rouge. Flam ne put s'empêcher de prendre une photo avec son smartphone, tant la scène était romantique.

Il poursuivit sereinement son avancée vers une double porte en bois entrouverte au fond du salon. Ça devait être la bibliothèque qui faisait office de bureau…

Il ouvrit avec précaution la porte qui grinça un peu, ce qui le fit frémir.

Mais cela n'était rien en comparaison de l'effet que lui fit la découverte de la scène macabre, devant lui. Pourtant, il avait l'habitude de ce genre de spectacles.

Un corps accroupi, sans tête, se trouvait au milieu de la pièce. Les deux hémisphères du cerveau éparpillés par terre devant lui dans une mare de sang…

Les mascarades d'Halloween n'arrivaient pas à la cheville de ce tableau monstrueux.

Flam resta un instant sans bouger, la stupeur le paralysant.

Son regard embrassa la pièce, point d'arme à côté du corps…

Cependant, il reprit vite ses esprits, car il entendit un bruit de sabots qui venait du dehors. Sans doute le palefrenier qui arrivait avec la jument du comte pour sa balade matinale journalière.

Il alla jusqu'au bureau en faisant attention de ne pas marcher dans la flaque de sang. Il fut troublé de trouver, jetée sur le sous-main, une enveloppe kraft où il lut : « À l'attention de mes voisins de la Butte »…

Il s'empara donc de l'enveloppe sans autre réflexion. À croire que le comte prévoyait sa visite avant de se suicider, mais avec quelle arme ?

Il déroba aussi une sorte de calepin noir qui semblait être un journal.

Il repartit à reculons en faisant bien attention à ne rien toucher. Il arpenta les derniers mètres jusqu'au sous-sol dans une sorte de léthargie, comme un zombie. Il récupéra enfin toute sa lucidité dans la cave de leur maison, sans pour autant se souvenir du chemin parcouru.

Julia attendait son retour à l'entrée de leur cave. Elle vit, au teint de Flam qui avait viré au verdâtre, qu'il était désorienté.

Flam lui donna l'enveloppe d'une main tremblante, en lui disant, non sans ironie :

— Des nouvelles d'outre-tombe !

— Comment ça ?

— Eh bien, tu n'as qu'à l'ouvrir !

Julia découvrit un chèque de cinquante mille euros, signé de la main du comte. L'ordre n'était pas rempli. Il était écrit sur un petit morceau de papier déchiré dans une portée de musique : « … ceci en remboursement des frais d'emmurement du souterrain avec ses fantômes… Merci pour votre silence. »

— Pas de signature sur le mot... Il t'a parlé ? dit Julia interloquée.

— Je ne saurai jamais comment était le son de sa voix. Il n'a plus de tête...

— Il faut remonter, tu dois déjeuner. Tu nous raconteras tout ça plus tard.

— Il faut réfléchir, car les flics ne vont pas être longs à examiner le corps.

Pendant le déjeuner, Flam resta silencieux comme un sphinx.

— Pas banal... pour un suicidé ?

Son esprit travaillait à deux cents pour cent à la seconde.

Ce mot et ce chèque c'étaient du bidon, l'encaisser c'était s'accuser d'un crime. La gendarmerie ou la police remonteraient très vite jusqu'à eux.

— Je suis arrivé à temps pour trouver cette enveloppe. J'ai cru, sur le moment, que c'était un suicide... Cette enveloppe et ce mot ont été rédigés afin de nous faire porter le chapeau. Faire croire à un chantage, tout est possible, observa Flam.

— C'est donc un crime. C'est bel et bien une évidence, soupira Julia en se faisant craquer les jointures des doigts.

— C'est regrettable, dit Gladys en s'asseyant lentement à table.

Elle regardait le chèque posé sur la table d'un papillonnement de paupières :

— Le ou les criminels nous ont dans le collimateur, dit-elle.

Ses yeux se portèrent sur le calepin. Qu'est-ce que c'est ?

— Ah oui ! Je l'ai chouravé pour vérifier l'écriture de la lettre.

— Et alors ?

— La même écriture que la lettre. Point final.

Plusieurs pages avaient été arrachées.

— Peut-être par le ou les meurtriers, dit Gladys.

— Tout à fait possible, dit Julia.

★★★

« Je n'ai plus qu'une solution, écrivait ce Roger : m'échapper... »

Après, une série de véritables appels jetés sur le papier. « Les salauds ! Ils sont fous ! Qu'est-ce qu'ils me veulent ? Ces menaces ?... Pourquoi ?... « Incompréhensible... », suivaient trois pages décrivant par le menu les scènes, les menaces, les supplications de son frère Carlos et l'annonce de l'arrivée de son frère en France, incognito.

Puis, un bref constat de la duplicité de son frère. « Carlos est devenu trop odieux, trop intéressé par mon argent. Il ne me ménage pas, malgré mon cancer. »

Le carnet s'arrêtait là. Flam le referma, ébranlé.

Ils étaient bien obligés de reconnaître que le comte était cerné par la junte mexicaine dont faisait partie son frère... ou bien, était-ce les anciens disciples de la communauté SM... ?

Son frère jumeau, une petite frappe, double de lui-même, à un détail près, un tatouage différent... lui causait bien des tourments.

Ils étaient la même personne, soit le comte Roger de Latrémoulière.

Mais l'un d'eux avait été assassiné. Était-ce Roger ou Carlos ?

— Flam, dit Julia, tu as une idée pour reprendre tout depuis le début ?

— Bien sûr, dit-il, faut que je réfléchisse.

Gladys et Julia retinrent le même soupir fatigué.

— Ça pourrait être aussi bien un contrat sur la tête du comte. Le club des SM, fabuleux lieu de manigances en tout genre ? fit Julia. Il avait peut-être participé à leurs petits jeux ? Ils craignaient qu'il parle.

Flam secoua la tête.

— Bon, fit-il avec un air de chef, ils ne vont pas revenir se jeter dans la gueule du loup ! Qui tire les fils ? Je voudrais bien savoir la vérité. Vous pouvez me croire.

Gladys et Flam se regardèrent dans le blanc de l'œil.

— Nous avons tous les trois la même opinion sur la question. Et si ni l'une ni l'autre n'était la bonne ?

— Ah oui ! À partir de maintenant, c'est dangereux que de rester ici. S'il y a crime, il ne faudrait pas que les soupçons portent sur nous, fit Gladys.

— Tu as raison, les flics vont investir le souterrain et voir qu'il mène directement chez nous. Il faut refermer l'entrée qu'on a dégagée et ensuite partir de là, Julia et moi. Toi Gladys, tu vas rester en place et te tenir au courant...

— Maintenant, il est peu probable que l'on gagne quelque chose dans cette affaire. On ne peut pas résoudre la question. C'est merdique ! fit Julia avec un air contrit, tout à fait consciente de l'erreur qu'ils avaient faite de s'en mêler.

— Je referme tout de suite l'entrée du souterrain et je dispose devant un casier de bouteilles, répondit Flam en mettant immédiatement ses paroles à exécution.

★★★

Flam et Julia repartirent très vite dans la matinée.

Dans l'après-midi, Gladys entendit le tintamarre des sirènes des voitures de police. Elles faisaient un ramdam de tous les diables. La maison du comte était à quelque sept cents mètres de chez eux. On apercevait de loin les gyrophares qui clignotaient. Ils avaient dû trouver le corps. Ça allait faire beaucoup de bruit dans la région.

Gladys partit en reconnaissance à pied avec Didi attachée à une laisse qui l'étranglait. Gladys ne l'avait pas habituée à être attachée et c'était la croix et la bannière pour la retenir.

Flam lui avait dit en partant : cherche dans la direction que tu veux. Les renseignements qu'elle allait cueillir seraient le fruit du hasard.

Lorsqu'elle arriva devant la maison du comte, il y avait déjà un petit attroupement de badauds du village.

Les journalistes n'étaient pas encore arrivés, c'était trop tôt. Elle vit le médecin du village qui sortait de la maison. Elle l'avait rencontrée quelques jours plus tôt. Elle s'approcha de lui alors qu'il s'apprêtait à ouvrir sa voiture pour repartir...

— Docteur, vous me reconnaissez ?

— Oui, on ne peut pas oublier une charmante personne comme vous.

— J'avais fait la connaissance du comte, il y a peu. Je viens d'apprendre qu'il est peut-être mort ? Puis-je vous demander, Docteur, si c'est vrai ?

Gladys avala de l'air, car elle avait dit ça d'une traite, puis se calma.

— Le légiste n'est pas encore arrivé, mais je peux attester qu'il est bien mort.

— Les gens disent qu'il n'a plus de tête ? Comment pouvons-nous être sûrs que c'est bien lui ?

— J'en suis sûr, car c'était mon patient. Et puis son tatouage le prouve.

— Ah oui ! Il m'avait invité un jour à me baigner dans sa piscine. Un beau tatouage avec cet aigle et sa flèche brisée ?

Le docteur sourit :

— Vous êtes observatrice. La flèche est bien brisée… dit-il avec componction.

Gladys tendit machinalement la main au toubib alors qu'il s'apprêtait à entrer dans sa voiture.

— Au plaisir de nous revoir, dit-il en démarrant.

Gladys sourit, à présent décontractée, envahie d'une impression nouvelle. Elle avait la preuve que le corps en question était bien celui du frère jumeau de Roger, Carlos.

Il n'y avait pas manigance de sa part et le hasard faisait bien les choses.

★★★

Une semaine passa sans problème. Le souterrain n'avait pas été découvert, Gladys était sereine.

Le facteur apporta le courrier ainsi qu'un petit colis. Il n'y avait pas d'adresse pour l'expéditeur et il semblait qu'il avait été posté à l'étranger.

Elle l'ouvrit avec fébrilité, se demandant qui pouvait envoyer ce colis.

Il contenait un petit écrin à bijoux rouge. Gladys était de plus en plus intriguée.

Quelle ne fut pas sa surprise lorsqu'elle l'ouvrit ? Il contenait un magnifique collier en lapis-lazuli d'un bleu profond. Il y avait un petit mot plié en quatre à l'intérieur :

Un extrait de la chanson d'Alex Beaupain :

De tout sauf de toi :
Rien ne fait le poids et j'avoue
De tout sauf de toi je m'en fous

Ces masques dont on s'accoutre
L'œil la paille et la poutre
Si tu savais comme rien à foutre

Oui j'avoue

Signé Carlos

Le soir même, lorsque Flam l'appela, elle lui dit :
— Tu m'avais promis, je crois, une croisière ? Tu n'aurais pas besoin de vacances par hasard ?

Livre 3
Terminus pour les tendres

Gladys n'avait pu percer le mur de mystères des voisins de la maison de campagne que Julia, Flam et elle avaient acquise ensemble. Julia, détective privée, était revenue à Paris pour aborder avec Flam les affaires douteuses ou criminelles qu'ils régleraient très vite, à leur façon, avec talent. Ils y allaient en force…

1
Pourquoi broyer du noir ?

Gladys avait senti son estomac se contracter en ouvrant le colis envoyé de l'étranger. Elle avait découvert un coffret à bijoux contenant un collier en lapis-lazuli, et ses yeux s'étaient dessillés à la lecture du petit mot de Carlos… alias Roger, comme elle le croyait…

Elle se sentait flouée, sonnée d'avoir été ainsi baladée tout du long de cette enquête sur le comte Roger de Latrémoulière. Elle avait eu de brusques flambées de désir pour ce Carlos, jumeau du comte auquel elle pensait avoir affaire. Ces moments d'égarement l'avaient fait tricher, elle avait trahi Flam à cause de lui, mais au fond d'elle-même, elle se sentait trahie.

Elle pouvait dire ou chanter un refrain comme M Pokora dans sa chanson :

Je suis tombé, tombé, tombé
Je suis touché, bravo ma reine tu as gagné
Je n'suis qu'un fou, un fou à enfermer, je suis tombé, je suis tombé
Je suis tombé, tombé, tombé

De quoi elle avait l'air avec tous ces mensonges ? Elle ne s'était pas méfiée. C'était peut-être cela l'amour ?

En temps normal, elle se serait rebellée. Mais là, elle nourrissait des regrets… Il fallait se faire une raison, elle ne reverrait jamais plus Carlos.

Il ne fallait pas réduire ces moments de sensualités à

une sexualité triviale, que la morale réprouve.

Les frimas revenus, elle avait vidangé et fermé la maison pour la saison d'hiver et elle était partie.

Elle avait aussi repris son travail au Palais, frissonnant dans son bureau insalubre, un goût de cendres dans la bouche. Elle baissait les yeux, se faisait aussi neutre que possible.

C'était étrange, il ne fallait pas attirer les jalousies des collègues.

★★★

Julia et Flam se sentaient déplacés dans la capitale. Plus rien ne leur rappelait leur maison de campagne qu'ils avaient dû quitter après l'échec de leur enquête. Ils avaient laissé Gladys s'occuper de la fermer.

La jeune femme s'était surpassée pour rendre à cette vieille demeure un cachet authentique et chaleureux.

Il leur tardait à tous de se retrouver bientôt là-bas, devant la cheminée pour choquer leurs verres afin de fêter la nouvelle année.

Cette amitié était aussi bâtie sur ces moments éphémères qu'il ne faut pas laisser passer.

Julia attendait Thierry Lang, son fiancé, commandant de navire, qui avait une permission de trois jours. Elle avait travaillé, pendant toutes ces années, à assembler ce nombre incalculable de pièces de puzzle dont elle était faite.

Après cette absence, elle avait revêtu pour le retour de son amoureux, une robe idéalement impudique, sorte de fourreau bleu pailleté qui lui collait à la peau. Elle révélait la cambrure de ses reins et moulait ses jambes fines gainées de bas moirés, retenus seulement par un porte-jarretelles qui scintillait et semblait dire : « Suis-moi en enfer ».

Une fente capricieuse découvrait lorsqu'elle était assise, son mont de Vénus.

Thierry n'y tenait plus, après ces trois semaines de traversée océanique à jeûner d'amour, sans femme ni émotion, il était au comble du désir de la voir ainsi... Il avait faim d'elle. Il fallait qu'il fasse l'amour, qu'il se vide dans son corps. Qu'ils se prouvent qu'ils étaient bien vivants.

Julia, déesse perverse, écarta donc les jambes pour qu'il puisse la prendre là, sur le canapé, ravie par cet amusement bref et primitif. Ils fermèrent tous les deux les yeux, grisés par cette étreinte violente.

Pendant un long moment, elle chercha son souffle. Son plaisir avait été trop bref, presque brutal, elle était encore surexcitée.

L'accueil n'était pas protocolaire, mais tout à fait du goût de Thierry. C'était lui aussi un aventurier comme Julia.

Plus tard, il savait qu'elle allait lui raconter par le menu ses missions et qu'il l'écouterait jusqu'au petit matin…

2

MISE AU PARFUM

Pour ce qui était de Flam, il jouissait récemment d'un petit magot qu'il avait gagné au turf et cela le rendait nerveux.

En effet, il jouait en cachette tout en offrant l'apparence d'un homme discret et sérieux. Il tenait beaucoup à cette image d'homme fort alors qu'il était sous l'emprise du jeu et des courses hippiques. Il souffrait donc, au fond de lui-même, d'un complexe qu'il soignait de son mieux en se fondant dans le noir des salles obscures...

C'était aussi son dada... Il y rencontrait un indic drogué à la morphine depuis un grave accident de voiture.

Hubert, c'était le nom de l'indic, le renseignait sur les dernières affaires de la police. Il s'était fait engager dans une société de nettoyage comme technicien de surface. Il travaillait de nuit, infiltré comme homme de ménage, dans deux commissariats.

Hubert avait fait des études informatiques poussées et se régalait chaque nuit à visionner les affaires judiciaires qui pouvaient intéresser Flam. Ce dernier le rétribuait largement pour ces services.

Flam l'attendait en regardant d'un œil désabusé l'écran où défilait un western, « Le train sifflera trois fois », qu'il avait vu un nombre incalculable de fois. Heureusement qu'il avait eu la bonne idée de prendre des pop-corn comme remède, pour ne pas s'endormir.

Qu'est-ce qu'il faisait donc, le père Hubert ?

Ce qu'il pouvait être énervant, cet Hubert, à être

toujours en retard. Il allait falloir qu'il se tape tout le film avant qu'il n'arrive…

C'était un cinéma d'art et d'essai et la foule ne s'y pressait pas. C'est pour cette raison qu'il choisissait toujours ce même cinéma modeste. Il se terrait toujours vers le fond, près de la sortie. Là où il pouvait repartir avant la fin du film sans gêner personne.

Ça faisait perpète qu'il n'y avait plus d'ouvreuses, ni d'entracte. C'était plutôt triste à mourir.

Hubert, c'était un drôle de lascar. Cela faisait au moins un an qu'ils travaillaient ensemble et qu'ils commençaient à se comprendre sans beaucoup se parler. C'était un type un peu bohème qui avait la tête pleine de rêves de voyages.

Flam regardait sans arrêt son portable pour voir l'heure. Hubert lui enverrait peut-être un message s'il avait un empêchement.

Il commençait à s'embêter ferme et avait failli s'étouffer avec ses pop-corn en s'amusant à les lancer et les rattraper avec la bouche. Quelques-uns avaient atterri sur un ou deux spectateurs voisins.

Les « rombiers » se retournaient et le regardaient d'un œil torve. Alors, ça ne l'amusait plus.

Il se dit qu'il pourrait aussi bien faire un petit somme en attendant. Il se pencha en arrière et mit ses pieds sur le siège de devant.

Ce qu'il pouvait s'emmerder !

— Mais tu ronfles ! lui dit Hubert en s'asseyant près de lui. « Le train sifflera trois fois » ? Ils n'ont que ce film ici ?

— Peu importe, dis-moi ce qui t'amène !

Par cette relation, entre admiration réciproque et indulgence, ils étaient devenus presque des copains. Mais des copains qui ne se côtoyaient que par intérêt.

C'était Flam, charismatique, qui donnait retentissement aux renseignements sur les flics, de premier ordre, que lui donnait Hubert.

Hubert, à tout autre que Flam, aurait paru touchant, mais Flam le prenait pour un perdant. Nul doute que l'addiction à la drogue y était pour quelque chose. Elle détruisait les petites cellules grises d'Hubert. En langage informatique, il avait le disque dur qui s'enrayait.

— Vous allez pouvoir tester une nouvelle manière de

gagner de l'argent avec Julia.

— Où t'as piqué ça ?

— Les flics nagent en eau trouble avec leur dernière affaire de meurtre… Ils ont besoin d'une fliquette pour jouer un rôle de prostituée.

— Comment ça ?

— T'as regardé les actualités ? Eh bien cela fait maintenant deux femmes victimes de crimes, dans les mêmes conditions, dont ils ne trouvent pas l'assassin.

— Je comprends. Ils ont besoin d'une chèvre ?

— Ouais ! Mais ils n'arrivent pas à recruter chez eux.

— C'est-à-dire ?

— Ou trop vieilles… ou trop moches… ou trop lâches, les fliquettes, pour faire du bénévolat…

— Je vois, c'est là où Julia rentre en jeu ?

— Ouais ! C'est du tout cuit pour elle. Il faut qu'ils retrouvent ce salaud, avant qu'il ne tue une troisième victime.

— Et alors, accouche ! Tu as d'autres rencarts ?

— Ouais, ils sont prêts à encadrer la nana pour qu'elle appâte le salaud qui trucide les filles… Micro, pétard, etc. Un témoin a vu une camionnette blanche s'arrêter auprès de la seconde victime sur la départementale 4. C'est au niveau d'un bois que fréquentent les drag-queens et les prostituées. La fille est montée dans le véhicule, mais il n'a pas vu le conducteur. Ils ont retrouvé dans le dos de la deuxième victime des éclats de verre fins, provenant sans nul doute d'une sorte d'éprouvette. Ils recoupent les indices avec la première victime qui a été retrouvée avec les mêmes coupures. Ces détails sont secrets. Ils ne sont pas divulgués aux journalistes afin de ne pas faire échouer l'enquête. Sinon le type est très fort, il ne laisse aucun indice sur lui, ni sur les victimes.

— Les autres indices sont ceux donnés par les journaux ?

— Ouais ! Elles ont toutes les deux les mêmes marques aux poignets et aux chevilles. Elles ont été ligotées avec du chatterton.

Je t'ai imprimé la copie du rapport d'autopsie. Les flics sont sûrs d'avoir affaire à un suspect électricien sans histoire, entre 30 et 40 ans, peut-être marié, avec une famille. Il doit fréquenter les prostituées sans que personne ne s'en doute.

Hubert ajouta :

— C'est un sacré entourloupeur, le mec ! Faudra que Julia fasse gaffe.

Mais ça, Flam s'en doutait un peu.

— La vie est bourrée de difficultés… pensa Flam qui sentit s'abattre sur ses épaules le poids funeste de la destinée, en sortant du cinéma.

Bien évidemment, en partant, il avait glissé dans la main d'étrangleur d'Hubert deux billets de cent euros, en guise d'au revoir.

★★★

Julia avait fermé les yeux, elle réfléchissait…

Flam lui avait fait son rapport et à la lecture du rapport d'autopsie, elle avait jeté sur lui un regard affolé.

— Il les a suppliciés, ce pourri !

— Ouais, ce n'est pas un tendre.

— Ça me fout la trouille !

— Ouais, mais il faut réagir vite si tu veux faire l'affaire avec les poulets.

Julia prit le portable et téléphona directement au commissaire Legrand qu'elle connaissait bien.

Bien qu'encore assez jeune, la quarantaine, il avait déjà un petit ventre qui sautait lorsqu'il riait (le temps passe, les sandwichs aussi).

Il était de petite taille malgré son nom, mais ses costumes de confection lui conféraient une allure de sportif. Il ne portait pas de chemise ni de cravate, seulement des polos Lacoste, de couleur assortie aux costumes.

Lorsqu'il partait en mission avec un gilet pare-balle, il arborait un blouson en cuir noir comme les djeuns.

Il avait un peu flirté avec Julia lors d'une enquête où il avait eu besoin d'elle. Il aimait les grandes femmes.

Elle avait su l'éconduire en douceur, sans faire de vagues.

Elle pensait que c'était un brave type, qu'il n'avait pas de ressentiment. Elle conviendrait sûrement pour le rôle de prostituée qu'elle devrait jouer.

C'était un manipulateur et puis il avait toujours des visées sur elle, alors il lui donna rendez-vous tout de suite. Il pensait toujours d'une femme qu'elle ne pouvait pas lui résister.

Julia pouvait présenter deux personnalités différentes : allumeuse ou méprisante. Elle savait se prêter à des numéros de charme pour appâter les machos puis retrouver sa personnalité propre et jouer de la gâchette...

Lorsqu'elle entra dans le bureau du commissaire, elle remarqua le côté tragique de l'administration de la police. Le côté pauvre, restreint, non chauffé du bureau avec ses murs décrépis, sa moquette usée jusqu'à la corde.

La seule touche moderne était l'ordinateur à écran plat et l'imprimante flambant neufs qui trônaient sur le bureau envahi de dossiers.

Lorsqu'elle entra, Legrand se lissa le polo. Il se leva pour la saluer et avança une chaise pour qu'elle s'asseye confortablement.

Il avait pris un air bienveillant, très prévenant.

— D'après ce que j'ai compris, tu veux nous aider dans cette enquête qui tourne en rond ?

Julia opina. D'accord, décidément, ils avaient besoin d'elle.

Le petit Legrand la regardait avec une sincère amitié. Il hésita.

— Bon, je vais peut-être te faire peur...

Il réfléchit un moment.

— ... Mais c'est une tâche ingrate, ajouta-t-il, pour une fille aussi classe que toi. Notre meurtrier est un fieffé malin. Il ne s'attaque qu'aux prostituées.

Julia secoua la tête, sans broncher.

Le commissaire marmonnait :

— Une belle aventure... Le sang risque de couler, mais tu ne risques rien, on sera derrière toi...

Il encourageait les initiatives, mais n'appréciait pas qu'on les prenne sans avoir été consulté.

— Cela t'amuse vraiment de jouer les putes... ?

Julia se mit à rire et prit la pose qui s'imposait. Déhanchée, le buste tendu, les pointes des seins accrochant le corsage.

— Rentrer dans le personnage, c'est bien votre théorie, chef !

Legrand baissa les bras, il savait qu'il n'aurait jamais le dernier mot avec Julia, il avait trop d'affection pour elle.

Elle était consciente qu'elle serait seule face à son bourreau. Les fliquettes n'avaient pas voulu faire le travail, elles serraient trop les fesses. Ils avaient besoin d'une fille enhardie comme elle, alors elle voulait savoir combien cela allait lui rapporter.

— Ça paye combien ?

— Si tu réussis, t'auras pas à t'en faire pour tes vieux jours…

— Tu me promets une pension de l'état ou le remboursement des frais funéraires ?

— T'inquiète pas, la prime est salée. Et puis, dans cette affaire, tu n'as aucun droit.

— Je sais, faudrait que je pleure, pour les faire reconnaître…

Sur ce entra un inspecteur que Julia ne connaissait pas, il était nouveau. Legrand le présenta en effet comme une nouvelle recrue.

— Joseph Massallou, inspecteur divisionnaire, c'est lui qui vous escortera partout où vous irez.

Joseph était grand avec une forte musculature. Là-dessus, une belle gueule de para.

On pouvait dire de lui que c'était un beau spécimen, de type guerrier, la trentaine héroïque. C'est comme ça que Julia le voyait.

Tel Rambo, vétéran baroudeur embourbé dans la gadoue : ça mitraille, ça exécute, ça éventre… Ça oublie le toubib, ça oublie le dentiste, ça oublie le rhume, c'est en béton.

Julia se sentit toute chose, c'était le coup de foudre assuré au premier regard.

En revanche, le grand sportif lui lança un regard assez dédaigneux comme il aurait considéré une tapineuse.

Ce n'était pas gagné pour la sympathie.

— Allez prendre un verre ou deux pour faire connaissance, ajouta Legrand d'un ton affectueux, content et soulagé que Julia ait accepté la mission.

3
UN DRÔLE D'OISEAU

L'autre n'avait rien dit, il passa la porte le premier, sans bienséance. Julia était soufflée…

— Quelle courtoisie !

Joseph grogna dans sa barbe. Pas très causant le sportif.

Julia se dit qu'il devait ne pas être très chaud pour cette mission.

— Ça va, j'ai compris dit Julia, je ne vous en veux pas, à votre place, je râlerai aussi…

Bien que le bistrot ne soit pas trop sa tasse de thé, Julia consentit à rentrer dans un boui-boui discret, près du commissariat.

Julia sentait que le beau sportif était un solitaire et que la mission l'agaçait. Elle s'assit malgré tout en face de lui à une table. Il fit signe au garçon pour commander deux verres.

Elle entendit donc sa voix pour la première fois et la trouva un peu râpeuse comme celle d'un fumeur.

Il ne lui demanda pas ce qu'elle voulait et commanda deux bières d'un ton plutôt péremptoire.

Julia souleva légèrement sa lèvre supérieure pour dire qu'elle détestait la bière, mais c'était peine perdue…

— Bizarroïde, votre façon de faire connaissance ?

Julia le trouvait plutôt fruste.

— On est comme on est, répondit-il, peu sympathique.

Il était du genre à liquider l'héritage familial, sans état d'âme dans un délai de huit jours.

Joseph se pencha en arrière, sur les pieds de sa chaise

comme en signe d'agacement.

Le garçon qui n'avait pas eu de mal à pourfendre l'humanité souffrante des clients dispersés de la salle posa devant eux, sur la table, deux canettes sans verre.

Julia réfléchissait. Un silence s'installa pendant que Joseph sirotait sa bière directement au goulot de la bouteille. Il la termina d'une lampée et Julia poussa la sienne vers lui pour lui en faire cadeau.

— Vous n'avez pas soif ? lui dit Joseph entre ses dents.

— Trop heureuse de vous être agréable… lui dit Julia d'un ton qui n'était pas vraiment aimable.

Julia pratiquait tout de suite l'estocade.

— Vous ne trouvez pas que nous perdons notre temps inutilement en mondanité ?

Julia avait horreur de la tension.

Il sembla à Julia que Joseph l'enveloppait pour la première fois d'un regard paternel et protecteur. Il ne voulait pas la vexer. Elle était de ces femmes pleines de fierté qui ne s'effarouchent pas facilement.

Lui n'était pas aussi hermétique que Julia le pensait :

— Ça va, lui dit Joseph, faut pas m'en vouloir, mais à ma place, vous vous seriez méfié.

— Pourquoi, répondit Julia, j'ai l'air de mordre ?

— Non, plus maintenant et je suis même prêt à vous payer un sandwich.

— Ce n'est pas de refus. Je n'ai pas eu le temps de déjeuner, fit Julia pas rancunière pour deux sous.

Joseph commanda deux sandwichs au jambon au garçon et continua :

— On dit des choses utiles ou bien on ne parle pas…

— Je suis d'accord, mais nous n'avons pas trop de temps devant nous, n'est-ce pas ? fit Julia.

Elle avait gagné la première manche.

Joseph respira, lui aussi était d'accord pour revenir à l'essentiel à savoir le rôle à jouer de Julia, pour servir d'appât au meurtrier.

Joseph sourit par politesse et Julia le trouva *cute*.

Joseph lui fit le résumé du rapport d'autopsie qu'elle avait consulté avec Flam, mais elle se garda bien d'en parler.

Il oublia intentionnellement les détails morbides avec

les organes qui manquaient aux suppliciées.

Julia écoutait sans broncher, elle savait où elle mettait les pieds.

Il la mit au courant des habitudes de la seconde prostituée dont la copine était une de ses indics.

Silence. Julia décroisa et recroisa ses longues jambes gainées dans un froissement de tissus discret.

— Vous devez arriver à vous en faire une amie, la côtoyer afin qu'elle se livre sur les habitudes de la clientèle de Suzanne. Elle avait des clients attitrés comme toutes les prostituées, l'assassin était peut-être un habitué…

Joseph s'était levé, mettant ainsi fin à l'entretien.

— Je veux simplement vous répéter que la crim est prête à mettre tous ses moyens pour vous aider dans cette tâche difficile.

— Je suis chargée de cette mission et je vais l'accomplir du mieux que je pourrai, fit-elle en soupirant.

— Je vous verrai bientôt. Prenez ce téléphone portable, il servira seulement pour nos rendez-vous. Ne bougez pas, je vous prie, tant que je ne serai pas sorti du bar.

Julia demeura immobile, finissant son sandwich.

Cela faisait beaucoup d'émotions pour cette journée. Un portable, c'est tout ce qu'ils lui donnaient, heureusement pour elle qu'elle disposait d'une arme.

Elle sortit du bar, le soleil avait fait sa réapparition. Elle respira à pleins poumons l'air tiède du dehors, le visage offert au soleil. Elle fit quelques pas sur le trottoir et au coin de la rue, une voiture l'attendait… C'était Flam. Elle monta dans la voiture.

— Alors, racontez, que se passe-t-il ?

Julia était rassurée. C'était une chance de pouvoir toujours compter sur son collaborateur.

— Faut pas traîner. On est pressé, je m'y mets dès ce soir. Mais j'ai un problème, faut que je change ma garde-robe.

Flam sourit :

— C'est un problème facile à régler…

Il redémarra, et, un peu plus loin, tourna en direction d'un centre commercial où l'on pouvait trouver des nippes voyantes et pas chères comme en utilisent les prostituées.

Julia avait déjà pris conscience des problèmes qui se poseraient à elle.

Elle était pour ainsi dire seule contre un salaud qui n'hésiterait pas à tuer et qui savait profiter de la faiblesse de ses victimes.

En les charcutant avec brutalité, il avait paralysé leurs réflexes de survie. Elles n'avaient pas pu se défendre.

Cet inconnu, ce monstre, avait-il connu la mort ?

Il ne pouvait pas être un simple électricien, s'ennuyant dans son métier, pour avoir cette envie irrésistible de détruire.

Tuer, c'était un exutoire à sa violence, à sa force, à sa fougue insensée. Il était devenu malgré lui un tueur en série. Julia se doutait qu'il avait peut-être fait d'autres victimes.

Il aimait ça donc il fallait se préparer à une riposte, surprenante et brutale comme celle d'un loup.

Ce n'était pas un être normal comme le prétendaient les enquêteurs.

Elle devait l'épingler, mais il ne fallait pas qu'elle se surestime, qu'elle se croie plus forte qu'elle ne l'était.

4

IMMERSION DANGEREUSE

Flam la largua en voiture sur le bas-côté de la départementale, assez loin des silhouettes colorées qui faisaient les cent pas dans l'obscurité naissante, à quelques mètres devant eux.

Julia portait une mini-jupe en skaï, souple comme un gant, bleu électrique, les yeux maquillés et soulignés d'un même bleu lumineux que la jupe. Une sorte de bustier en jersey moulait sa poitrine. Ces seins développés semblaient prêts à jaillir du décolleté.

Pas de sophistication, son corps superbe et sa poitrine opulente pouvant servir de miroir aux alouettes.

Mais sous ses airs innocents, Julia avait fait de ses ongles de vraies armes mortelles, capables de couper la chair comme de vraies lames. Sous une écaille de vernis rouge sang, une fine lamelle d'acier comme un rasoir dépassait de l'ongle. Sous l'illusion d'ongles manucurés, Julia pouvait se défaire de liens ou bien se défendre d'un agresseur violent.

Elle n'était pas née de la dernière pluie, elle saurait se défendre…

★★★

Il fallait que Julia retrouve cette amie, Fadhila, qui vivait avec la dernière victime prénommée Monique.

En sortant de la voiture, Julia respira à pleins poumons l'air tiède de cette nuit sans étoile, un peu orageuse.

Joseph lui avait envoyé sur sa messagerie une photo de Fadhila pour qu'elle la reconnaisse. Elle devait sans aucun doute faire le tapin ce soir-là.

Julia avait bu un verre de whisky pour se donner du courage.

Se faire accepter par les habituées des lieux n'allait pas être une chose facile. Elle angoissait à l'idée d'être traitée au début comme un chien dans un jeu de quilles.

Arrivée à proximité d'un petit groupe de cinq individus qui s'étaient déjà retournés pour l'identifier, elle s'immobilisa et les salua.

— Bonsoir ! Je peux me mêler à vous ?

Une immense drag-queen noire avec une perruque rouge, tignasse bouclée qui lui faisait une auréole de feu, ricana et de son index triomphant la désigna :

— Qui es-tu ma poule ? Qui t'a permis de venir sur nos plates-bandes ? dit-il de sa voix traînante. Qui est ton patron ? Tu veux travailler ou te faire baiser par nous ?

— Hé, qui êtes-vous ? firent ensemble les quatre autres femmes qui constituaient le groupe.

Julia sentit son estomac se nouer. Volontairement ou non, la drag-queen venait de lui donner la possibilité de s'expliquer pour se faire admettre ou non dans cette communauté.

Il s'approcha plus près d'elle et appuya sa croupe cambrée contre la cuisse nue de Julia. Le contact tiède l'électrisa, mais Julia ne chercha pas à l'éviter.

Elle tourna seulement son regard noir vers lui et dit d'une voix égale :

— C'est avec plaisir que je vais vous répondre dans l'ordre… Oui, je m'appelle Julia. Oui, je viens ici pour nourrir mon enfant, car je suis au chômage. Non, je ne viens pas pour me faire baiser par vous. Oui, je suis consciente que vous ne me connaissez pas. Et non, je n'ai pas de souteneur.

Au son de la voix de Julia, le grand travesti s'écarta aussitôt comme subjugué. Il sourit.

— Vous vous intéressez donc à notre métier, courageuse inconnue ?

— Un peu par intérêt. Il faut manger.

— Va falloir que l'on se serre les coudes, grommela-t-il. Pour ce soir, tu vas faire connaissance avec tout le monde. Tu as l'habitude du métier ?

— Non pas vraiment ! répliqua Julia.

— Alors, observe et apprends.

— Tu es trop confiant Kakou ! fit une fille au teint mat et aux cheveux crépus, plus réticente.

— Calme-toi, reprit celui-ci. Elle nous a dit l'essentiel, d'où elle sortait. Sois la bienvenue.

Les deux autres filles qui étaient près de lui se rapprochèrent pour l'embrasser en toute fraternité.

Julia avait eu de la chance. Il semblait que ce grand travesti était une référence dans cette communauté. Il imposait son autorité.

Julia frissonna, le lieu était pour l'instant désert et sinistre. Elle avait emporté une sorte de parka, car la température de la nuit allait descendre de plusieurs degrés. Elle s'en couvrit les épaules. Ce n'était pas le moment d'attraper la crève…

Une voiture, marchant au ralenti, stationna devant une des filles qui s'approcha de la vitre entrouverte, et qui discuta avec le conducteur, une ou deux minutes. En se penchant pour discuter avec son client, elle découvrit d'énormes cuisses, un fessier mou, postérieur proéminent couvert de cellulite.

Julia la vit s'engouffrer dans le véhicule qui redémarra.

— Pour ce soir, oublie tes problèmes. Prends-en de la graine ! lui souffla à l'oreille la drag queen. Il n'y a pas foule pour l'instant, car c'est un peu tôt, mais bientôt tu vas pouvoir te faire une ou deux passes… Tu connais le tarif ?

La femme brune, de type arabe, leur jeta un regard qui glaça Julia et leur tourna le dos.

Julia s'efforça de sourire, il fallait faire bonne figure.

— Tu as des préservatifs ? Tu as des lingettes ?

Julia ne s'attendait pas à ces questions, car elle s'était entendue pour ce soir avec Joseph pour qu'il vienne la choisir en tant que client, comme si elle faisait l'affaire. Flam, lui aussi, devait venir la chercher dans la soirée.

Pour le lendemain, il était prévu que deux ou trois inspecteurs fassent une virée afin de la choisir pour une passe. Il ne fallait pas attirer les soupçons sur elle.

Les autres clients, elle ferait semblant de les aguicher

en leur posant des questions sur eux. Peut-être qu'elle découvrirait le suspect à la camionnette.

Elle déclinerait les offres des clients en demandant une somme exorbitante. Elle trouverait une excuse pour dire qu'elle était trop fatiguée pour accepter la passe, ou bien qu'il était temps qu'elle débauche.

Lorsque le va-et-vient des voitures des clients s'intensifia, l'escouade des quatre prostituées et de la drag queen faisait le métronome tous les quarts d'heure.

L'une d'elles, sympathique callipyge au visage fin, avec un nez retroussé qui semblait avoir été refait, vint lui parler gentiment.

— Te bile pas pour Fadhila, elle n'admet pas la concurrence déloyale. Si tu veux, comme tu n'as pas l'habitude, je surveillerai le temps de ta passe. Tu ne dois pas dépasser un quart d'heure…

— Oui, je comprends… Tu as connu les deux filles qui se sont fait tuer ?

— Pas exactement. Pour ça, tu dois ne pas avoir peur, maintenant Kakou nous surveille. C'est un peu notre protecteur.

La candeur de Rosa gênait Julia, c'était vraiment un sale boulot.

Une des filles descendit d'une voiture en criant quelque chose en créole et les autres éclatèrent de rire.

Des noctambules désabusés passaient en voiture pour mater les filles et l'un d'eux s'arrêta au niveau de Julia.

Une boule d'angoisse pesa sur son estomac, qu'allait-elle faire ?

Rosa la rassura du regard et lui dit :

— Vas-y ! C'est ton premier client. Tout se passera bien. Je guette.

Julia s'approcha en hésitant de la vitre baissée et aperçut Flam au volant.

— Julia ! C'est moi, Flam.

Aussitôt, elle fit semblant de discuter le prix. Il ouvrit la portière, puis Julia s'engouffra dans le véhicule.

La soirée était riche en émotion. Julia aurait paniqué si cela avait été un simple quidam en recherche d'affection.

— Mon absence ne doit pas durer au-delà d'un quart d'heure, dit-elle. J'ai eu trop peur, tu sais…

— Vous étiez consciente que cela n'allait pas être facile. Il redémarra doucement en s'éloignant.

— Oui, mais ça s'est passé mieux que je m'y attendais.

— Vous êtes arrivée à vous intégrer facilement, d'après ce que j'ai observé ?

— Oui, je suis bien tombée avec la drag-queen, c'est leur souteneur. Je crois qu'il m'a à la bonne.

— Vous avez fait du repérage sur les filles ?

— Je pense avoir retrouvé la colocataire de Monique, Fadhila… Elle ne sera pas facile à apprivoiser.

— Je reviens vous chercher dans une autre voiture dans une demi-heure ?

— D'accord, ça va aller.

Le regard de Julia ne s'éclaira pas lorsque Flam fit demi-tour pour revenir sur le poste des prostituées.

Elle était inquiète à l'idée de revenir. Mais depuis le temps qu'elle travaillait comme détective, des réflexes professionnels de comédienne revenaient instantanément.

Les prunelles assombries, elle sortit de la voiture en fixant la drag queen comme si l'affaire était dans le sac.

Cool, son regard était indéchiffrable, il ne lui poserait pas de question…

La tension nerveuse de Julia se calma. Il commençait à être tard dans la soirée et le va-et-vient des voitures s'était ralenti.

Les clients étaient pour la plupart des travailleurs et il faudrait demain, de bonne heure, reprendre le turbin.

Rosa sortit en trombe d'une voiture et s'étala sur le bitume. Elle grimaçait de douleur et gémit. Julia vint à son secours.

— Que s'est-il passé ?

— Ce salaud m'a jeté. Il ne voulait pas payer ce que je lui demandais…

— J'ai mal, je crois que je me suis tordu la cheville.

— Appuie-toi sur moi, je vais te faire une attèle, lui dit Julia en détachant de son cou une écharpe colorée.

Fadhila avait vu la scène et s'était rapprochée des deux filles. Julia avait fait asseoir Rosa contre un tronc d'arbre et s'affairait à lui faire un bandage de sa cheville.

— Tu crois qu'elle est cassée ? fit Fadhila.

— Je ne pense pas, répondit Julia. Mais avec des talons

de douze centimètres, c'est bon pour se casser la figure.

— Je lui ai déjà dit qu'un jour elle aurait le vertige, dit Fadhila pour détendre l'atmosphère.

— Je ne mesure qu'un mètre cinquante, alors il me faut ça. Kakou me ramènera à la maison lorsqu'il aura fini.

— Tu as l'air de t'y connaître en soins infirmiers ? fit Fadhila.

— Oui, je suis aide à domicile pour les personnes âgées.

— Ah ! Et tu es au chômage ? Pourtant, il y a du travail dans ce métier.

— Oui ! Mais j'ai quelques différends avec la police. Avec ce métier on peut être tenté de voler… J'ai été licenciée après une plainte. Tu comprends ?

— Je comprends que tu aies du mal à trouver du travail. Tu n'as pas de recommandations valables ? dit Fadhila en clignant de l'œil.

— À part les convocations du tribunal, non ! reprit Julia.

Fadhila sourit pour la première fois, elle aida Julia à se relever, l'enveloppa d'une expression tendre et garda sa main dans la sienne, en la serrant fort.

Julia était aux anges. Fadhila s'éloigna avec un geste vague et fataliste.

Rosa, invalide pour la soirée, lui témoigna de la sympathie en lui racontant son enfance traumatisée par un beau-père drogué, une famille gangrenée par la violence et la misère, une mère morte de chagrin à cause d'un frère de vingt-et-un ans, décédé dans une bagarre. Elle ne voulait pas d'enfant.

C'était une âme à la dérive, tout comme les autres prostituées.

Elle lui dit que Fadhila avait trois enfants de pères inconnus. Elle les préservait de son mieux des dangers de ce milieu dans lequel elle évoluait.

Chez elle, elle portait le foulard, en bonne musulmane.

Julia s'avança sur le domaine de ses amitiés :

— Tu sais si elle connaissait les victimes ?

— Oui, l'une d'elles, Monique, vivait avec elle. Elle lui sous-louait une chambre dans son appartement en H.L.M…

— Tu crois que cette Monique connaissait son

agresseur ?

— Possible, mais Fadhila est secrète, elle n'a rien voulu dire.

— C'était peut-être un musulman ?

— Non, Monique était catho, et puis elle faisait des études pour être puéricultrice…

— Ah ! Oui ! À l'université ?

— Non, par correspondance. Elle étudiait tout le temps. Même ici, entre deux passes, elle consultait ses cours… Elle voulait se sortir de cette vie merdique, dit laconiquement Rosa.

Le cœur de Julia se serra, elle n'était pas au bout de ses surprises avec ces filles.

En arrivant là, elle aurait donné cher pour être ailleurs, dans une situation plus agréable comme un bon restaurant avec son amoureux.

Thierry se morfondait tout seul à la maison en se rongeant les sangs en pensant aux dangers qu'affrontait Julia.

À l'heure actuelle, elle ne regrettait plus rien. Peu à peu, l'horizon s'éclaircissait comme la nuit qu'elle vivait.

Elle était intriguée par tous ces instants de vie si dérisoires et pourtant si criants d'humanité. Elle se sentait remplie d'espoir pour ces filles si fortes.

— Retourne-toi, lui dit Rosa, tu as un client qui attend depuis au moins une minute après toi… J'ai ton « 06 »… !

— Merci Rosa, à toute !

— Je crois que ce soir, tu as de la chance.

C'était Thierry. Il n'avait pas pu résister à la tentation de venir voir comment cela se passait…

Julia attendit qu'ils soient loin pour l'enserrer et l'embrasser à pleine bouche.

Thierry passa un bras autour de ses épaules.

Sans un mot, il la renversa sur son siège. Julia d'elle-même ouvrit les jambes, offerte, un pied bloqué contre le tableau de bord.

Il repoussa le tissu plastifié de la mini-jupe, descendit le string, effleurant du bout des doigts le buisson sombre de son ventre, de la lave chaude.

Le pied de Julia glissa et un orteil vint toucher le commutateur de la radio. Une chanson de Stromae retentit dans l'habitacle :

Formidable, formidable
Tu étais formidable, j'étais fort minable
Nous étions formidables
Formidables

Julia allait se donner sans retenue.
— Avec toi, tout me plaira, souffla Julia.
— Je vois, dit Thierry.
D'ailleurs, tout lui plut à lui aussi…
Dès qu'ils eurent fait demi-tour, Julia appela devant Rosa un taxi afin de rentrer chez elle en toute sécurité.

5
LE PACTE

Dès qu'elle fut rentrée chez elle, Julia fonça dans la cuisine, ouvrit le frigo et but au goulot une petite bouteille d'eau.

Thierry tourna vers elle, ses yeux bleus aux cernes accentués. Julia se sentait mieux que quelques heures auparavant.

— Tu es plus tranquille ?

— Oui, évidemment, reconnut pensivement Julia.

— Tu as réussi à obtenir des informations ?

— Pour une première, c'est plutôt positif, fit Julia en prenant une cigarette qu'elle alluma.

Thierry n'admettait pas qu'elle fume, mais il ne lui fit aucune objection. Il était conscient qu'elle avait subi de fortes émotions et que la nicotine allait la calmer.

— Tu n'es pas fatiguée ?

Julia secoua la tête, lointaine.

— Non, ça va, merci.

Elle avait retiré ses talons hauts et étendu ses longues jambes sur le canapé. Thierry admirait son corps longiligne et musclé. À l'heure actuelle, il la connaissait sous toutes ses facettes, elle le fascinait encore plus.

— Tu sais, cette nuit, j'ai compris pourquoi elles pouvaient faire ce métier, fit Julia. Elles sont très vulnérables lorsque l'on casse leur coquille. Partout elles ont quelqu'un qui a besoin d'elles…

— Elles n'aiment pas les hommes, remarqua doucement Thierry. C'est la vraie raison. Cela doit les griser de pouvoir les manœuvrer…

Julia hésita et puis éclata de rire.

— Oui, c'est vrai. Elles ne les aiment pas ! Mais elles en ont besoin. Souvent, elles ne s'en rendent pas compte.

Elles voudraient tout comme moi un homme charmant, obéissant, amoureux comme dans certains romans-photos à la gomme.

— Tu finiras toute seule. Tu y penses quelquefois ? demanda Thierry d'une voix calme.

Julia fit un demi-tour sur le canapé en tendant à Thierry sa bouteille vide :

— C'est la vie.

— Tu me raconteras tout cela demain, enfin tout à l'heure, allons nous coucher !

— Oui, allons nous reposer, soupira Julia en se levant. Elle s'appuya contre lui.

— Je crois que ce soir je suis tombée amoureuse…

Une relation aussi authentique, aussi directe favorisait entre eux une bonne compréhension.

★★★

Thierry se réveilla le premier à cause du jour qui filtrait au travers des stores de la chambre.

Le frigo était vide. Il prit une pomme dans le compotier et partit faire des courses au supermarché voisin.

Le téléphone portable rouge que lui avait fourni Joseph se mit à sonner et réveilla Julia vers onze heures du matin. Elle lui fit son rapport.

Elle lui précisa qu'elle serait indisponible pour la soirée. Elle devait témoigner dans l'après-midi au cabinet du juge d'instruction pour une enquête sur des malversations financières qu'elle avait suivie… Une affaire de divorce qui aurait pu être simple, si l'ex-épouse n'avait pas fait de faux en signature sur un chèque au nom du mari pour s'acheter une voiture neuve.

Le mari habitait au Canada. Il avait porté plainte sans conviction auprès des services de la police en France. Faute de nouvelles de son affaire, il s'était donc adressé à Julia pour mener l'enquête. Les services de police étant surchargés de travail avec les gilets jaunes, c'était le dernier de leurs soucis.

Elle avait un rendez-vous à dix-sept heures et se dit qu'elle pouvait se recoucher jusqu'à quatorze heures.

Lorsque Thierry rentra vers midi, il rangea les courses, se déshabilla et se remit au lit. Julia dormait encore sur le côté. Il vint s'emboîter contre elle.

Dans son sommeil, elle se déplaça légèrement en se mouvant. Elle soupira et le reste se fit tout seul.

Dans son vagin brûlant et humide, il s'enfonça. Il sentit son membre se durcir à chaque coup de boutoir. Julia se réveilla tout à fait lorsque Thierry eut son orgasme.

Julia vibra au diapason, puis son corps se détendit avec un léger geignement. Ils laissèrent leur respiration se calmer, puis Julia s'arracha du lit afin de prendre une douche restauratrice.

— Je vais préparer le déjeuner, dit Thierry. J'ai acheté de la paëlla.

— Quelle bonne idée ! Tu es un amour…

Ça ne sera jamais la routine pour Julia, elle ne pouvait se contenter d'un sort falot.

Le lendemain, elle repartit pour la départementale dans une tenue toujours aussi aguicheuse, mais avec la même trouille diffuse, informe…

Ce soir, elle était consciente qu'elle aurait une corvée importante. Il fallait qu'elle en sache plus sur Monique.

Tout à l'heure, elle avait fait connaissance avec les deux autres filles noires qui ne l'avaient pas saluée le premier jour.

Quelque chose lui avait déplu : le regard de ces filles, aux yeux dédaigneux, emmitouflées dans la même parka tendance, l'une rose, l'autre blanche à capuches bordées de fourrure.

— Il va faire froid ? dit Julia. Vous avez regardé la météo ?

— Allez savoir, fut leur réponse…

Julia eut le sentiment qu'on parlait dans son dos.

Elles partirent très vite. Elles avaient sans nul doute une clientèle habituelle et elles ne faisaient pas long feu sur le trottoir.

Julia entendit l'une d'elles qui appelait en créole le grand travesti, ce soir coiffé d'une perruque jaune :

— Ti va, bourgeois ? On va se les congeler ici.

Il répondit en bâillant :

— Piti peu, pas trop ! Sacrée soirée. Oui, ça va cailler !

Julia eut le courage de conserver un visage à peu près impassible lorsqu'il vint la saluer.

— La nuit va être très froide, j'ai apporté un thermos de café chaud pour nous réchauffer, fit Julia.

— C'est bien, dit Kakou, mais il va falloir que l'on reconsidère les conditions du contrat de sécurité pour toi...

Il se remit en place la perruque avant d'ajouter :

— ... l'autre jour, je ne t'ai pas mise au courant du pourcentage dont les filles me gratifient pour leur sécurité. Tu penses peut-être que c'est gratuit ?

— J'attendais de voir... Je n'ai pas encore une grande clientèle.

— J'ai vu ça. Tu es partie bien tôt. Il va te falloir être plus besogneuse.

Julia était dans ses petits souliers. Il fallait qu'elle soit prudente.

— Et ce pourcentage, il est... ?

— 50, 50.

— Ben merde ! lui dit Julia. Tu n'y vas pas avec le dos de la cuillère !

— C'est ça ou tu crèches ailleurs... !

Julia grogna :

— Tu vas peut-être un peu vite.

— Non, c'est moi qui fixe les conditions. Si tu n'es pas d'accord, tu dégages.

Julia était sur le qui-vive, elle sentait le traquenard.

Fadhila qui avait tout entendu s'immisça dans la conversation.

— Tu plaisantes, Kakou. Ce ne sont pas les conditions normales !

— Je vois, ricana Kakou, madame a déjà des soutiens !

— J'aurais honte à ta place, tu profites de la situation, s'exclama Fadhila.

— Qu'est-ce que tu veux, je suis un homme, moi. Je suis fort, je fais peur.

— Ah ! Merde ! Tu ne sais que crâner avec ta grande gueule. Je suis sûre que tu vas te défiler au premier problème. Qu'est-ce que tu as fait pour Monique ?

— C'n'était pas clair son histoire avec son toubib.

— Tu vois que tu ne sais pas fermer ta grande gueule !

— Je la fermerai quand je voudrai... fit Kakou de sa voix d'otarie enrouée.

— Espèce de...

— Tout va bien, dit Julia. Ce n'est pas la peine de rouscailler. Pour Monique, il y avait donc d'autres motifs pour la tuer ? observa Julia en regardant Kakou.

Kakou avait sorti de sa besace un litron qu'il éclusait au goulot. Il avait besoin d'un réconfort après les remontrances de Fadhila. Ça l'aidait à réfléchir.

— Quel problème, ces femelles, toujours à faire des histoires ! Bon, ça va, on verra ça plus tard. Couvre-toi. Et ne prends pas froid !

Julia s'était sentie enveloppée d'un nuage de chaleur rassurante lorsqu'elle avait entendu Fadhila venir à son aide. Elle pouvait donc la faire parler.

Une voiture s'arrêta devant Julia. Une belle gueule, un colosse. Pareil à tous les rares spécimens de la police, côté biceps, il était tatoué et en forme. Il montra sa plaque à Julia, « Inspecteur Blain » et celle-ci monta dans la voiture.

Une fois qu'elle fut assise, il ouvrit la boîte à gants et découvrit une arme à feu. C'était du sérieux.

Il aurait pu plaire à Julia, mais une seule ombre au tableau : son putain de boulot ! Il était inspecteur et c'était un maniaque du rapport.

Il sortit son calepin et attendit que Julia lui dise ce qu'elle avait appris.

Au fond, il devait être méchant comme une teigne, alors Julia ne lui révéla pas tout.

Le type souffla dans sa moustache :

— Comme ça, vous n'avez pas encore d'idée sur le meurtrier ? Vous tirez une sonnette qui réveille toutes les polices de France et de Navarre, et vous ne savez pas encore ! Vous ne vous rendez pas compte comme le temps passe ?

— Il faudrait que je sois extralucide. Depuis seulement deux soirées que je fais le tapin, je n'ai fait que des repérages. Il va falloir que vous soyez patient.

— Ouais, tout le monde en parle trop de ces meurtres et personne ne fait rien.

— Ne me le reprochez pas.

— Toujours spirituelle. Je vois…

— Sachez que je n'aime pas que l'on m'emmerde. J'ai la confiance de votre commissaire.

— Ce que l'on sait, c'est qu'on ne trouve rien de palpable, lui répondit le type, genre James Bond, plutôt vipérin…

— Ah, oui ! C'est pour cette raison que vous m'engueulez. Ou bien c'est parce que cela vous barbe de faire le pied de grue à attendre que je vous fournisse, tout chaud, les renseignements que vous vous ferez une gloire à transmettre à votre hiérarchie ?

— Bon, on a tort de s'exciter. Je vous lâche sur le bitume. En espérant que demain, vous en saurez plus…

— C'est mon boulot et je le fais de mon mieux. Faut pas me rebattre les oreilles avec le temps qui passe. La pression, je l'ai aussi du côté du trottoir.

Julia sortit de la voiture, hyper tendue, fatiguée avant même que la soirée ne soit commencée.

Son projet était simple : il fallait qu'elle tire les vers du nez de cette Fadhila. C'était un programme qui semblait facile, mais, pour cela, il fallait qu'elle la mette en confiance.

Ce soir, c'était la fin de semaine et ça s'agitait vraiment. Fadhila ne perdait pas de temps entre les passes. Elle ratissait vraiment toutes les demi-heures. Julia avait eu beau se rapprocher d'elle, elle n'arrivait pas à suivre le rythme et à lui parler.

Une belle limousine BMW ralentit, s'arrêta à son niveau, la portière s'ouvrit.

— Hep ! entendit-elle.

La drag queen la regarda et du menton lui fit signe de monter. Julia n'eut pas d'autre choix que de sauter dedans. Le mec au volant ne dit pas un mot.

Julia avait le sentiment que ses ennuis venaient de commencer. Ça n'avait pas l'air d'être un policier…

— On commence par aller dîner ?

Julia qui n'en menait pas large se tourna vers lui, perplexe…

— Je n'ai pas la tenue adéquate. Et puis, si je ne reviens pas dans un quart d'heure, je vais me faire lyncher.

Tout en conduisant, l'homme approuva de la tête.

— N'ayez pas peur, je me suis entendu avec votre souteneur… Il m'a dit que vous étiez nouvelle ?

— Oui, je débute.

6
LA PART DU DIABLE

— Je me présente. Pour vous, je suis Germain Mingard, je suis médecin.

— Pour moi ? Alors ce n'est pas votre vrai patronyme ?

— C'est un nom qu'il vous plaira ou non d'adopter.

Julia se demandait si elle avait été prise en filature par Flam ou la police. Elle jetait des regards en biais par le rétroviseur pour guetter ses arrières. Pas de phares à l'horizon. Ou bien ils étaient incroyablement habiles, ou bien elle n'était pas suivie. Julia attendait, oppressée.

— Pour aujourd'hui, vous êtes mon *escort*. J'ai payé votre souteneur. J'ai besoin de vous pour un dîner colloque entre collaborateurs. Je ne voulais pas y aller tout seul… Votre souteneur m'a dit que vous aviez de la classe et que vous saviez vous exprimer en public.

Kakou avait bel et bien pris les choses en main.

★★★

Julia était sidérée. Elle se sentait à présent plutôt vulnérable, sans aucun appui. Allaient-ils la retrouver ?

Elle se dit que dans une telle affaire, c'était à prévoir… Les fliquettes avaient eu le nez fin en refusant la mission.

Elle consulta discrètement sa montre connectée. Elle fit fonctionner en douce le « G.P.S. ».

Vingt-deux heures, il était déjà tard, mais pas plus que ça, pour un dîner.

Elle avait du mal à se concentrer : l'angoisse lui vidait

le cerveau…

Il fallait qu'elle lui parle, qu'elle ne fasse rien voir, qu'il ne s'aperçoive pas de sa confusion.

— Comme ça, vous êtes médecin ?

Le chauffeur jeta un regard froid sur Julia :

— Je suis psychiatre. Je pense que vous n'en avez pas besoin d'un ?

Lisait-il dans ses pensées ?

Pendant quelques secondes, il ne se passa rien.

— Nous sommes, pour ainsi si dire, arrivés…

Un ange passa, mais pour Julia, il fallait qu'il ait une armure… Ils avaient fait une trentaine de kilomètres environ.

La voiture grimpait lentement entre deux murs de haies vertes. Ils dépassèrent un portail massif en fer forgé, comme dans les châteaux.

— Où m'emmenez-vous ? demanda Julia.

— Vous feriez bien de ne pas poser de question.

— D'autres pourraient vous poser la question avec… plus d'insistance.

— Oui, c'est pertinent, mais attention, cela ne m'empêcherait en rien de vous répondre. Sachez que vous êtes en sécurité avec moi. Si tout se passe bien, si vous vous comportez bien, vous reviendrez.

Julia réalisa soudain qu'elle serait à présent à la merci de ce type. C'était le genre de mec à jouer au chat et à la souris.

Elle repensa à la victime qui avait les ongles arrachés, elle n'avait plus de reins… Elle avait été torturée.

La voiture ralentit et s'arrêta devant une demeure ancienne dont la façade aux murs décrépits faisait froid dans le dos. Tout était silencieux.

Julia avait le teint pâle d'une morte. Elle entra avec son chauffeur qui, galamment, lui ouvrit la porte afin de la laisser passer en premier.

Le hall était vaste et s'ouvrait sur un escalier à deux circonvolutions. Le premier palier faisait office de jardin d'hiver aux vitraux colorés, avec ses jasmins de Madagascar, ses orchidées, kumquats et différents agrumes…

— Vous pouvez aller vous changer en haut. Au premier

étage vous trouverez des tenues selon vos goûts. C'est dans la chambre ouverte face à l'escalier.

Julia devait consentir sans un mot et elle gravit l'escalier. Elle s'attarda au jardin d'hiver pour admirer un citronnier croulant sous le poids de ses citrons à maturité. Elle en détacha un et mordit simplement dans la chair juteuse sans prendre la précaution de le peler. Il était bio et mûr à souhait, un vrai délice.

Arrivée sur le palier du premier étage, elle entra dans la chambre dont la porte était ouverte sans porter attention aux autres pièces. Elles semblaient nombreuses, vu le nombre important de portes donnant directement sur le palier.

Cette chambre était une sorte de dressing pour femme. Julia considéra ce déploiement d'articles vestimentaires comme si elle entrait dans un magasin de vêtements chics. Des robes de soirée, des manteaux de fourrure rares de zibeline, de renard blanc, de vison, etc., des écharpes et foulards de soie. Tout avait été prévu pour habiller une femme, une femme de sa taille.

Elle était éblouie et se détendit donc en choisissant une tenue adéquate. Elle se déchaussa, car elle portait des cuissardes et essaya des escarpins en soie moirée de couleur parme d'une légèreté de plume. Une fois habillée, elle se contempla dans une psyché et ce qu'elle vit la flatta.

— Je vois que vous vous faites à cet endroit ?

Julia n'avait pas vu entrer Germain qui s'était assis sur un sofa et la contemplait avec admiration. Elle était des plus élégantes. Une fille irrésistible, telle que Kakou l'avait décrite.

— Oui, vous étiez là et me regardiez ? Voilà révélée ma faiblesse devant toutes ces merveilleuses tenues.

— Vous pouvez garder ce que vous portez.

— Ah oui ? Vous voudriez bien que je les garde, hein ? Mais il n'en est pas question. Où pourrais-je porter ce fourreau ? Je suis chômeuse…

Germain ne répondit pas.

— Je vois que vous aussi vous faites honneur au luxe… dit-elle, d'un ton critique.

Germain avait revêtu un smoking bleu roi qui faisait ressortir sa chevelure blanche et sa barbe taillée à la dernière mode. Son expression était pacifique, avec un très grand front, ses yeux étaient plutôt petits comme ceux de l'acteur, Richard Gere. Il portait des lunettes en écaille, bien qu'étant de taille moyenne, Julia s'étonna de le trouver physiquement attirant.

— Je comprends, Julia. Je vois que vous êtes humble et réaliste.

Germain ne souriait jamais, mais ses lèvres frémirent.

— Vous avez appris la patience, Julia. « ... Chi va piano va sano et va lontano... ». J'aurais voulu que nous parlions de vous, mais nous ne sommes pas là pour nous congratuler... Maintenant, passons aux affaires importantes. Écoutez bien, car il va falloir que vous exécutiez mes ordres. Vous allez devoir vous faire la maîtresse d'un certain Yann Sylmo, chef de clinique et notre hôte pour ce soir, lui arracher des secrets en le séduisant.

Julia ne put s'empêcher de rétorquer :

— Il est dangereux ?

— Plus que vous ne l'imaginez. Il y a des moments où l'intelligence ne peut résister à la force brutale. Il gère un réseau de trafic d'organes. Il est de mèche avec la pègre. Sa clinique privée est un établissement prospère grâce à ce trafic. Des malades richissimes en attente de greffe d'organe payent leur opération à prix d'or. Parfois, plusieurs milliers d'euros pour n'avoir pas à attendre. Pour certains, c'est une raison de vie ou de mort. C'était un ami...

— Je vois, vous parlez au passé. Il me semble que vous n'éprouvez pas une sympathie débordante pour ce personnage malfaisant.

— Les femmes représentent son talon d'Achille. Bien qu'il soit marié, il les collectionne. Sa femme ferme les yeux sur ses frasques, car elle est son « homme de confiance », elle gère la clinique.

— Si seulement vous m'envoyiez un petit détachement de policiers pour m'aider...

— Je vois que vous savez plaisanter Julia, mais nous allons devoir procéder dans l'illégalité complète. Vous devez faire comme si vous ne saviez rien...

— Et comme si je ne ressentais rien. S'il y a une chose

qui a le don de m'agacer, c'est que, lorsque vous vous adressez à moi, ma vie, pour vous, n'a que peu d'importance. Je peux être découpée en morceaux, hein ?

— Je vous fais la promesse que je serai là pour vous protéger. Je dois récupérer auprès de lui sans qu'il s'en doute, une forte somme d'argent qu'il m'a extorquée et vous serez la première à en profiter. Mais je vous ai menti lorsque je vous ai dit que vous étiez une femme d'un soir, à partir de maintenant vous ne retournerez plus sur le trottoir.

— À qui appartenaient toutes ces tenues ?

— À mon épouse qui est morte sous les doigts de ce fameux chirurgien, lors d'une transplantation du cœur.

— Je suis désolée pour vous. À présent je comprends mon rôle, fit Julia avec des yeux bien francs. Vous ne m'auriez pas mise au parfum, je déguerpissais comme un lièvre dès que j'aurais eu un pied dehors…

— Oui ! Vous n'auriez pas été bien loin… Vous vous seriez réfugiée chez mes voisins qui sont nos hôtes pour ce dîner intime.

Un soupir s'échappa des lèvres de Julia : détresse.

7
Secrets et boules de gomme…

Julia se dit que cette soirée était assurément pourrie. Lorsqu'ils sortirent de la maison, il faisait vraiment noir, difficile pour Julia de se repérer.

Ce Germain avait tout prévu, il menait son affaire rondement. Ce n'était pas le genre de type avec lequel elle aurait aimé traîner.

La télépathie ne s'exerçait pas entre ce psychiatre et elle. Elle avait un complexe, en tant que détective privée : la légalité.

Et là, ils marchaient tous les deux dans le noir avec une torche jusqu'à la maison prochaine, en dehors des lois… Le ciel était pur, glacial, une voie lactée vertigineuse. Mais tout ça, Julia s'en foutait.

C'était une maison ancienne comme celle de Germain, triste, sans âme. Sans doute un lieu de buveurs moyens, de végétariens ou adeptes du véganisme sans détours.

Distinguée, souriante, la maîtresse de maison vint leur ouvrir la porte. Elle portait allégrement une robe rouge en satin chatoyant, décolletée dans le dos.

— Pas mal, se dit Julia.

Ils étaient les deux seuls convives. Germain la présenta comme une sœur de sa défunte épouse. À table, la conversation tourna inévitablement autour de sujets médicaux et de certaines anecdotes croustillantes de Germain.

L'hôte, un certain Yann était d'un certain âge, il avait peut-être dépassé la cinquantaine et avait l'air d'avoir souscrit à la règle du silence. Motus et bouche cousue pour lui. Il avait cet air d'autorité agressive qui s'accompagne généralement d'un sacré tas de fric.

Son épouse était plus détendue et Julia nota avec soin qu'elle exprimait ses opinions sur des sujets de société ou de mode, opinions qu'il ne semblait pas partager.

Étant placée à côté d'elle, elle reçut des petits coups de pied de cette voisine lorsqu'elle interrogeait Julia sur ses préoccupations, sa vie intime.

Était-ce une manie ou bien sa voisine était encline à la familiarité ?

Julia fut tout à fait informée lorsqu'elle demanda à Annie si elle pouvait utiliser les toilettes… Celle-ci l'y conduisit en s'introduisant à sa suite. Elle lui enlaça la taille et l'embrassa à pleine bouche.

Julia ne la repoussa pas pour ne pas faire perdre la face à Germain et sut à ce moment-là qu'Annie était portée sur les dames. Celle-ci descendit le corsage de sa robe et découvrit de fermes tétons pour son âge.

Julia n'en revenait pas et restait plantée là, sans réaction.

— Vous êtes timide ou quoi ?

— Je pense que nous devons user de prudence, les hommes pourraient s'inquiéter de notre absence à table. Je n'ai peut-être pas non plus votre imagination, Annie.

— Pourra-t-on se voir ailleurs ? fit-elle en roulant des yeux, pleins d'espoir. Ça vous donnerait du moins le temps de réaliser ce qui nous arrive. Vous êtes pour moi un amour de femme pleine de prévenance, Julia !

— Vous n'auriez pas un peu trop bu ?

— Je ne suis pas disposée à chercher une réponse à votre question. Les devinettes, c'est moi qui les pose. Je ne loupe jamais une occasion qui pourrait profiter à mon humeur taquine. Et puis, c'est moi qui commande ici, pas mon mari…

— OK, fit Julia avec résignation, c'est vous qui déciderez. (Mais le cœur n'y était pas).

— Je vous serais reconnaissante de tenir cette conversation strictement confidentielle, mademoiselle, fit-elle en adressant à Julia un sourire aux lèvres serrées.

— Bien sûr, dit Julia, mais d'une voix où perçait le

doute.

Ce dîner était un vrai supplice…

Lorsqu'ils partirent, les yeux de Yann, sous les lunettes, considérèrent Julia avec un mépris évident. Il connaissait pertinemment le penchant particulier de son épouse. Il ne se méprenait pas sur ses intentions, peut-être qu'il réprouvait ses agissements.

En revenant très tard chez Germain, Julia lui fit part de ce qu'elle avait découvert.

— Aux dernières nouvelles, vous vous êtes fourvoyé sur l'homme à séduire !

— En effet… Il va donc falloir que vous travailliez au corps l'épouse afin de découvrir où ils cachent leur coffre.

— Comment ça ?

— Oui. Il faut que nous trouvions le coffre qui contient l'argent liquide qu'ils thésaurisent après les greffes. Julia, je veux me rembourser du million d'euros que j'ai payés pour ma femme. Vous en aurez la moitié pour vous.

— S'il y a tant d'argent en liquide, ça ne sera pas un million, mais dix et vous m'en donnerez la moitié. Avez-vous déjà essayé avec d'autres femmes ce stratagème ?

— Cela ne regarde que moi, dit-il négligemment.

— Alors, faites-moi un contrat.

— Oh ! bien sûr, fit-il en acquiesçant brièvement de la tête.

— Demain, laissez-moi partir, je dois mettre au point un plan d'attaque. Si je reste ici enfermée, je ne pourrai pas vous être utile. Je ne veux pas me retrouver morte un beau matin avec un couteau planté dans le cœur ! Pour la forme, je vous dis adieu et bonne nuit !

Julia se mit au lit, mais ne trouva pas le sommeil. Il fallait qu'elle établisse un plan avec Flam pour faire parler cette patronne par trop narcissique.

Julia avait une poitrine étonnement développée pour la finesse de son buste et de sa grande taille et elle pensa que c'était une particularité faite pour plaire à Annie.

En vraie lesbienne, elle devait aimer les filles riches en attributs du sexe faible. D'ailleurs, la première des choses qu'elle avait faites était de découvrir sa poitrine. Poitrine que Julia soupçonna d'être refaite.

Elle repensa au physique d'Annie avec sa coiffure

courte, ce genre de détails qui exacerbe la féminité…

Pourtant, qu'à cela ne tienne, Annie avait été conquise par le physique longiligne et sexy de Julia.

Elle l'avait dévorée des yeux à la lueur inquiétante de ses yeux noirs soulignés d'eye-liner. Elle l'avait enlacée à la manière d'un homme. Elle avait accompagné son geste en plaquant une main sur la poitrine de Julia et en la faisant rouler sous sa paume.

Julia se dit :

— Je vais en faire ce que je veux et elle s'en mordra les doigts…

8

MODERN LOVE

Le lendemain, Germain la déposa sur la départementale. Pour lui dire au revoir, il esquissa un petit salut plein d'humour.

Elle appela de son portable un taxi pour la ramener à son cabinet.

Flam était sur place et elle eût vite fait de lui faire son rapport.

— Je me suis fait un sang d'encre de ne plus vous voir. J'ai cru que l'on vous retenait en otage…

— Au début, c'est ce que j'ai cru, moi aussi, mais je n'ai pas affaire à un mec de la mafia.

— Vous me dites qu'il veut récupérer son argent ! C'est utopique, son histoire. Les coffres actuels sont programmés avec un code unique de chiffres et de lettres. Si le code n'est pas bon… boum ! Tout ce qui est à l'intérieur est détruit.

— D'où mon rôle avec la nana du chirurgien. C'est elle qui porte la culotte et qui doit détenir le code.

— Et la police, vous en faites quoi ?

— Oui, ils doivent déjà être aux aguets depuis hier au soir. T'as raison, j'ai plus de dix textos sur le téléphone rouge de Joseph.

Alors, bouche cousue ! C'est une partie qui peut rapporter gros. La police ne doit pas être au courant.

— On oublie les conventions ? On va préparer le terrain ?

— Ouais ! Tout ce qu'on sait faire…

Flam eut une lueur d'amusement dans les yeux.

— Hôtel, caméra et petites pépés… Yes !

***

Julia mit au point avec Joseph sa disparition de la veille. Elle lui expliqua qu'elle avait un début de grippe avec de la fièvre. Elle avait dû rentrer chez elle HS et se coucher. D'après le toubib, elle en avait pour trois jours d'immobilisation au lit avec antibiotiques et tout le toutim.

Il goba l'excuse, car c'était le week-end et il voulait aller à la chasse au sanglier. Julia était tranquille de ce côté-là, mais il ne fallait pas traîner. Elle priait pour qu'Annie la contacte vite…

Et ce ne fut pas long… Le samedi soir, elle reçut un texto qui lui donnait un rendez-vous pour le dimanche après-midi. Julia lui répondit tout de suite en lui disant qu'elle choisirait elle-même un motel discret du périphérique. Elle lui indiqua ses coordonnées.

Flam appela Gladys. Il la mit au parfum afin qu'elle se trouve dans le hall du motel à surveiller Julia et Annie lors de leur arrivée. Il alla poser deux caméras invisibles dans la chambre afin de filmer les ébats.

En ce qui concerne les ébats, Julia qui n'avait vraiment rien pour l'attirer de ce côté-là fit appel à Rosa.

Elle lui expliqua que cette cliente n'aimait pas les hommes, que c'était une lesbienne inconditionnelle. Elle l'avait remarquée lorsqu'elle était sur la départementale. Celle-ci n'avait pas voulu la décevoir en lui refusant une partie fine.

— Tu sais, moi, je suis novice pour ces choses-là ! Tu as sans doute plus d'expérience que moi ?

— Tu as raison, murmura au téléphone Rosa. Je vais m'en débrouiller. Donne-moi le nom de l'hôtel, le numéro de la chambre et je vais m'y rendre.

— Je vais l'attendre dans le parking et je lui expliquerai ta présence dans la chambre, dit Julia. Je lui dirai que je prends mon plaisir en regardant.

— Elle va te prendre pour une Martienne ! fit Rosa. Julia sentit dans l'écouteur, sans le voir, son sourire irrésistible.

— Oui, je te promets, il n'y aura aucun empiètement d'aucune sorte de ma part et tu seras bien payée.

— T'inquiète, on partagera. Tu en as besoin plus que moi...

— N'oublie pas de te masquer ! Elle pourrait te reconnaître...

Julia raccrocha, en deux coups de fil, elle avait dressé le décor.

★★★

Julia arriva avant l'heure au motel et s'entendit avec Gladys pour la suite des événements.

Elle resterait dans le hall et surveillerait les allées et venues afin de garantir la sécurité de Julia.

Elle pensait qu'Annie avait un narcissisme démentiel, mais cela ne l'empêchait pas de se méfier d'elle. Elle n'oubliait pas ce que lui avait révélé Germain en ce qui concernait le trafic d'organes.

Cette Annie pouvait être de mèche avec la pègre. Il ne fallait pas que Rosa ou elle risquent leur vie.

— Vous êtes irrésistible ! s'exclama Annie lorsqu'elle fut arrivée sur le parking du motel.

Julia se mit à rire nerveusement. Elle hocha la tête en se tournant vers Annie pour lui expliquer la présence d'une tierce personne... Allait-elle gober la mise en place de la partouze ?

Mais tout se passa bien, le scénario correspondait en fait exactement à la libido « fluide » d'Annie. Elle remercia même Julia de cette initiative impromptue :

— Vous disiez, Julia, que vous n'aviez aucune imagination ?

Julia se contenta de battre des paupières sans répondre.

Annie daigna sourire, l'air de dire : « Quelle surprise ? ».

Julia avait tout pour elle : le charme, la séduction, l'élégance.

Annie avait fait un mariage d'intérêts réciproques avec son mari, chirurgien en vogue.

C'était un forcené du travail et il la délaissait sur le plan sexuel. La façade respectable d'un couple uni leur donnait une image de marque pour les réceptions et la vie mondaine.

Annie avait d'autres projets pour combler sa frustration et l'argent de son mari lui permettait d'assouvir ses fantasmes.

Elle se livra un peu à Julia, le temps de prendre une tasse de thé dans le petit salon de l'hôtel. Gladys qui faisait semblant de lire, observait et ne remarqua aucun autre mouvement dans le hall de l'hôtel.

Julia comprenait que ce couple avait, en privé, une double vie assumée grâce à la tolérance absolue du mari.

— Finalement, je me rends compte, à travers ce que vous me racontez, Annie, que vous avez une grande estime réciproque, et à la longue, une complicité amicale avec votre mari.

— Il ne se prive pas non plus et collectionne les petites infirmières qui gravitent autour de lui, dit-elle en haussant les épaules.

— Vous faites ce qui vous plaît, non ?

— Évidemment, reprit-elle, je serais vraiment bête de me passer de bons moments comme celui-ci, avec vous… Oui, j'ai besoin de vous Julia, lâcha-t-elle très vite, à voix presque basse.

— Je suis positivement enchantée, Annie, fit Julia avec une intonation qu'Annie jugea un peu mondaine. Vous portez un délicieux chemisier d'après-midi. Il sera facile à enlever…

Elles montèrent à l'étage et lorsqu'elles entrèrent dans la chambre, elles découvrirent Rosa.

Rosa était allongée masquée sur le couvre-lit, nue, à l'exception d'un mini-slip en dentelle noire. Elle s'agita de gauche à droite dans un déhanchement savant pour s'en débarrasser, pour ainsi dire sans y toucher. Alors Rosa se mit à quatre pattes, très cambrée, afin d'offrir, sous la lumière tamisée de la chambre, toute son intimité à Annie et à Julia.

Au vu de cette exhibition, Annie sursauta un peu et puis, encouragée, enlaça Julia comme un homme en l'embrassant sur la bouche.

Julia, un peu tremblante, la déshabilla en déboutonnant

un à un les boutons nacrés de son chemisier rose moiré. Rosa jouait son rôle à la perfection en mimant l'amour par saccades sur le lit.

Annie se mordit les lèvres. Rien ne trahissait le feu secret qui couvait sous sa combinaison de soie noire dont elle ne se départit pas… Elle voulait cacher ses imperfections de femme mûre.

— Sur le lit, vite, souffla Julia.

Dépoitraillée, elle se serra contre Rosa qui fit durcir les pointes des deux seins d'Annie. Ses mains de professionnelle caressèrent son ventre, puis l'aigrette de son pubis d'ébène.

Annie écarta d'elle-même les cuisses et chercha la bouche de Julia qui s'était couchée près d'elles. Rosa lui ôta son slip et elles roulèrent toutes les deux dans un corps à corps affolé.

Julia bascula et se leva, puis vint se caler confortablement dans un fauteuil, les jambes croisées, les bras appuyés aux accoudoirs. Elle contempla de là, à la façon d'une entomologiste, le tableau des deux amoureuses.

Elle s'était réfugiée dans un coin reculé de la pièce afin de ne pas être filmée par l'œil des caméras miniatures dissimulées par Flam.

Elle se félicitait de la maîtrise de Rosa. Elle se disait qu'elle avait beaucoup de chance de l'avoir invitée.

Les ébats n'allaient pas durer des heures, Julia jeta un regard de connivence à Rosa. Elle comprit au quart de tour qu'il fallait qu'elle dégage. C'était en accord avec Julia. Elle prétexta un passage aux toilettes et disparut avec ses vêtements dans la chambre jumelée, afin de se rhabiller.

Annie fit signe à Julia de se coucher près d'elle :

— Nous ne serons pas trop de trois ! fit-elle, pleine d'espoir.

Mais Julia n'obéit pas. Elle fit patienter Annie en lui tendant une petite fiole de whisky du minibar, tout en finissant de siroter la sienne.

— Qu'attendez-vous ? siffla Annie, les joues creuses de rage.

Julia se passa un doigt sur les lèvres, l'air narquois : — Chut !

— Je croyais qu'il était convenu entre nous deux que vous feriez partie des ébats...

— Vous n'avez sans doute pas compris...

La voix de Julia avait subitement pris un ton différent.

— Je vais vous surprendre en vous disant que je n'en suis pas...?

— Évidemment, reprit-elle, Julia, vous avez la tête ailleurs.

Julia se contracta :

— Oui, dans un sens, je cache mon jeu.

— Pour quelle raison ? Je peux savoir ?

Annie jeta un regard décontenancé à Julia. Elle remarqua que les mains de Julia tremblaient faiblement.

— Allez-y, je vous écoute, reprit Annie. Maintenant vous gâchez notre entrevue...

— Notre muse mystérieuse ne reviendra pas, je l'ai virée. Il faut l'oublier pour aujourd'hui. Je n'ai plus besoin d'elle.

Annie se figea, ahurie.

— Comment ça ? Qu'est-ce qui vous prend ?

— Rhabillez-vous, dit Julia en lui lançant son chemisier et sa jupe et levez-vous. J'en ai assez de vous voir baiser...

Julia reprit une lampée et termina une autre petite fiole de whisky, trahissant la nervosité dont elle était victime.

— Vous m'humiliez, Julia ! Je ne m'attendais pas à cette réaction... Je pensais que vous en aviez envie aussi...

— Ne pensez plus à nos envies communes ! Je vous hais, vous et vos envies.

— Je vous en prie Julia, calmez-vous ! tenta Annie avec un début de désespoir. Elle sentait que Julia s'enflammait outre mesure. Vous êtes une eau dormante qui fait des bulles...

— Vous allez me ficher la paix, j'en ai marre de vos conneries. Je fais peut-être des bulles, mais je garde la tête froide. Vous n'allez pas me dicter ma conduite...

Une rougeur empourpra les joues d'Annie. Dorénavant, elle n'en menait pas large. C'était un camouflet dont elle n'imaginait pas Julia capable.

— Je peux vous clouer le bec ! Tous vos ébats ridicules ont été filmés par mes soins et si vous ne me donnez pas ce que je vais vous demander, vous êtes fichue... Dans un instant, tout sera diffusé sur Internet.

Annie resta muette. Elle ne savait quoi répondre. Cette Julia, aux yeux de mépris, la terrorisait.

— Vous êtes vraiment sans indulgence, balbutia-t-elle. Dites-moi ce qui vous préoccupe comme ça…

— Vous devez me dire où se trouve votre coffre et me donner son code secret.

Flam entra dans la chambre juste à ce moment-là. Il stoppa sur le seuil, un pistolet à la main. Julia mit la télé en marche, afin de couvrir le bruit de la conversation avec Annie.

— Qui êtes-vous ? jeta Annie, interloquée.

Flam s'empressa de la bâillonner avec du ruban adhésif afin qu'elle ne puisse pas crier… Julia la fit asseoir sur une chaise et lui donna un papier et un crayon. Annie ôta sa montre et montra, au dos, le code gravé de l'ouverture électronique du coffre.

Flam vérifia la gravure et le code sur le papier. Ensuite, Annie fit un petit croquis de l'emplacement du coffre dans leur maison.

Flam masqué, lui aussi, comme Rosa sortit une paire de menottes et attacha Annie à la chaise et la chaise au montant du lit.

Julia lui fit une piqûre de somnifère afin qu'elle dorme jusqu'au lendemain. Elle jeta la clef des menottes au milieu du couvre-lit.

Annie s'endormit sur le champ et Flam et Julia partirent de concert vers la maison de celle-ci. Rosa, rhabillée, s'était volatilisée par la chambre attenante. Julia l'avait congratulée avantageusement par avance.

Ils descendirent par l'escalier de secours et prirent une voiture de location qu'avait prévue Julia. Flam téléphona à Gladys qui partit sur le champ, délivrée de sa surveillance.

— Joli ! apprécia Flam. Allons faire une virée du côté du manoir de cette bourgeoise.

— Le spectacle valait le coup ? dit Julia.

— Tout est O.K. C'est dans la boîte.

— Elle n'osera pas faire de vagues ! C'est chaud pour elle… Flam sourit intérieurement.

Ce qu'il ressentait le satisfaisait pleinement. Si la seconde partie du plan s'avérait aussi réussie que la première, ils pourraient tous partir en vacances aux Maldives.

Peut-être même arrêter de travailler pour un bout de temps.

9
LE CASSE

Flam s'était renseigné sur l'emploi du temps du chirurgien à l'hôpital. Il n'y avait rien à craindre, à l'exception de la femme de ménage qui partait vers 16 heures. Donc, la maison serait vide vers 16 h 30.

Julia ferait le guet dans la voiture de location, à quelques mètres du pâté de maisons.

Il sortit sa trousse de clefs, tel un serrurier, et n'eut aucun souci pour ouvrir la porte de service située derrière la maison. Elle n'était pas connectée à l'alarme de télé surveillance de la porte d'entrée.

Une erreur de jugement du propriétaire. Aussi bien organisée que soit son existence, pour le reste, quelque chose ne collait pas. Flam avait son opinion et il alla sans tarder, avec le code remis par Annie, déconnecter le boîtier principal.

C'était bien une maison de notable. Les toiles contemporaines de pop art, choisies avec goût décoraient les murs en parpaing du salon au-dessus de meubles design. Ce mobilier iconique de la marque *Ligne Roset* soulignait un art de vivre esthétique, chic et cher. Cette maison était le symbole d'une élégance de vie à la française.

L'instinct de Flam était à fleur de peau, il commençait à s'intéresser sérieusement à cette affaire peu banale, mais qui lui paraissait d'une importance cruciale pour leur entreprise de détectives privés. Y avait-il une relation avec les deux meurtres de prostituées dépecées ?

Le coffre, d'après les détails que Julia avait tirés

d'Annie, se trouvait sous l'escalier qui menait à la cave. Il était dissimulé dans un faux tonneau de vin.

En tournant le robinet, le tonneau s'ouvrit et laissa apparaître un coffre plutôt volumineux…

Flam s'était procuré un sac de voyage assez vaste comme en ont les militaires en permission.

Lorsqu'il eut ouvert le coffre avec le code arraché à Annie, il rêva sans retenue devant les piles de billets.

Les yeux écarquillés derrière son masque, il enfourna compulsivement les billets de cinq cents euros dans le sac. À la louche, il y en avait pour plus de deux millions d'euros.

Il prit aussi ce qui pouvait passer pour des dossiers médicaux… Éventuellement des dossiers de malades greffés que le chirurgien avait opérés.

Le temps passait vite, il fallait remonter rapidement.

Flam referma le coffre, le tonneau, reconnecta l'alarme et sortit par la porte de service, la referma soigneusement, sans avoir laissé aucune trace derrière lui.

Plus jovial dans son for intérieur que les apparences ne le laissaient supposer, il jubilait en entrant dans la voiture de Julia.

— C'était long ! dit-elle avec un air contrit.

— L'affaire est dans le sac ! dit-il avec un sourire jusqu'aux oreilles, en rapport à la fameuse pièce de théâtre.

Julia appuya sur l'accélérateur et démarra en trombe. Flam la modéra, il ne fallait pas se faire remarquer par le voisinage.

— Je suppose, dit-elle sentencieusement, que nous devons derechef passer à la banque demain ?

— Je ne pense pas, non !

— Ah bon ? dit-elle, j'aurais cru… mais puisque tu le dis ?

Flam retomba en arrière sur le siège passager.

— Moi ? J'ai dit quelque chose ? Ah ! Quel emmerdement, tout ce pognon en liquide !

Julia, au volant, se voûta un peu :

— Combien ?

— Patronne, dit-il, on aura besoin de pas mal de temps pour compter.

— T'inquiète pas, c'est mon rôle, la compta !

Julia n'était pas de celles qu'impressionne l'argent.

Arrivés au cabinet, Julia et Flam se regardèrent dans le blanc de l'œil.

Julia jeta un regard en biais au sac de voyage débordant de billets.

— Tu ne pouvais pas en mettre davantage ?

— Je suis désolé, dit-il, vous avez une idée, patronne, pour le faire disparaître ?

— Ouais ! Je suis un peu magicienne… On va d'abord regarder les deux dossiers que tu as chouravés… dit-elle avec un soupir fatigué.

10
DES CAUCHEMARS EN COULEURS

Comme on fait ses rêves, on fait sa vie.

Julia parfois déconcertait Flam, plus terre à terre, plus calculateur qu'elle. Elle était souvent animée de sentiments contradictoires.

Julia l'avait initié aux manières et à la mentalité de ce métier difficile d'enquêteur… Elle n'avait pas vraiment de vie privée. Devant son déterminisme, sa créativité, il éprouvait pour elle une sorte de vénération.

Il savait qu'elle était généreuse, mais de là à ne pas se préoccuper de l'argent prélevé au chirurgien, il était incrédule.

Julia avait simplement rangé le sac de voyage dans un tiroir vide de son bureau, sans le fermer à clef.

Flam était inquiet, elle ne s'intéressait qu'aux dossiers… Seulement, il avait trop de pudeur pour le laisser deviner, et assez d'intelligence pour ne pas montrer combien cela le rendait vulnérable.

Il retira du frigo deux canettes glacées de Coca-Cola, boisson énergisante et réconfortante en cas de crise. Il avala goulûment la moitié de la bouteille et rota bruyamment.

Julia ne fit pas de remarque, elle ne releva pas son manque d'éducation.

Ne voulant pas s'appesantir sur le sujet de l'argent, il fit l'étude du premier dossier avec elle.

C'étaient bien des dossiers médicaux avec un ensemble de documents qui retraçaient des épisodes ayant affecté la santé des deux jeunes prostituées qui avaient été tuées.

Le chirurgien avait noté des comptes rendus d'examens, des résultats d'analyses, des clichés radiologiques. C'étaient des preuves irréfutables de la culpabilité du chirurgien.

Après le prélèvement des organes nécessaires à ses transplantations, il avait masqué ses forfaits en crimes sadiques pour dérouter les recherches judiciaires.

Julia eut un haut-le-corps. Elle avait donc cette quasi-certitude qui ne la réconfortait qu'à peine. Ce Yann, c'était un individu en vue qu'elle désespérerait d'amener un jour devant un tribunal.

Germain était celui qui connaissait la tête du serpent de mer, ce Yann…

Julia ne tourna pas autour du pot, elle donna pour mission à Flam de se rendre chez Germain. Elle avait comme intuition qu'il fallait le mettre en sécurité. Annie n'allait pas tarder à se réveiller, si ce n'était pas déjà fait…

— Elle est intelligente, elle aura vite fait la corrélation entre Germain et moi. Ils sont mouillés avec la pègre. Aussi, la pègre, de connivence, réagira rapidement pour les protéger, peut-être même avant les flics… On risque gros…

— Tâche de voir comment ça va se passer avec Germain. Il faut qu'il parle à la police sans nous mouiller… Je le laisse juge…

— J'ai compris, il ne doit en aucun cas prononcer ton nom. Il ne t'a jamais connu !

Flam que Germain ne connaissait pas partait dans l'inconnu avec pour seul viatique les doubles des dossiers médicaux qu'il allait lui montrer…

Il fixa son révolver sur sa ceinture dans son étui à dégainage rapide.

Julia avait chaussé les souliers de la prétendue sœur de la défunte femme de Germain et elle avait beau se raisonner : elle n'était pas rassurée.

Kakou la connaissait et aurait par Rosa ses coordonnées téléphoniques… Au fond, c'était un proxo dangereux.

Naufragée, elle n'aurait que Germain pour jeter une bouteille à la mer.

Il irait chez les flics à sa place pour dénoncer les

suspects.

Elle ne pouvait pas révéler ses sources pour les meurtres des prostituées, pour l'argent et les dossiers volés…

★★★

Afin de ne pas se faire repérer, Julia s'était réfugiée sous un faux nom dans une chambre fonctionnelle d'un petit hôtel anonyme.

Flam était parti en direction de la maison de Germain. Il fallait qu'il en sache davantage, ce Germain n'avait pu transmettre à Julia qu'une information vague et peu probante. Dorénavant c'est Flam qui prenait la relève…

Julia passa la moitié de sa nuit à éplucher les deux dossiers et à en faire une synthèse. Ils étaient clairs et accablants.

Les deux victimes étaient peut-être plus cupides que ce que la police pouvait imaginer… Peut-être, comme le suggérait Julia, qu'elles avaient voulu gagner beaucoup d'argent dans cette affaire et s'étaient fait piéger.

Le fait de devoir à présent se cacher de la pègre et de la police la contrariait. Elle se sentait agitée, nerveuse… Thierry ne pouvait pas venir la rejoindre, sans la mettre en danger.

Un désir de lui presque palpable, tellement évident qu'elle en frissonnait… C'était fichu pour ces retrouvailles de trois jours.

Au creux de sa poitrine, elle ressentait un vide, comme une angoisse. Qu'avait-elle besoin de prendre ce contrat ? Le sac de voyage plein à craquer de billets allait-il la consoler ?

En partant de son cabinet, elle était passée au supermarché et avait acheté un bouquet de tulipes multicolores. C'était la seule note colorée de la chambre et son regard se portait sur ces fleurs pudiques.

Elle songeait aux mains de Thierry et à un champ de blé et de coquelicots comme elle avait connu dans son enfance, qui basculait…

11
PERMIS DE TUER

Flam ouvrit la double porte d'entrée avec son passe. Il éternua. Il s'enrhumait et ce n'était pas le moment, en pleine intrusion délictueuse.

Pour quelqu'un qui voulait passer inaperçu en traversant le palier de la maison de Germain, c'était loupé...

Il ouvrit la porte du salon et découvrit un cadavre d'homme presque entièrement nu sur le canapé, si raidi, qu'il semblait faux... comme dans les pires films d'épouvante. Il avait les paupières ouvertes et les yeux révulsés.

Plus besoin de chercher à ne pas faire de bruit. Il sortit un mouchoir en papier de sa poche et se moucha bruyamment.

Il prit son portable pour appeler Julia. Il lui demanda de lui décrire Germain et le portrait qu'elle lui fit était très ressemblant au cadavre.

Dans le silence de la maison vide, sa voix ricochait en écho. Il examina le cadavre et sur l'avant-bras qui traînait par terre des meurtrissures d'une seringue faisaient comme un petit bleu.

— Votre Germain, il devait avoir l'habitude de se piquer... ?

— Je ne sais pas, il avait l'air plutôt clean. Il m'avait tout de suite mise en confiance. Il avait l'air doux et accueillant.

— Alors, vous allez être inconsolable ?

Julia ricana au téléphone.

— Il est mort ?... Oh, pardon ! Je suis vraiment indécente. C'est fichu...

— Bon, c'est tout ce que vous avez sur lui, dit Flam. Je vais aller faire une reconnaissance des lieux pour voir si je trouve autre chose.

Flam réfléchissait sans toucher à rien. Il faisait des photos de la scène de crime.

Ce Germain avait dû être descendu par quelqu'un qu'il connaissait. Il n'y avait pas d'empreintes, pas de traces. L'arme du crime, la seringue était sur les lieux du crime.

Flam monta les escaliers en s'épongeant le front. Il faisait chaud ou bien avait-il attrapé un vilain virus ?

Il ne voulait pas s'attarder sur les lieux, il fallait qu'il dégage au plus vite. Le corps serait sans aucun doute découvert dès que la femme de ménage arriverait le lendemain.

Y aurait-il une enquête ? Pour un décès par overdose, la police penserait à un suicide... Alors, pas d'investigations...

Si au contraire, les policiers alertaient la criminelle, les techniciens en identification criminelle, les « T.I.C. » se chargeront bien des indices cachés que ni Flam ni Julia ne pouvaient relever.

C'était vraiment fichu comme Julia le clamait. Pour les dossiers prouvant les deux meurtres et accusant le chirurgien voisin, il fallait trouver une solution valable pour les transmettre à la police.

Julia va-t-elle parler de l'argent volé ?

Julia et lui seraient dorénavant sur leurs gardes. Ils jouaient sur deux tableaux différents, mais tous les deux fort lucratifs.

Flam ne s'inquiétait pas outre mesure. Faire l'autruche, nier un problème, c'était, pour Flam, la plus classique des manières de le régler.

D'ailleurs, on ne pouvait pas non plus se fier à son visage énigmatique. Il était même difficile à Julia de lui donner un âge. Il avait pris l'habitude des situations à risques, du spectacle déprimant de la mort.

L'affaire n'était pas amusante, alors un de plus ou de moins...

En montant les marches de l'escalier, il se disait qu'il ne croyait pas tellement à l'overdose. Les toubibs camés ne sont pas si rares, mais ici, cela cachait autre chose. La criminelle n'allait pas être alertée alors que Flam se doutait qu'il y avait une organisation à démanteler là-dessous.

Il haussa les épaules. Ce genre de psychiatres, il n'y a pas grand monde pour les regretter.

Il ouvrit au hasard deux portes du premier étage, rien d'anormal. Des chambres rustiques à l'image de la maison. Il poursuivit sa visite et s'engouffra dans un petit escalier qui menait au grenier.

Sa conscience était aux aguets.

★★★

Julia réfléchissait : comment faire pour placer ces deux dossiers compromettants à la criminelle sans avouer le vol ? Elle rafla une chocolatine dans un sachet en papier qu'elle avait acheté à la boulangerie qui jouxtait l'hôtel. Elle avait toujours eu un bon appétit et les soucis la creusaient. Elle lança le sachet froissé vide dans la corbeille à papier et la rata. Elle ne se leva pas pour le ramasser. La tête appuyée sur son coude, son esprit s'échappait et il lui sembla qu'elle sommeillait un peu sur la table.

La sonnerie du téléphone la réveilla en sursaut, c'était Joseph qui s'alarmait de son silence.

Julia prit la communication.

— Alors ! Vous voulez quoi ?

— Dire un ou deux mots à la princesse au petit pois qui ne donne pas de nouvelles.

— Eh bien quel genre de mots ?

— Qu'il vous faut une sacrée frousse aux fesses pour vous terrer ! Où êtes-vous ?

— Vous dites des conneries, mon vieux. Je suis chez moi.

— C'est où, chez vous ?

— Soyez pas con, Joseph, dit-elle. On a dû vous transmettre mon adresse.

— Justement. C'est ça qui me chiffonne. Ne me dites pas que vous avez déménagé ?

Julia eut une vraie réaction au téléphone, elle battit des

paupières.

— Je suis grippée. Je loge chez une copine infirmière qui me soigne. Et puis tenez votre vilain nez au propre… Si je l'aperçois, je l'écrase avec ma chaussure à talon haut.

L'autre, au bout du fil ne semblait pas convaincu.

— Sauf votre honneur, allez-vous faire foutre, dit-il avec beaucoup de conviction et il raccrocha.

★★★

Julia fut surprise par le ton de la conversation. De la part d'un inspecteur, c'était inusité et devait cacher quelque chose. Elle se méfiait des policiers en général et surtout de ce Joseph.

Elle se demandait ce qu'il savait ou soupçonnait. Il fallait qu'elle reste sur la défensive.

À l'heure actuelle, elle tenait pas mal de clefs. Grâce aux deux dossiers, elle et Flam pouvaient ouvrir ou fermer toutes les serrures, et cela jusqu'à la fin de l'enquête préliminaire. Mais, comment expliquer à la police la façon dont elle s'était procuré ces dossiers ?

Si Germain avait été tué, c'est parce qu'il en savait trop. À partir de lui, on allait avoir une petite chance de remonter plus haut. Elle enfourchait sa chimère. Le tueur a été mis au courant très vite par Annie.

Il fallait agir très rapidement, chercher le tueur, mais surtout démanteler l'organisation du trafic d'organes. Il ne fallait pas qu'elle reste les bras croisés, car ils chercheraient à faire disparaître les pièces compromettantes pour eux.

Tirée de ses pensées moroses par la sonnerie du téléphone de son autre portable, elle décrocha.

Elle dit oui et son regard changea. Elle ne demanda pas qui c'était, car elle avait le nom de Flam qui s'affichait.

Elle écouta, serrant davantage son portable dans sa main moite. Elle ne parla que deux fois pour dire : « tu es sûr ? » Et « Bon, j'arrive… ».

★★★

Joseph se demandait ce qui se passait… mais rien ne se passait… Julia n'avait rien dit, elle était cachotière. Cela ne le surprenait pas, il se doutait que c'était une dure à cuire.

Il se posait des questions sans trouver les réponses. Il était un animal social et la solitude morale lui pesait. Pour un flic c'était frustrant.

Il était passé au commissariat de bonne heure le matin et avait fait son rapport à Legrand qui en avait pris connaissance et l'avait houspillé.

Joseph semblait vraiment mal à l'aise. La conversation avec Legrand s'avérait mal engagée.

— Il faut localiser cette nana… D'après ce que vous me dites, elle veut faire cavalier seul avec son acolyte ? dit Legrand.

— J'ai fait faire une localisation téléphonique. Elle se trouve retranchée dans un petit hôtel de la périphérie sud.

— Je l'ai contacté téléphoniquement et elle m'a envoyé bouler. Elle vit sa vie comme bon lui semble. Patron, ça ne sert à rien de la filer…

— Telle que je la connais, elle est sur une piste. Il ne faut pas la lâcher, reprit Legrand.

Il savait ce qu'il disait et écourta la discussion, il avait une matinée chargée. Il maugréa que c'était quand même un monde et relança Joseph pour qu'il lui fasse cracher ce qu'elle savait.

— Démerdez-vous. Au cas où Julia ou son auxiliaire refuseraient de coopérer, vous les amenez avec les bracelets au commissariat et je les ferai parler.

Il ajouta, après un temps :

— Je sais ce que vous allez me dire et je m'en fous.

Le ciel se couvrait, c'était encore un jour vieux comme le monde…

12

EN PROIE AU DOUTE

Le téléphone portable de Fadhila retentit, c'était Joseph… Elle était l'une de ses indics.

— C'est moi, grommela Joseph, j'ai galopé de tous les côtés depuis ce matin pour récupérer Julia et je suis à cran. As-tu des informations à m'apporter ?

— D'abord, balbutia Fadhila, je ne suis pas censée savoir quelque chose… mais voilà, une fille m'a rencardée à son sujet.

— Dis, vite.

— Je suis allée lui faire une visite chez elle, car elle s'est blessée à la cheville. Elle m'a dit qu'elle a fait une bonne passe d'à peine dix minutes avec une cliente de Julia. Une lesbienne, soi-disant rencontrée par hasard.

— Ça alors, fit-il. Et quoi donc ? interrogea plus aimablement Joseph.

— Rosa s'est sentie manipulée dans cette situation. Elle était curieuse de savoir pourquoi Julia ne voulait pas qu'elle reste davantage, après avoir émoustillé la vieille.

— De plus en plus intéressant, murmura-t-il. Mais ça nous mène où, tout ça ?

Fadhila prit le temps de refermer la porte de la cuisine, car en bruit de fond, les voix joyeuses de ses enfants jouant à la *Game Boy* au salon, résonnaient dans la pièce.

— Comme elle était curieuse de savoir ce qui se passait, elle a attendu dans sa voiture qu'ils ressortent.

— Et alors ?

— Après un long moment, il n'y eut que Julia avec un

Asiatique de petite taille qui sont ressortis de l'hôtel. La vieille n'a pas réapparu... Rosa est restée longtemps à l'attendre, car elle voulait la suivre pour la recontacter.

— Qu'est-ce qu'elle a fait ?

— Comme elle se doutait que la vieille était friquée et qu'elle avait peut-être une chance de la revoir comme cliente... elle est retournée jusqu'à la chambre de l'hôtel.

— Astucieux, admit-il.

— La porte de la chambre n'était pas fermée à clef...

— Merde, lâcha Joseph, allez dépêche...

— Mon information est payante et elle va vous faire l'effet d'un pavé en pleine figure. Elle vaut cher.

— Évidemment, fit Joseph, tu sais que je te couvre toujours en cas de problème.

— Il me faut plus. Je veux que vous enfermiez le Kakou.

— D'accord, c'est une bonne idée. Minable, mais bonne.

Fadhila prit le temps de réfléchir. Elle savait qu'elle jouait une bonne carte pour se débarrasser de son souteneur indélicat.

— Elle a trouvé la vieille, bâillonnée et ligotée au montant du lit, qui roupillait...

— Bon Dieu, pensa Joseph en silence. Et puis ?

— Les clefs des menottes étaient sur le dessus de lit. Elle a détaché la femme et lui a enlevé son bâillon. Comme elle n'arrivait pas à la réveiller, elle s'est carapatée sans faire de vagues...

Les lèvres minces de Joseph se tendirent en lame de couteau.

— Elle n'a pas su qui elle était ?

— Ah oui, j'allais oublier. Elle a fouillé dans son sac et a regardé sa carte d'identité. Une certaine Annie Sylmo...

Joseph émit un petit rire aigre :

— Elle en a sans doute profité pour lui faire les poches ?

Fadhila leva les yeux au ciel.

— C'est une hypothèse que vous devez ignorer. Inutile d'insister.

— Ah oui, j'avais oublié. Je me contenterai donc de cette réponse, n'est-ce pas ?

— Oui, fit Fadhila en raccrochant.

Joseph se passa la main dans l'épaisse masse de ses cheveux noir de jais. Cette Julia, elle manœuvrait bien toute seule. Qu'est-ce que cela voulait dire ?

Joseph vacilla un peu :

— Je le saurais, reprit-il.

Il se lissa le nez. Il était évident qu'il fallait que Julia, la terrible, lui révèle les détails de cette prise d'otage. Il acquit la certitude que depuis trois jours, elle le baladait. Elle était bien l'instigatrice de manigances dont elle tenait écartée la police criminelle.

L'inspecteur Blain, qui reprenait du service, entra dans son bureau.

— Je t'écoute, dit Joseph en se figeant.

Blain jeta un bref regard à Joseph en s'asseyant sur une chaise face à son bureau.

— Je me suis renseigné tous les jours sur ce que fait Julia. Oui, croyez-moi, elle travaille bien pour elle.

Joseph s'examina les ongles.

— Tu l'as suivie ?

— Je ne l'ai pas quittée, sauf le soir où elle est partie avec un type bizarre. Elle est restée toute la nuit avec lui et je ne l'ai récupérée que le lendemain matin lorsqu'elle est sortie d'un taxi pour rentrer à son cabinet.

— On aurait dû mettre une caméra-espionne dans son bureau.

— Comment ? jeta Blain, durci.

Joseph secoua la tête :

— Inutile d'insister. Aujourd'hui, c'est trop tard… Il aurait fallu aussi demander un tracé téléphonique au Procureur.

— Ouais ! On a loupé un épisode. Elle est très forte…

Blain ôta délicatement des pellicules sur la manche de son blouson en cuir.

— Écoute bien ce que je te dis, Blain, dit Joseph enfin. Nous ignorons quelque chose de très important que Julia sait.

— Exact, reconnut Blain, impressionné.

— Eh bien, tu vas continuer à filer Julia puisque tu sais où elle se trouve. Dès qu'elle sort de l'hôtel où elle s'est réfugiée, tu m'appelles…

Blain soupira.

— Bien sûr, en somme, reprit-il. Il y a deux hypothèses. La première : Julia détient une information dont on ignore tout. La deuxième : elle le fait pour son propre compte.

Joseph mit au courant Blain de ce qu'il avait appris par Fadhila…

— Affaire de coup de poker psychologique dans les deux cas, reconnut Blain, impressionné.

— Soit par pur machiavélisme, soit par intérêt.

— Si, insista Blain. Elle intrigue pour convaincre le commissaire Legrand que sa récolte d'indices est le seul coup de pouce pour traquer l'assassin toute seule et empocher la prime.

— Un jeu d'enfant pour elle, elle va compromettre potentiellement l'enquête, déclara Joseph. Parce qu'en fait, c'est vrai dans les deux sens…

Le patron veut que je la fasse parler afin de l'évincer et que ce soit lui qui tire les marrons du feu de cette enquête.

— Vous inquiétez pas, chef ! Ce qui est sûr, c'est qu'il n'y a qu'une solution pour la faire parler.

— Tu veux dire, la force ? Fais gaffe, elle est capable de tirer des sonnettes importantes, dit Joseph, en essayant vainement de croiser ses longues jambes musculeuses sous le bureau.

— Je vais la faire parler en l'amadouant et en la flattant. Je m'en charge, s'exclama Joseph. C'est le seul moyen.

Blain eut une petite moue ennuyée.

— Faut pas perdre de temps, chef… Et cette Annie Sylmo ? jeta Blain, son rôle à elle ?

— Je te charge d'elle. Je crois bien que c'est une pièce maîtresse.

En effet, l'affaire prenait une dimension importante. Et de ce qui allait se passer ce jour, ou non, pouvait découler énormément de choses…

Ils sortirent tous les deux du commissariat et repartirent chacun à l'assaut.

★★★

Julia sortit de l'hôtel par-derrière, par une porte dérobée de service.

Elle était persuadée, maintenant qu'elle avait répondu

téléphoniquement à Joseph, que la police allait trianguler sa position. Fallait s'enfuir…

Elle déboucha dans une ruelle étroite où les poubelles de l'hôtel débordaient de détritus malodorants. Il fallait qu'elle file vite avant d'être coursée par les enquêteurs policiers.

— Attention ! hurla un vieil homme qui fouillait dans une poubelle et Julia se plaqua contre le mur humide d'un immeuble.

Une voiture noire fonçait. Elle oscillait de droite à gauche, comme désorientée.

Julia hurla. Le bruit du corps du clochard contre le parechoc de la voiture fut celui d'un fruit qui éclate. Il jaillit en arrière, écrasé contre les poubelles, jambes et bras en croix. C'était un peu comme s'il avait eu l'ultime politesse de laisser passer la voiture qui venait de le démantibuler.

Il retomba sur l'asphalte juste après son passage.

L'Audi A4 passa à frôler Julia, avant de disparaître au bout de la rue.

— Merde ! balbutia-t-elle. En plus, il prend la fuite.

Elle s'était figée. Elle n'avait pas pu lire le numéro d'immatriculation, toute à observer la scène qui se déroula à vitesse grand V.

Le conducteur, un professionnel, était sans nul doute payé pour tuer ou faire peur à Julia.

Julia vint au secours du clochard, elle souleva sa tête. Ses yeux se révulsèrent. Il avait le nez fracturé. La bouche noyée de sang.

— Le salaud, souffla-t-il dans un dernier souffle. Il m'a eu.

Sa nuque s'amollit. Mort…

Julia appela les secours et s'enfuit sans attendre. Elle ne pouvait plus rien pour la pauvre victime.

★★★

Dans le taxi qui l'amenait vers le domicile de Germain, elle pensait :

— Mort ! Ça alors, qui pouvait vouloir la liquider ? Je crois bien que je ne saurai jamais rien. Par Sylmo ? Par Kakou ? Possible…

Par les services secrets, pour écraser dans l'œuf une sale affaire de trafic qui ne pouvait que nuire à tout le monde ? Possible encore… Je ne saurai jamais la vérité. Je ne saurai jamais à qui ça profite, non ?

Sa mort pouvait aussi profiter à Legrand… Il avait pour ainsi dire enterré l'affaire des deux meurtres de prostituées avant qu'elle ne se propose de l'aider.

Il était peut-être payé en sous-main par le réseau de trafic d'organes. C'était horrible à envisager, mais c'était peut-être la vérité.

Elle ne l'avait pas trouvé trop réglo pour la rétribution de son travail.

Mal payé, il était corrompu jusqu'à la moelle… Elle avait eu raison de se méfier de la police en ne les mettant pas au courant de ce qu'elle savait.

— En somme, le lampiste, c'est moi, se dit Julia en se tordant les mains.

Flam allait lui dire qu'il en fallait toujours un, non…

Elle se débarrassa du portable rouge que lui avait remis Joseph, en le jetant dans un fossé du chemin, par la vitre de la portière du taxi qui roulait vite.

13
BARBE BLEUE

Le taxi la déposa à quelques mètres de la maison de Germain. Flam en sortait avec un ordi portable sous le bras. Ils s'assirent dans le jardin sur un banc. Un rayon de soleil réchauffait l'atmosphère.

Julia lui raconta l'attentat perpétré contre elle.

Flam fixa Julia de ses yeux noirs.

— Qui a fait ça ?

Julia soupira.

— Ça mon vieux, j'ai bien peur qu'on ne le sache jamais. C'est fini, sauvée in extrémis.

— Fini ? Je n'aime pas non plus qu'on se fiche de nous. Vous pensez à Legrand ? Incroyable, quand même non ?

— Quand même, Flam, conclut-elle. Tout ça me dégoûte.

— C'est quand même un milieu très spécial, la police, vous ne croyez pas ?

Julia hocha pensivement la tête :

— Tu l'as dit, Flam. Mais ne le dis pas trop haut. Il y a des vérités qu'on a intérêt à garder pour soi. Surtout quand on est soi-même détective. Sinon, gare au retour de manivelle… Bon passons à ce que tu as appris en venant ici. La visite du grenier a répondu à tes questions ? fit-elle, sourcils froncés.

— J'ai tout passé en revue. À première vue, c'était un fouillis inextricable. Une sorte de foutoir, un ramassis de vieux meubles comme chez un brocanteur. Derrière une grosse malle, j'ai trouvé une cachette dérobée dans le mur...

— Alors ?

— Et là « mille sabords » comme dirait le capitaine Haddock, j'ai découvert une petite porte blindée. Elle ne possédait pas de poignée, mais simplement un système de commutateur comme dans les coffres-forts. Je n'ai pas eu de mal à neutraliser l'ouverture. La porte s'est ouverte, et dans ce local étroit sous le toit, se trouvait un vrai arsenal de fusils d'assaut, Kalachnikovs, mitraillettes, grenades, munitions, balles à fragmentation, silencieux, enfin tout le toutim... Aucune des armes ne portait le moindre numéro matricule ou poinçon d'origine, elles ne pouvaient fournir le moindre indice sur leur possesseur... Également, sur un porte-manteau, en plusieurs exemplaires, une garde-robe d'homme complète.

— Qu'as-tu encore trouvé ?

— Une petite commode dont les tiroirs étaient tous déglingués. Dans le premier tiroir se trouvaient des masques en plastique fin, comme de la peau humaine. Chacun des masques correspondait à un type physique différent. Ces masques provenaient sans aucun doute de Chine. Les joues, le front, présentaient des sortes de petits calfeutrages. Dans le second tiroir, une boîte contenait des postiches de moustaches différentes bien rangées. Un miroir, des tubes de colle pour s'appliquer les masques et postiches. J'en ai même essayé un comme ça... J'avoue que ça change un type !

— Ce Germain, rien de commun derrière ces masques, avec l'individu aux traits aristocratiques que j'ai connu. Et ce portable ?

— Oui, aussi... Mais pour l'ouvrir, il y a un code. Je dois m'adresser à Hubert pour le décrypter. Il est fourni avec une clef USB qu'il faut aussi déchiffrer.

— Habile comme il l'est, je suis sûre que cet informaticien de première va nous révéler le contenu du disque dur. Je lui fais confiance, dit Julia.

— Peut-être, admit-il. À chacun ses méthodes. On ne traîne pas trop ici, on pourrait se faire remarquer.

— Bon, dit-elle posément, partons. Pour le reste, seul l'avenir nous dira si nous avons raison de miser sur Hubert.

Julia regarda Flam, perplexe.

— Faut bien le payer... sinon, il ne sera pas sûr... fit Flam, tout aussi sceptique. Il va falloir manœuvrer beaucoup plus serré : ce n'est plus des petits poissons que nous ferrons, mais des sacrés requins qui savent se défendre.

14
LE CASSE-PIPE

Flam et Julia avaient des méthodes peu orthodoxes, mais d'une efficacité redoutable… même s'ils n'avaient ni l'un ni l'autre la tête de l'emploi.

Ils envièrent Hubert pour son calme et sa détermination lorsqu'il fut devant le portable.

Ils étaient allés directement chez lui, sans passer par le bureau de Julia. Elle allait par la suite prendre pension chez Flam, dans cet hôtel borgne du douzième arrondissement où il louait une chambre exigüe. Il ne fallait pas qu'elle se fasse remarquer par la police. Flam avait mis à l'abri l'argent dans une consigne de la gare.

Au milieu du visage émacié d'Hubert, ses yeux brillaient d'une lueur intense.

Il eut un petit rire aigu lorsqu'il trouva le code avec un logiciel qu'il avait lui-même bidouillé.

— Nous y voilà, dit Hubert qui balayait des yeux, à toute vitesse, les documents et fichiers de l'ordi. Il en avait sous le pied votre code « AzIm24Uts », des contrats…

Flam le fixa, incrédule.

— Eh oui, intervint Hubert, votre ami, d'après ce que je vois, a l'air d'être de la pire espèce de tueur à gages. Vous vous êtes embarqués dans un sale coup, il faut bien l'admettre.

— T'inquiète pas, il est refroidi, l'interrompit Flam.

Julia le fixa, telle une femme tombée à la mer apercevant une bouée à proximité.

— J'ai donc eu chaud ?

Hubert lui sourit.

— Alors tout va bien, ma petite Julia : l'ami « AzIm24Uts » ne peut plus vous faire du mal.

Hubert s'épongea le front. Il sortit un mouchoir en papier de sa poche, il devait être en manque.

Flam pensa qu'il ne devait pas tomber en rade maintenant qu'ils avaient en leur possession ces indices concrets. D'ailleurs…

Julia hocha la tête.

— Très bien. Vous avez du nouveau, à part ça ?

— Oui.

Flam fouilla dans sa poche, en sortit la clef USB qu'il tendit à Hubert.

— Ah ! Voilà qui va apporter de l'eau à notre moulin, annonça celui-ci.

Julia fixa l'écran de l'ordi. Une scène cocasse se déroulait devant leurs yeux. Elle avait dû être prise par le téléphone portable de Germain.

Il devait être à une fenêtre d'un immeuble qui donnait en face d'une chambre miteuse d'un hôtel de passe. Il avait une vue imprenable pour observer une fille qui déambulait en déshabillé de mousseline transparent. Il assistait ainsi aux ébats de la prostituée et de ses clients.

Hubert ouvrait de grands yeux :

— La fille a l'air de s'être habituée aux manies de ce type pas comme les autres qui la matent…

— Oui, en voyeur, il l'a sans aucun doute largement payée pour ça.

On voyait la fille se diriger vers la porte, qu'elle ouvrait. Un homme à belle prestance entrait, on distinguait parfaitement ses traits. Il échangeait quelques mots avec la fille, puis tous les deux se déshabillaient rapidement.

Une première phase de la rencontre amoureuse terminée, on voyait l'homme se servir un verre d'eau au lavabo, puis s'installer sur le lit, sa virilité érigée. La fille l'absorbait en elle alors que l'homme s'ébranlait en soubresauts rapides.

— Fin de l'épisode, fit Hubert. C'est le type refroidi qui a filmé ça ?

— Oui, sans aucun doute, répondit Flam. C'est surtout la fille qui nous intéresse, il faut la comparer au dossier d'autopsie.

Julia sortit la copie du dossier qu'elle avait dans son sac, la photo de la dernière victime Monique. Les traits de la fille, la chevelure correspondaient. Elle s'approcha de Flam et dans son regard se lisait une détermination à toute épreuve.

Hubert avait fini sa prestation. Il était conscient qu'il n'était qu'un petit rouage du trio… Il savait pertinemment qu'il serait bien payé et c'était tout ce qui comptait.

— Vous avez été génial Hubert ! dit Julia.

Elle fouilla dans son sac, en sortit un paquet plat, qu'elle posa sur le bureau.

Hubert hocha la tête et empocha mille euros en liquide.

— Merci, j'ai compris, vous ne me connaissez pas et je ne vous ai jamais vu…

***

Flam et Julia étaient, comme Hubert, amnésiques de profession.

Un taxi les ramenait vers la maison de Germain, afin que Flam remette l'ordi à sa place. Il pouvait être accusé de détournement de pièces à conviction si ça tournait mal.

Flam sortit un mouchoir de sa poche de veston et s'épongea le front. Ce n'était pas rien de devoir revenir sur place, mais Julia tenait à ce qu'il rapporte l'ordi. Ils avaient conservé la clef USB, elle prouverait leurs dires.

Ce n'était qu'une étape et pendant le trajet, Julia murmura à Flam :

— Le type de la vidéo, je l'ai reconnu… c'est le chirurgien, voisin de Germain.

— Oui, je me demande toujours pourquoi Germain avait fait appel à toi.

— Je pense qu'il voulait se venger de lui à cause de sa femme…

— Je ne suis pas sûr de penser comme toi. C'est une histoire de gros sous… Il voulait récupérer le pognon du chirurgien.

— T'as raison, si c'était un tueur à gages, l'argent était le leitmotiv.

Le taxi les laissa à quelques encablures de la maison et

rapidement, Flam et Julia se glissèrent vers la maison de Germain.

Il faisait à présent assez sombre et lorsqu'ils arrivèrent sur le perron, une silhouette se détacha d'un coin sombre.

Ils distinguèrent soudain un individu...

— Merde, jura Flam, il y a quelqu'un !...

Ils hésitèrent à rentrer. Il était trop tard pour reculer et se sauver.

— Sauve-toi, Julia ! murmura Flam.

Julia, sans hésiter, se mit à courir vers un bosquet, coudes au corps...

Était-ce un piège ? Avaient-ils le temps d'aviser ?

Julia sentit la sueur coller à sa peau, tandis que ses pieds s'enfonçaient dans l'herbe mouillée par la rosée. Le souffle commençait à lui manquer... Qu'est-ce qu'il allait se passer ?

— Restez où vous êtes !

Elle s'immobilisa, éblouie par la lueur d'une lampe, cligna des yeux. C'était une voix féminine.

Julia tourna légèrement la tête pour tenter de voir son interlocutrice.

Elle s'avançait en courant vers elle.

— Pas la peine de me braquer votre lampe en pleine figure, maugréa-t-elle, je ne vais pas m'échapper.

— C'est ça, ma belle, dit Annie Sylmo, tu penses bien que je vais te croire.

Julia vit qu'elle tenait un pistolet à la main, non pas braqué sur elle, mais pendant négligemment au bout de sa main gauche, le long de son corps.

Flam qui avait suivi la scène, se trouvant à quelques mètres d'Annie, s'avança encore de quelques pas, puis s'accroupit.

Le mouvement avait été parfaitement bien exécuté : avant que ses genoux ne touchent le sol, il avait eu le temps de s'emparer du pistolet, dans son holster de cuir qu'il avait toujours sur lui.

Il tira, à deux reprises.

Sa première balle fit jaillir de la terre à un mètre d'Annie qui plongea sur l'herbe. La seconde la frôla.

Elle tira à son tour, son pistolet Beretta à bout de bras.

Elle avait visé la tête de Flam, mais au moment où elle

allait appuyer sur la détente, Flam baissa la tête d'un mouvement soudain et s'écrasa par terre.

Flam, immobile, gisait sur le gazon...

Annie se releva, s'approcha de lui, n'en croyant pas ses yeux.

Flam attendit jusqu'au dernier moment qu'elle soit tout près et, en une fraction de seconde, bondit sur elle, la désarma.

— Bien joué, dit Julia, en les rejoignant.

— Pas tout à fait, dit Annie d'une voix lasse : je voulais seulement vous faire peur. J'ai cru que je l'avais tué.

— Des remords ? dit Flam en haussant les épaules. On ne fait pas toujours ce qu'on veut, surtout quand on canarde de nuit. J'aurais pu vous tuer, mais j'ai préféré vous faire peur.

— Pour cette fois, Annie, vous ne pourrez pas compter sur une oraison funèbre pour vous consoler, murmura Julia. Vous êtes passible de prison, car je suis témoin que vous avez tiré la première...

— C'est un mensonge, c'est lui qui a tiré le premier.

— Je n'ai rien à me reprocher, dit Flam, légitime défense... Comme je vous l'ai dit, je pouvais vous tuer, mais je ne l'ai pas fait.

— Ça, ma petite, dit Julia, c'est de bonne guerre, tu as affaire à des pros... t'es piégée.

Flam mit des menottes aux poignets d'Annie. Il allait falloir qu'elle s'explique...

Julia observait en souriant son disciple. Flam, pas à pas, matois comme un vieux chat, conduisit Annie afin qu'elle rentre avec eux dans la maison de Germain.

Il la poussa sans ménagement dans un vieux fauteuil en face du cadavre qui gisait toujours sur le canapé. Elle s'y affala sans sembler s'en formaliser.

— Je crois qu'on va être chic avec toi, on va te faire une fleur, dit Julia.

— Une fleur ? Quelle fleur ? interrogea Annie, qui s'était redressée, le regard méfiant.

— Oui, on ne te relâchera que si tu passes aux aveux...

— Ça veut dire quoi ?

— Que tu nous renseignes sur un sujet précis ou sur quelqu'un de précis. Sinon... Julia sortit de son sac son portable, posa son index sur l'écran.

— Tu sais ce que cela veut dire… on te laissera toute seule avec Germain sur les bras. On a ton révolver avec tes empreintes et il nous est facile de tirer sur le cadavre pour te faire endosser l'homicide. La police n'y verra que du feu.

— Ainsi, tout le monde sera content, appuya Flam ironique.

— Vous êtes de vrais salauds, dans votre genre.

— Peut-être, admit Julia. À chacun ses méthodes. Pour une bourgeoise si éduquée, ce sont de bien vilains jurons. Tu dois nous aider à connaître la vérité. On mise sur toi pour nous mettre au parfum de cette abominable affaire. On te rendra alors ta liberté.

— ESPÈCES D'IDIOTS !

La phrase avait éclaté comme un coup de tonnerre.

Stupéfaits, nos trois acteurs tournèrent ensemble la tête…

Yann Sylmo se tenait sur le seuil du salon, braquant sur eux un fusil de chasse déroutant.

— Merde, murmura Flam, qui c'est, ce mec ?

Julia et lui contemplaient, fascinés, le double canon braqué sur eux… Un homme masqué, de corpulence moyenne.

— Qu'est-ce que vous nous voulez ? lança Julia, en reculant dans la pièce.

— Qui êtes-vous ? fit Flam.

Annie eut un rire bref, nerveux.

— Pas la peine de te cacher, Yann. J'ai reconnu ta voix.

Julia la regarda, sans comprendre.

— Hein ? Que dis-tu, ton mari ?

Quelque chose passa dans le regard d'Annie. Elle cria soudain :

— Non ! Pas ça…

Yann Sylmo tira. La détonation éclata avec fracas, résonant dans toute la maison.

Sous la violence du choc, le corps d'Annie menotté dans le dos fut projeté hors du fauteuil et retomba au sol inanimé, sanglant.

Pendant quelques secondes, Yann observa Flam et Julia.

Quelque chose passa alors aussi dans le regard de Flam

qui, en un éclair, se lança sur Julia pour la faire chuter. Il la recouvrit de son corps en la traînant derrière le canapé afin de se soustraire à la vindicte de l'homme masqué.

Ils entendirent des détonations qu'ils pensèrent provenir de ce même homme. Pendant quelques secondes, Flam et Julia au sol, fermèrent les yeux et se bouchèrent les oreilles… terrorisés… Puis, plus rien. Le silence…

Un pas d'homme se fit entendre dans la pièce :

— Vous pouvez vous relever mes lascars ! lança-t-il, sans vergogne. Je suis ravi de vous retrouver, dit Legrand. Il tenait à bout de bras un fusil d'assaut impressionnant.

L'homme masqué avait été abattu sous la décharge. Il avait été projeté en avant, heurtant une sellette supportant une potiche chinoise qui s'était écrasée, cassée en mille morceaux, sur le plancher.

Legrand se tourna vers eux :

— Dites donc, vous m'aviez caché par mal de choses ! Bon, soyons nets et précis, Julia, dit-il. Je sais que vous avez les dossiers médicaux compromettants des deux prostituées.

Julia et Flam se taisaient. Leurs visages étaient pâles, presque blafards.

— Remarquez, poursuivit Legrand sans émotion aucune, je vous comprends, d'une certaine façon : Julia, petite privée sans envergure, je dirai même pitoyable, voilà qu'un beau jour, vous tombez par hasard sur des dossiers révélant les… disons, les accords que j'ai conclus avec un médecin roumain au passé douteux, pour un marché d'organes portant sur des millions.

— Un médecin, reconverti en tueur à gages ! s'exclama Julia.

— C'était une reconversion plutôt lucrative, dit Legrand, avec un rire bref. Oh, la façon dont vous les avez subtilisés était fort habile. Je ne m'attendais pas à de tels agissements hors la loi. Malheureusement pour vous, Hubert m'a mis sur la piste. Eh oui, il sait jouer sur les deux tableaux quand ça lui rapporte. Il a eu de nombreux ennuis. À voleurs, voleurs et demi. Avec les recoupements de Joseph, me voilà !

Julia haussa les épaules.

— Vous êtes un véritable romancier, dit-elle. Mais je

vous mets au défi de prouver quoi que ce soit puisque vous avez tué les protagonistes avec ces sinistres pratiques…

— Non, coupa Legrand, vous êtes les seuls témoins. Pour la police, ma parole vaut la vôtre. J'ai tiré en légitime défense.

— Dans le dos ? protesta Flam.

— Non, il s'échappait ! Si je ne vous ai pas tués, c'est que je veux récupérer mon bien. C'est clair et net, vous allez vous exécuter tout de suite, sinon…

Legrand s'approcha de Julia qui s'était relevée et la frappa avec violence, d'un revers de la main.

Julia poussa un cri de douleur, perdit l'équilibre et alla se cogner contre le mur.

Mais déjà Flam était sur lui. Le tenant fermement de sa main gauche, il se mit à le frapper méthodiquement. Legrand lâcha son arme.

Bientôt le visage de Legrand se recouvrit de sang. Il poussait des gémissements de douleur sous les coups qui l'assaillaient. Il tentait de se protéger, mais ne faisait pas le poids contre Flam. Bien que plus gros que Flam, celui-ci le malmenait en faisant preuve d'une technique bien rodée de Judoka ceinture noire.

— Ça suffit ! clama Julia.

Flam lâcha Legrand, qui s'écroula comme une chiffe molle sur le plancher.

Julia se pencha sur lui.

— Commissaire, dit-elle d'une voix posée, presque indifférente. Flam peut parfaitement continuer ce massacre en vous faisant sauter quelques dents, voire vous casser le nez, et même un bras, s'il s'énerve davantage. Aussi, je pense qu'il est de votre intérêt de me raconter rapidement votre rôle dans cette affaire.

Legrand leva vers elle son visage contusionné et articula dans un souffle :

— Allez vous faire foutre.

Julia hocha la tête d'un air désolé.

— Ne vous obstinez pas Legrand, ça rime à rien.

— Qu'est-ce que je fais, Maîtresse ? interrogea Flam. Je le caresse encore un peu ?

— Je ne suis pas sûre que ce soit le bon moyen. Je téléphone de suite à Joseph et c'est lui qui lui tirera les vers du nez…

Julia enleva les menottes des poignets du cadavre d'Annie et les passa une au poignet de Legrand, puis accrocha l'autre au bas d'un radiateur. Legrand était vaincu.

— Nous allons nous éclipser Flam et moi. Il n'y a pas de bonne compagnie qui ne se quitte. Les choses vont devenir vraiment captivantes lorsque Joseph arrivera avec le renfort, lança Julia.

Stupéfait, Legrand s'exclama :

— Vous partez ?

— Bien sûr, on n'a pas de compte à rendre à la justice, surtout représentée par vous.

Julia s'empara d'un carnet qu'elle avait toujours dans son sac, puis d'un stylo à bille, et déposa le tout sur le plancher, devant Legrand.

— Maintenant, dit-elle, vous allez avouer par écrit que vous reconnaissez avoir tué Germain et Sylmo.

Legrand écrivit ses aveux, sans hésiter, puis les signa. Il avait l'impression que ses actes se retournaient contre lui.

— Parfait, dit Julia en récupérant le papier que Flam empocha. Tout se réglera devant le juge d'instruction si vous nous trahissez. Vous allez écoper d'un emprisonnement à perpétuité pour avoir sur la conscience plusieurs meurtres. Si jamais vous tentiez quoi que ce soit contre nous, on saura demander à certains taulards que nous connaissons de vous réserver un accueil spécial, si vous voyez ce que je veux dire…

15

LES DIABOLIQUES

Les flashs crépitaient autour de la pièce en illuminant les victimes.

Songeur, Joseph observait les allées et venues du médecin légiste et des techniciens de l'identité judiciaire qui tournaient autour des corps et photographiaient le salon sous tous les angles.

Une expression de terreur se lisait encore dans les yeux d'Annie, tandis que Yann, son mari semblait en paix avec sa conscience.

Dans le salon, la chaleur et le confinement de tout ce monde qui transpirait, soulevaient une odeur empuantie de poudre, mélangée à celle nauséabonde, des cadavres.

— Je crois qu'on peut à présent enlever les corps, dit le médecin légiste.

Un ambulancier apporta des housses pour les trois cadavres.

— Bon, emportez les corps, acquiesça Joseph.

— Quelles sont vos premières constatations ? questionna Joseph, en sortant de son veston un petit calepin.

— Tout comme vous, après l'examen des corps : ils ont été tués et je dirai même abattus presque à bout portant, comme des lapins, sauf un qui a été empoisonné par seringue. La mort a été instantanée. Il semblerait à première vue que la femme a été tuée par l'homme masqué et celui-ci dans le dos, par je ne sais qui ? Maintenant, il y a plusieurs énigmes : à savoir que le cadavre de l'homme masqué est étendu dans la pièce sur le ventre, tué avec l'arme du commissaire, et sur le fait qu'on a retrouvé le commissaire enchaîné au radiateur ? On peut se poser la question : comment le commissaire a-t-il pu être attaché au radiateur alors que toutes les victimes étaient mortes. Il avait-il d'autres protagonistes ?

— OK, je vous suis dans votre raisonnement, merci, conclut Joseph.

Il se tourna vers le commissaire meurtri au visage qui reprenait ses esprits dans un fauteuil dans un coin de la pièce, un verre d'eau dans la main.

— Commissaire, s'agit-il de l'œuvre d'un crime passionnel ou plutôt quelque chose d'improvisé ?

— Qu'est-ce qui vous fait croire ça ? bredouilla le commissaire.

— Une intuition, répondit Joseph.

— Oui, pour moi aussi, c'est un crime passionnel. Le cadavre empoisonné indique que le crime était prémédité. C'est un vaudeville de Feydeau ou de Labiche, avec les trois protagonistes : le mari, la femme et l'amant… J'ai trop d'expérience de ce genre de choses pour me tromper, j'étais sur leur piste. Julia m'avait téléphoné pour m'indiquer le lieu du drame. Un homme m'a frappé alors que j'entrais. Je suis tombé inconscient. Je n'ai pu rien voir de la scène de crime. Ils se sont servis de mon arme pour tuer l'homme masqué alors que j'étais entravé. Ils voulaient porter les soupçons sur moi…

Joseph fit quelques pas dans le salon à présent presque vide. Il semblait réfléchir très fort, des rides se creusaient sur son front.

— Vous n'avez pas d'idée sur votre agresseur ? Rappelez-vous ? Ça ne serait pas un grand noir qui se fait appeler Kakou ?

— Oui, vaguement, grand, fort, frisé, dans les quarante ans.

Joseph hocha la tête.

— Je vois. C'est un proxénète connu des services de la police. Ce qui me permet de penser qu'il s'agit là de crimes exécutés sur commande par ce professionnel du vice. Mais, il y a quelque chose dans cette affaire qui m'échappe ? dit Joseph, en fixant Legrand, songeur.

Il reprit ses allées et venues dans le salon en écrivant quelques mots sur son calepin. C'est à peine s'il fit attention quand Legrand s'esquiva du salon pour partir aux urgences avec les ambulanciers, afin de se faire prescrire un arrêt de travail pour ses blessures superficielles.

★★★

Thierry était reparti en croisière et Julia avait eu juste le temps de l'embrasser sur l'embarcadère. Elle lui fit une promesse vague de rester tout le temps qu'il faudrait à sa prochaine permission. Thierry, fataliste, semblait prendre la chose avec gentillesse, comme d'habitude.

Joseph passa voir Julia à son cabinet, qu'elle avait réintégré. Elle se sentait littéralement épuisée par ces trois derniers jours.

Alors ? interrogea Joseph en s'asseyant dans un vieux fauteuil anglais à moitié défoncé. Les ressorts du siège grincèrent et Joseph se dit en lui-même qu'il n'avait pas affaire à une fée du logis avec Julia. Êtes-vous d'accord pour me faire part de vos recherches ou comptez-vous continuer à faire votre tête de lard ?

Julia lui lança un regard torve au travers de ses lunettes de vue. Elle semblait calme, moins énervée qu'au téléphone le jour précédent.

— Bon, intervint encore Joseph, je prends note de votre silence, mais je trouve que votre petit numéro a beaucoup trop duré. Je sais par le commissaire que votre collaborateur et vous l'avez averti du drame qui se déroulait dans la villa du psychiatre. Donc, avec la prodigieuse mémoire qui vous caractérise, vous allez me dire tout ce que vous avez trouvé.

Julia enleva ses lunettes, flattée. Cette allusion à sa mémoire phénoménale lui procurait une certaine fierté…

— Eh bien, dit-elle, je me suis mise à enquêter à partir de l'hypothèse que vous aviez émise, à savoir qu'il devait sans doute y avoir un lien entre les deux assassinats de prostituées. Elles ont trouvé la mort dans des circonstances plutôt identiques…

Pour ce qui est de la première prostituée du nom

d'Adeline Label, elle a été tuée afin de prélever ses reins, puis son cadavre a été défiguré afin d'empêcher son identification. D'après ce qui ressort du deuxième dossier, une autre prostituée du nom de Monique Duport a été tuée afin de prélever son cœur, puis son cadavre a été brûlé par endroit, pas d'empreintes digitales… afin aussi de la rendre méconnaissable…

— Crime de sadique, conclut Joseph.

— Non, je ne suis pas sûre qu'il s'agisse de l'œuvre d'un sadique, dit Julia. La plupart du temps, les sadiques signent leur crime afin de se faire découvrir. Ils agissent par pulsion et sont rarement capables d'une telle précision chirurgicale. Voyez, mon collaborateur Flam, qui peut se targuer d'être un imminent criminologue, explique qu'on est en présence de quelque chose d'incompatible avec la notion même de meurtre sadique, appuya encore Julia.

— Oui, vous avez raison, on a envie de croire plutôt à ça… Le problème, dit Joseph, c'est de savoir si l'assassin est le même.

Il se frotta pensivement sa barbe de quelques jours et poursuivit :

— Je suis sûr que vous savez qui est ce salaud qui les a martyrisées. Si je comprends bien, dit Joseph, il s'agirait donc de quelqu'un qui serait « normal » ?

— Oui, mais ça n'exclut pas une autre motivation possible, comme l'argent.

— Voilà qui ne nous arrange pas, dit Joseph. Il est vrai que l'argent est le nerf de la guerre.

— J'ai eu l'opportunité de travailler sur cette piste, dit Julia, en me faisant passer pour une pute. Vous vous rappelez ?

— Ça alors ? Votre disparition de plusieurs jours ?

Julia ferma les yeux, resta quelques secondes immobile, puis les rouvrit.

Joseph soupira et s'empara de son calepin dont il tourna quelques pages.

— Ce que vous êtes agaçante avec votre méfiance envers moi, vous pouvez parler. Vous ne risquez plus rien, j'ai fait enfermer Kakou.

— Misère, gémit Julia, c'est le commissaire qui l'a désigné ?

— Mais non, j'ai fait ça pour le bien de Fadhila et le vôtre. Il est vraiment dangereux ce proxénète... Et puis le commissaire l'a reconnu lorsque celui-ci l'a assommé. C'est lui qui a tué le chirurgien avec le fusil de Legrand.

Une expression lointaine, comme indifférente, figea le regard de Julia. Elle enviait la naïveté de Joseph qui en était au tout début de son enquête. Elle se dit que ce n'était pas le moment pour lui donner la clef USB qui était en sa possession. Ni lui faire part de ce qu'elle savait sur le chirurgien.

Mais finalement, il en était souvent ainsi, dans les enquêtes : on partait d'hypothèses, qu'aveux et témoignages ne faisaient que corroborer.

Legrand sortit de l'hôpital avec un arrêt de travail de quelques jours, il croisa une ou deux blouses blanches qu'il salua d'un signe de tête. Il allait s'en tirer sans trop de casse, personne n'ira voir de son côté, ce Joseph lui avait donné les clefs de sa sortie honorable. Il ne pouvait pas trouver Julia haïssable, elle ne faisait que le travail qui lui incombait.

Dans son rapport, il n'allait évoquer que très brièvement son rôle dans cette enquête plutôt sordide.

Il n'y avait pas que de mauvais moments dans l'existence. Il était reconnaissant à la destinée de n'avoir pas été tué...

★★★

Flam semblait vouloir garder l'argent dérobé. Il avait parlé d'en donner une partie à une fondation pour les animaux et à d'autres œuvres caritatives.

Julia ne répliqua pas à Joseph.

— Merci, Joseph, d'avoir fait ça pour notre bien : votre magnifique cerveau travaille à deux cents pour cent. Allez, bon courage pour la suite de l'enquête !

Joseph but à petites gorgées le drink que Julia lui versa, puis il se leva radieux et, après avoir dit au revoir à Julia, referma la porte sur lui.

Julia avait été précautionneuse dans cet entretien. Legrand n'avait pas trop bavardé, il s'était écrasé sur le vol de l'argent et les dossiers compromettants. Elle n'allait pas réclamer la prime pour son travail… Legrand devrait donner trop de précisions, s'il devait faire un rapport à ce sujet. Elle avait ses aveux en poche et ne craignait donc plus rien de son côté…

Pour le trafic d'organes, les protagonistes étaient morts ou hors d'état de nuire. Elle n'avait plus besoin de Flam pour un moment ni lui d'elle. Elle téléphona à Gladys pour l'informer qu'elle allait se reposer à la maison de campagne.

★★★

La berline métallisée de Julia filait à vive allure sur l'autoroute, en direction de sa maison de campagne. Elle aspirait au calme, au repos. Elle songeait qu'elle voulait à présent jardiner, cultiver des légumes et des fleurs.

D'une certaine façon, la nature faisait partie de sa vie depuis toujours, car elle aimait les oiseaux, les chiens. Elle avait envie de créer une petite ferme avec un poulailler et une ânesse dont elle tirerait le lait.

Elle mit la radio, elle se sentait à présent euphorique, soudain soulagée de toutes ses angoisses.

Lorsqu'elle arriva, avant même d'entrer dans la maison, elle attrapa trois bûches de bois afin d'allumer la grande cheminée du salon. Il lui suffit d'une allumette pour mettre le feu au bois bien sec qui crépita en lançant des flammèches.

La lueur du feu éclairait la pièce et elle s'installa confortablement sur le divan devant la cheminée, sans allumer l'électricité.

Il faisait à présent chaud, elle s'endormit.

Fais comme ça. Je m'occupe de tout.

Table

Une croisière en tension

Gladys prend le relais

Terminus pour les tendres